中公文庫

逆襲の地平線

逢坂　剛

中央公論新社

目次

『逆襲の地平線』関連年表

年	月	米国	日本
1865	4	南北戦争終結。リンカーン大統領暗殺。 ジェニファ、ケンタッキー州で元南軍ゲリラに一家を皆殺しにされ、スー族に養育される。	
1867	10	アラスカをロシアより購入。	
	11	このころバッファロー、乱獲でほぼ絶滅。	坂本龍馬暗殺される。大政奉還。
1868	1		鳥羽伏見の戦いで幕府軍敗走。 戊辰戦争。榎本武揚、土方歳三ら箱館政府樹立。
1869	5	ジェニファを養育していたスー族の集落が合衆国第二騎兵隊に襲われ、全滅。ジェニファ、ラクスマンに拾われる。	**箱館戦争、明治政府が勝利。土方は戦死とされる(『果てしなき追跡』)。**
1871	4	キャンプ・グラントの虐殺。アリゾナでアパッチ戦争勃発。	
1872	6	アイオワ州で最初の列車強盗。	
1873	5	リーヴァイ・ストラトス、ブルージーンズを発売。	
	10		征韓論争。征韓派の西郷隆盛、板垣退助、江藤新平ら下野。
1874	2		江藤新平ら不平士族の叛乱。佐賀の乱。
1875	8	**アリゾナ準州ベンスンで、ジェニファ、ストーン、サグワロと出会う。 ストーンをリーダーに賞金稼ぎ《バウンティハンター》のチームを結成(『アリゾナ無宿』)。**	
1876	2	プロ野球ナショナル・リーグ発足。	
	3	グラハム・ベル、電話実験成功。	
	4	**ストーン、ジェニファ、サグワロ、依頼を受けコマンチ族追跡の旅へ(『逆襲の地平線』)。**	
	6	**リトルビックホーンの戦い。カスター中佐の第七騎兵隊全滅(『逆襲の地平線』)。**	
	10		神風連の乱、秋月の乱、萩の乱、起こる。 このころ明治政府、クラーク博士を札幌農学校に招聘。
1877	2		西郷隆盛ら不平士族の叛乱。西南戦争。
	12	エジソン、蓄音機を発明。	
1878	5		大久保利通暗殺。
1879	8	グラント元大統領、訪日し明治天皇と会見。	
	10	エジソン、白熱電球を発明。	
1881	7	無法者《アウトロー》ビリー・ザ・キッド、ギャレット保安官に射殺される。	
	10	OK牧場の決闘。	
1882	4	無法者《アウトロー》ジェシー・ジェームズ、仲間に殺される。	
1883	9	大陸横断鉄道ノーザンパシフィック鉄道完成。	
	7		岩倉具視死去。
	11		鹿鳴館開館。

『逆襲の地平線』の世界
ミズーリ川
イエローストン川
リトルビッグホーン
エリス砦
リンカーン砦
ローズバッド川
ブラックヒルズ
リトルビッグホーン川
ビッグホーン川
クルックのキャンプ
フェターマン砦
ララミー砦
ノースプラット川
ララミー
シャイアン
グリーリー
デンヴァー
コロラドスプリングズ
コロラド川
ライオン砦
ラトン峠
サンタフェ
ラスベガス
アルバカーキ
リオ・グランデ川
ソコロ
クレイグ砦
トゥサン
ラス・クルーセス
ボウイ砦
エル・パソ
ロッキー山脈
N
0 100mile
0 200Km
モンタナ
ダコタ
ミネソタ
オレゴン
アイダホ
ワイオミング
ネブラスカ
アイオワ
ネヴァダ
ユタ
コロラド
カンザス
カリフォルニア
アリゾナ
ニューメキシコ
オクラホマ
テキサス
着色された部分が本書の舞台となる州
0 250mile
0 500Km

主な登場人物

ジェニファ・チペンデイル……十七歳の少女。ストーン、サグワロと賞金稼ぎ《バウンティハンター》のチームを組む。

トム・B・ストーン………………賞金稼ぎ《バウンティハンター》。射撃の名手。

サグワロ…………………………記憶を喪失した謎の日本人。剣の達人。


ジャスティ・キッド……………早撃ちが自慢の若いガンマン。

エドナ・マキンリー……………マキンリー牧場の女主人。

エミリ……………………………十年前、コマンチにさらわれたエドナの娘。

ウォレン…………………………エミリの弟。

アルバート………………………エドナの義弟。

サラ………………………………アルバートの妻。

ハリー・ドミンゲス……………マキンリー牧場の牧童頭。

ラモン・サンタマリア…………同　牧童頭補佐。


マキシム・トライスター………トライスター牧場の主《あるじ》。

レナード・ワトスン……………トライスター牧場で働く無法者《アウトロー》。

レッドイーグル…………………コマンチの戦士。

アグリーベア……………………コマンチの呪術師《じゅじゅつし》。


ジョージ・A・カスター中佐…第七騎兵隊の指揮官。

シッティングブル………………ハンクパパ・スーの族長。

クレイジーホース………………オグララ・スーの英雄。

コマンチ族のファッション

コマンチ族の武器

ティピ

コマンチ族やスー族など平原に住むネイティブアメリカンの居住用テント。

地図・図版　柳田麻里
図版イラスト　浅野隆広
本文イラスト　津神久三

逆襲の地平線

プロローグ

一八七六年、四月下旬。

わたしはすでに、十七歳と六か月になっていた。

わたしの名前は、正式にはジェニファ・メアリ・アン・マーガレット・アレクサンドラ・チペンデイル・シスネロス、という。全部呼ぶには長すぎるから、ジェニファだけでけっこうだ。

六歳のとき、正確にいえば南北戦争が終わった直後の一八六五年四月、ケンタッキーのわたしの農場が元南軍のゲリラに襲われ、祖父母と両親を含む一家を皆殺しにされた。助かったのは、わたしとスー族出身の子守、ペチュカだけだった。

わたしは、ペチュカに連れられてワイオミングへ行き、グリーンリバーの河畔に住むスー族の一つ、ハンクパパ・スーの集落に加わった。そこで、四年間暮らした。

十歳になったとき、今度はスー族の集落が合衆国第二騎兵隊の襲撃を受け、全滅した。ひどい虐殺《ぎゃくさつ》が行なわれて、ペチュカも死んでしまった。

その際、わたしは第二騎兵隊のスカウト（斥候）をしていた、ジェイク・ラクスマンという男のおかげで、なんとか命だけは助かった。

ラクスマンは、養い手を奪われたわたしを引き取り、スカウトをやめて旅に出た。

それから、わたしたちは西部をあちこち放浪したあげく、最終的にアリゾナ準州の南東部を南北に流れる、サン・ペドロ・リバーのほとりに居を定めた。

そのラクスマンが、トム・B・ストーンに殺されたのは、つい八か月ほど前のことだ。

ストーンは、六フィート近い背丈のがっしりした男で、賞金つきのお尋ね者を捕らえて官憲に引き渡す、いわゆる賞金稼ぎ《バウンティハンター》の仕事をしていた。

そのときわたしは、ラクスマンが旧友を殺して大金を奪った、恐ろしい強盗殺人犯だということを、知らなかった。ラクスマンは、自分の正体を見破ったストーンを撃とうとして、逆に撃ち殺されてしまった。

一緒に暮らした六年の間、わたしはラクスマンの庇護《ひご》のもとに生きたとはいえ、口にできない仕打ちも受けていた。その一つひとつが、いまわしい思い出ばかりだった。

そのせいか、ラクスマンが死んでもいくらか途方に暮れただけで、少しも悲しいとは思わなかった。

ストーンに対しても、感謝しこそすれ恨む気持ちなど、さらさらなかった。むしろ、ラクスマンを仕留めた賞金を、ちゃんと受け取ることができるように、正当防衛の証言をしてやったほどだ。もっとも、担当の判事があれこれと難癖をつけたため、賞金はごく一部しか手にはいらなかった。

ストーンにすれば、わたしをラクスマンの枷《かせ》から救い出したことを、かならずしも喜ばなかったかもしれない。なぜなら、ストーンはわたしを賞金稼ぎの見習いとして、一緒に連れ歩くはめになったからだ。

ラクスマンを殺したことで、ストーンはわたしを天涯孤独の身にしたわけだから、少なくともわたしが一人立ちするまで、めんどうを見る義務がある。

そう主張するわたしを、そばからそれとなく応援してくれたのが、わたしたちのもう一人のパートナー、サグワロだった。

サグワロは、見たところ三十代後半から四十代前半くらいの、記憶を失った正体不明の男だ。ハコダテという日本の港から、アメリカへ向かう船の中で意識を取りもどしたが、それ以前のことをまったく覚えていない。

当人は、わずかな記憶や身につけた持ち物から推測して、自分が日本人であることに間違いはない、と言っている。アメリカで働く東洋人は、ほとんどが上海《シャンハイ》や香港《ホンコン》から来た中国人だから、日本人のサグワロは珍しい存在だ。

ストーンは、以前東部のフィラデルフィアかどこかで、日本の外交使節団のサムライがサグワロと同じような、〈カタナ〉と呼ばれるサーベルを持っているのを、見たことがあると言った。

したがって当面は、サグワロを日本人ということにしておく。

サグワロが、なぜ〈サグワロ〉と自称するようになったか、その理由はごく単純だ。

サグワロには、アリゾナに生育する巨大なサボテン〈サグワロ〉の胴を、背負った刀で抜き打ちに一刀両断する、すごい技がある。

それだけではない。

いざというときしか使わないが、サグワロは口に含んだ小さな針を敵に吹きつけて、戦力を奪う特殊な技も持っている。

サグワロは、生活費に困るとそうした技を見物人に披露し、金を稼いでいたのだった。

わたしたちが知り合ったのは、ほんの偶然にすぎない。

酒に酔って、サグワロにからんでいる二人のカウボーイを、ストーンがたしなめたのがきっかけだった。カウボーイたちは、仲裁にはいった保安官を殴り倒したものの、サグワロの目にも留まらぬ早技に戦力を奪われ、結局留置場にぶち込まれた。

わたしはただ、すぐ近くでその争いを目撃しただけなのだが、判事の前でいきさつを証言させられたために、いやおうなしに二人と関わりを持つ結果になった。

こうして、ラクスマンがその旧悪に見合う罰を受けたあと、サグワロとわたしはストーンとともに、賞金稼ぎの道に足を踏み入れたという次第だった。

I

わたしたちは、ストーンが契約している電信係からの知らせで、トゥサンの町にやって来た。

トゥサンに来るのは、三人で旅を初めてから二度目になる。

トゥサンはこの当時、アリゾナ準州第一の町だった。住民の数は、五千人を超えていたかもしれない。町並みも商店もサルーンも、これまで見て来たほかの町とは比べものにならぬほど、りっぱでにぎやかだった。

東部からやって来たらしい、しゃれた服装の紳士淑女の姿もかなり目立ち、わたしたちのようなほこりだらけの流れ者は、それだけで気が引けた。

トゥサンの電信係は、ジョン・ルーカスといった。

わたしたちは、ルーカスの案内で〈カサ・ベルデ〉というサルーンに行き、軽食をとりながら話をした。

ルーカスとサグワロはウイスキーを頼み、アルコールをたしなまないストーンとわたしは、コーヒーを注文した。

ルーカスは、お尋ね者の消息や動向を電報で知らせたり、ほかの町から届く電信を転送したりする、ストーンの連絡係だった。前にトゥサンに来たとき、わたしも一度会っている。電信柱のように背が高く、がりがりに痩《や》せた四十過ぎの独身男で、愛想は悪いが誠実な人柄だ。

ルーカスが、ウイスキーをすすって言う。

「実は、町から東へ十マイルほど行ったところにある、マキンリー牧場の牧場主が人手を募っている、というので連絡を差し上げたんです」

「わたしたちは、カウボーイの仕事を探してるんじゃないんだがね、ジョン」

ストーンが苦情を言うと、ルーカスは人差し指を振った。

「分かってますよ、ミスタ・ストーン。わたしは、牛じゃなく人を追ったり探したりする、そういう仕事ができる人間を何人か集めてくれ、と頼まれたんです」

それを聞いて、ストーンは唇を引き締めた。

「だれを追ったり、探したりするんだ」

「それはまだ、分かりません。ただし、法を破るような仕事をさせるつもりはない、とミセス・マキンリーは言ってました」

「ミセス・マキンリー」

ストーンはおうむ返しに言い、サグワロとわたしを順に見た。

わたしも、牧場主が女だとは思わなかったので、少し驚いた。

「エドナは、シドニー・マキンリーの未亡人なんです。ご主人が亡《な》くなったあと、義理の弟夫婦と一緒にマキンリー牧場を、りっぱに切り回しています」

ルーカスはそう言って、次のように説明した。

エドナ・マキンリーは十年ほど前、生まれてほどない息子《むすこ》のウォレンを抱き、夫のシドニーと一緒に十数頭の牛を追って、テキサスからやって来た。

マキンリー夫婦は、そのうち十頭ほどをトゥサンの町で売り払い、残った牛で郊外に牧場を開いた。

マキンリー牧場はそれから十年の間に、トゥサン近郊でも五本の指に数えられる、有力な牧場に成長した。

ただしその功績は、マキンリーよりもむしろ妻のエドナの手腕に、帰せられた。

性格は陽気だが、怠け者で酒癖の悪いマキンリーは、しばしば町へ繰り出して大酒を飲み、トラブルを起こした。後始末に来るのは、いつもエドナだった。

二年前の春先、例によってマキンリーが酒場で飲んでいると、近隣のトライスター牧場で働くレナード・ワトスンという、たちのよくないカウボーイがはいって来た。

ワトスンは、メキシコで牛を盗んでこちら側へ連れ帰り、高く売っては利鞘《りざや》を稼ぐ悪党だという、もっぱらの評判だった。そのときは、たまたま官憲の追及が厳しくなったため、トライスター牧場に身をひそめていた。

ルーカスは言った。

「あたしもその場にいましたが、マキンリーとワトスンはほかの客に交じって、一緒にポーカーを始めたんですよ。それが、間違いのもとでした」

マキンリーは、つきにつきまくって二時間もたたないうちに、五百ドル近いチップを稼いだ。その半分以上は、ワトスンの懐《ふところ》から出たものだった。ワトスンの機嫌が、よかろうはずはない。

マキンリーは、酒の勢いもあってか大胆なブラフをかけ、それがけっこう功を奏していた。

他の連中にいい手がついたときは、勘が働くのかさっさとおりてしまう。相手がブラフをかけてきたら、マキンリーも負けずにブラフで対抗する。

最後にコールすると、同じワンペアでもマキンリーの方が強い札を持っていて、勝ちになるといった具合だった。

何度目かの勝負で、賭《か》け金《きん》が一挙に二百ドルまでせり上がった。ほかの客がおりて、マキンリーとワトスンの、二人だけの勝負になった。

マキンリーは、二百二十ドルでコールした。

そのときはブラフではなく、実際にいい手ができていた。マキンリーがテーブルにさらしたのは、ジョーカーが交じっているとはいえ、エースのフォアカードだった。勝ち誇って、チップを掻《か》き集めようとするマキンリーを、ワトスンが制した。

ワトスンが広げたカードは、2のフォアカードだった。

たとえエースであろうと、ジョーカー入りのフォアカードは、まっとうな2のフォアカードに負ける。

マキンリーは、すでに五百ドルほど稼いでいたわけだから、その勝負で負けてもどうということはなかった。

「ところが、酔って前後の見境がつかなくなっていたのか、マキンリーはいきなりテーブルを蹴倒《けたお》すと、ワトスンに向かってイカサマだ、と叫んだんです」

ルーカスは一度言葉を切り、軽く首を振って続けた。

「ご存じのように、カードで相手をイカサマ師呼ばわりすれば、ただではすみません。それ相応の、責任をとらなければならない。相手が、確かにイカサマをしたという証拠を示さなければ、たとえ撃ち殺されても文句は言えないんです」

「それで、撃ち殺されたのか、マキンリーは」

ストーンが聞くと、ルーカスはあっさりうなずいた。

「ええ。マキンリーは、イカサマを立証することができずに、いきなり拳銃《けんじゅう》に手をかけた。

ワトスンは、待ってましたとばかり拳銃を抜き返し、一発でマキンリーをあの世に送りました。マキンリーは酔っていたし、ワトスンは教会の塔のようにしらふでしたから、勝ち目はありませんでした」

「ワトスンは、どうなったの」

わたしの質問に、ルーカスが悲しそうな目を向ける。

「保安官に逮捕されたが、正当防衛で釈放されたよ。目撃者が、大勢いたからね」

「でもワトスンは、イカサマをやったんでしょう」

「かもしれないが、それを証拠立てるものはなかった」

サグワロが、そばから口を出した。

「実際に、2のフォアカードができたのかもしれないぞ、ジェニファ。ポーカーとは、そういうものだ。酒を飲んで、ポーカーをするとろくなことはない、といういい教訓さ」

サグワロの英語は、相変わらずアクセントも発音もかなりひどいものだが、言うことだけは筋が通っている。

ストーンが、話を先へ進めた。

「ところでミセス・マキンリーは、大勢の人間を集めたがっているのかね。それとも、集まった中から一人か二人、選ぼうとしているのかね」

「それは、分かりません。エドナは、実際に人が集まったときに詳しく話す、と言ってました。仕事の規模によって、雇う人間の数が決まるでしょう」

「あんたは、わたしたち以外の連中にも、声をかけたのか」

「あたしの知ってる範囲で、何人かね。エドナ自身も、あちこち当たったらしいですから、騎兵隊二個分隊くらいは集まるかもしれませんよ」

ルーカスの返事を聞いて、ストーンは急に興味を失ったように、椅子《いす》の背にもたれた。

「どうやら、わたし向きの仕事じゃないようだな、ルーカス。相棒は、ジェニファとサグワロの二人だけでも、もてあましてるくらいでね。この上、素性も分からぬ連中と一緒に仕事をするのは、まっぴらごめんだ」

わたしはサグワロを見て、下唇を突き出した。

サグワロも、まねをする。

ストーンは、見て見ぬふりをした。

ルーカスが、熱心な口調で言う。

「今言ったとおり、エドナが全員に仕事を頼むつもりなのか、それともその中からだれかを選ぶつもりなのか、あたしは知りません。とにかく、明日の午後二時にマキンリー牧場へ行ってみれば、はっきりするでしょう」

ストーンは、あまりぞっとしないという顔で、肩をすくめた。

「仕事の中身も分からないのでは、あまり乗り気になれないな」

「行って、損はありませんよ。謝礼は、最高で一万ドルだそうですから」

それを聞いて、ストーンは背を起こした。

「一万ドル、とね。それはまた、ずいぶん張り込んだものだな」

そのとおりだ。

かなり大物のお尋ね者でも、めったにそこまでの賞金はつかない。当時でいえば、一万ドルの賞金がついたのはジェシー・ジェームズと、その強盗団くらいのものだろう。

ルーカスが、にっと笑う。

「それもそうですが、エドナに会わない手はありませんよ、ミスタ・ストーン。なにしろ、とびきりの美人ですからね」

ストーンは、椅子をぎしぎしと鳴らしながら、しばらく考えた。

それから、そっけない口調で言う。

「では、まあ、行くだけ行ってみるか」

ルーカスが、そうこなくちゃ、というようにうなずく。

「ただし、エドナはとてもきれい好きな人なので、あなたたちも身ぎれいにして行ったほうがいい。髪も髭《ひげ》もきちんと刈り込んで、むろん風呂《ふろ》にはいること。その、ほこりだらけの鹿皮《しかがわ》服も、なんとかしなければ」

ストーンの頬が、ぴくりと動く。

「念のため聞くが、ミセス・マキンリーが求めているのは、腕の立つ男なのかね。それとも、ただの香水のセールスマンなのかね」

2

わたしたちは、トゥサンでいちばん古いオチョア・ホテルに、宿をとった。

開業してから、もっとも年数がたっているというだけの話で、特に格式が高いわけではない。それでも、食堂のメニューはいろいろと種類があって、味もよかった。

三人で旅を始めてから、八か月ほどが過ぎた。その間、いろいろな失敗もあったが、総額で千ドル近い賞金を稼いだ。

最初の話し合いで、取り分はサグワロが二十パーセント、わたしが半分の十パーセント、残りをトム・B・ストーンが取る、ということになっていた。しかし、その後ストーンは、わたしが担当する炊事、洗濯その他の雑用の価値を認め、取り分を十五パーセントに上げてくれた。

それが多いか少ないかは、にわかに判断できないものがある。

お尋ね者と対決するとき、ストーンがサグワロやわたしの手を借りることは、ほとんどなかった。もっとも、それは単に銃を撃ってストーンを助ける、といった直接的な援護をする機会がないだけで、そのほかの面ではそこそこに役に立った、と思っている。たとえば、相手の居所を突きとめたり、見張りの手伝いをしたりするのも、りっぱな仕事の一つだ。

それだけでなく、サグワロがストーンのそばに控えていれば、相手の抵抗意欲がそがれる。どんな無法者も、一人で二人の男を相手にするのは分が悪い、と考えるからだ。まして、わたしが後ろの方でショットガンを構えていたりすれば、たいていのお尋ね者はあきらめる。三人が組んで、一緒に仕事をすることから生じるメリットは、ストーンが考える以上に大きかったようだ。

そんなこんなで、これまでのところわたしたち三人は、無難に仕事をこなしてきた。

エドナ・マキンリーが、どんな仕事をさせるつもりで人を雇うのか、今のところ分からない。それにしても、報奨金一万ドルとはたいした金額だ。

あるいは、夫を殺したレナード・ワトスンをいためつけるとか、殺すとかしてほしいという依頼なのだろうか。

いや、それはあるまい。ジョン・ルーカスによれば、エドナは法を破る仕事をさせるつもりはない、と言ったそうだ。ワトスンは、シドニー・マキンリー殺しについては法律上、無罪になったという。だとすれば、ワトスンに手を出すのは私怨《しえん》による復讐《ふくしゅう》とみなされ、逆に法を犯すことになる。

その種の仕事だったら、いくらエドナが美人だとしても、ストーンは引き受けないだろう。万が一にも、首を縦に振るようなそぶりを見せれば、このわたしが黙っていない。

一夜明けた、翌日。

食堂で朝食をとったあと、ストーンはわたしに言った。

「雑貨屋に行って、新しいシャツとパンツを買うんだ。間違っても、婦人服の店なんかに、足を踏み入れるなよ。わたしたちは、ダンスパーティに行くんじゃないからな」

「分かってるわよ。身ぎれいにすればいいんでしょう」

「そうだ。ついでに、髪も少し切った方がいい」

わたしは、ストーンを睨《にら》んだ。

「よっぽど、ミセス・マキンリーに気に入られたいのね、トム」

ストーンは、平気の平左だった。

「いかんかね。一万ドルは、大金だ」

サグワロが、当惑したように言う。

「ジェニファはともかく、おれはどうすればいい」

ストーンは、サグワロをためつすがめつした。

「そうだな。あんたのことは、おれが考える。一緒に、洋服屋へ行こう。どっちみち、人探しで長旅になるとすれば、着替えが必要だからな」

もう、雇われた気になっている。

ホテルの前で二人と別れ、わたしはオチョア通りを西に歩いた。

とにかくトゥサンは、これまで訪れたり通り過ぎたりした町とは、段違いに大きい。

第一、一つの通りの長さが半マイル（八百メートル）近くもあるのには、驚かされる。

これまでの町は、メインストリートでもせいぜい二百ヤード（約百八十メートル）程度だったから、トゥサンのそれに比べれば横町みたいなものだ。

町の西側の一角には、七百フィート（約二百十メートル）四方の壁で囲まれた、旧街区がある。そこは、百年ほど前にスペイン人が建設した、砦《とりで》のあとだった。その中に一軒、大きなビューティサロンが店を出しているのを、前に来たとき見た覚えがある。

わたしはそこへ行って、髪を思い切り短くした。

それから、ビューティサロンの並びにある雑貨屋で、新しいシャツと綿のパンツ、それに下着や靴下を買った。ついでに、ブーツも磨いてもらう。

雑貨店を出て、新街区にもどった。

とにかく、あきれるほど人通りが多い。

西部風の、幅広のステットスンばかりでなく、東部風の山高帽をかぶった男がいる。

胸のあたりがレースになったドレスに、花の形をした飾り模様つきの帽子をかぶり、白い日傘をさした娘がいる。

一人前に上下揃《そろ》いの服を着て、ぴかぴかの靴をはいた少年。

サーベルをぶら下げ、一列縦隊で歩く騎兵隊の一団。

家畜や干し草を積んだ馬車が、ひっきりなしに通りを往来する。

ベンスンあたりの町では、どんな商品も雑貨屋へ行けば売っていたが、それぞれ数が少なかった。ここでは家具なら家具、食器なら食器、馬具《ばぐ》なら馬具と、それぞれ専門の商店があり、品揃えも充実している。この町で雑貨屋が置いているのは、ちょっとした衣類のほか、文字どおり細ごました雑貨類ばかりだった。

馬を預けた厩舎《きゅうしゃ》へ向かったとき、少し離れた向かいの板張り歩道から、男が二人おりて来た。いずれも、黒いスーツの上に黒い長めのコートを着込み、黒いステットスンをかぶっている。

一人は、六フィートそこそこのがっちりした体格で、もう一人は体の引き締まった小柄な男だった。

そばに来るまで、その二人がストーンとサグワロだということに、気がつかなかった。

わたしは通りに足を止め、ぽかんと二人を見つめた。

「どうしたの、その格好は」

サグワロが、照れくさそうに両手を広げる。

「ストーンが、どうしてもこれを着ろ、と言うんだ」

コートの背に、刀のはいった革鞘《かわざや》を結びつけたサグワロのいでたちは、異様というより珍妙だった。

ストーンが言う。

「一着くらい、出るところへ出ても恥をかかずにすむ、ちゃんとした服が必要だ」

そばに行くと、二人とも不精髭をさっぱりと剃《そ》り落とし、香水のにおいまで漂わせている。ストーンの口髭は、まるで一本ずつ切り揃えでもしたように、きれいに刈り込んである。

「馬子《まご》にも衣装（Fine cloths make the man)、とはよく言ったものだわ」

わたしがひやかすと、サグワロは負けずに言い返した。

「あんたもさっぱりして、すっかり女らしくなったよ」

わたしは、ストーンが笑いをこらえているのを見て、気分を害した。

「あなたたちが、そんな風に正装するって分かっていたら、わたしもドレスを買ってきたのに。ダンスパーティに行くんじゃない、と言ったのはどこのだれなの。わたしだって、ちゃんと女らしい格好をしたら、もう少し見栄《みば》えがするわよ」

「もちろんだ。もう、十七歳だからな」

サグワロが、もっともらしい顔で言ったので、わたしはまたむかっときた。

ストーンが、あわてて割ってはいる。

「まあ、そう怒るな、ジェニファ。今度の仕事で稼いだら、わたしがパーティ用のドレスを、プレゼントしてやる」

それを聞いて、すぐに機嫌が直ったというわけではないが、いくらか気持ちが落ち着いた。

「分かったわ。約束よ」

ストーンは、おもむろに首を振った。

「前にも言っただろう。わたしは、約束というものをしない人間なんだ。信じてもらうしかないな」

何も、こんなときに主義主張を持ち出さなくても、よさそうなものだ。

しかし、ストーンが信用できる人物だということは、この八か月で分かっていた。

「それじゃ、さっそくマキンリー牧場へ行きましょうよ、美人の牧場主に会いに」

わたしたちは、早めに昼食をすませたあと、町を出発した。

それまでに調べたところでは、未亡人のエドナ・マキンリーはまだ三十五歳で、十一歳になる一人息子のウォレンがいる、という。

エドナを助けるのは、シドニーの弟のアルバート・マキンリーとサラの夫婦で、この二人には子供がいない。

ほかに、ハリー・ドミンゲスという牧童頭を筆頭に、二十人ほどのカウボーイが働いているらしい。

町から、まっすぐ東へ向かう。正面やや左手に、巨大な山の連なりが立ちはだかる。ストーンによれば、サンタ・カタリナ山脈だそうだ。

サボテンの立ち並ぶ、日差しの強い荒原を一時間ほど馬を走らせると、広い敷地を囲む柵《さく》にぶつかった。〈マキンリー・ランチ〉と大きな表札が出ており、その下の看板に赤い字で〈旅人は歓迎、無法者はお断り〉、と書いてある。

入り口の柵に、若いカウボーイが一人またがって、わたしたちに問いかけた。

「〈迷える羊〉計画の応募者かね」

「そういう計画かどうか知らないが、応募者であることは確かだ」

ストーンが答えると、カウボーイは柵に結びつけたロープを引き、門の柵をあけてくれた。

中にはいると、半マイルほど先の平地に散在する、いくつかの建物が見えた。

そのうちの一つは、今まで見たこともないような大きさの家で、緑の屋根と白い板壁が目に痛いほどだった。

唐突に、小さいころ暮らしたケンタッキーの農場が、頭に浮かぶ。わたしが住んでいた家も、あのような大きさと色の建物ではなかったか。

しかし、わたしはすぐにその甘ずっぱい記憶を、頭から追い出した。それは必然的に、元南軍のゲリラに殺された家族のことを、思い起こさせるからだ。

わたしたちは、なだらかな傾斜をゆっくりとくだり、建物の方に向かった。

近づくにつれて、大きな馬囲いの日除《ひよ》け屋根の下に、二十人ほどの男がたむろしているのが、視野にはいった。〈迷える羊〉計画とやらに、応募して来た男たちらしい。

馬囲いの中に乗り入れ、馬をおりて男たちに加わった。

ジョン・ルーカスの忠告を聞いて来たのか、東部の紳士そこのけにめかし込んだ男が二人、わたしたちを見る。

その隣に、たった今長旅からもどったばかりという感じの、ほこりにまみれた鹿皮服の男がいた。服装で、相手の真価を見抜くことはできないが、もしわたしがだれかにものを頼む立場だったら、やはり身ぎれいな男を選んでしまうだろう。

そのほか、明らかにガンファイターと分かるいでたちの男が、何人か目についた。もしかすると、わたしたちと同じ賞金稼ぎを生業《なりわい》にする者も、まじっているかもしれない。

そうした例外を別にすれば、そこに集まったのはおおむねこざっぱりした服装の、町育ちの男たちのようだった。

ストーンが、懐中時計を出す。

「そろそろ二時だ」

まるで、その言葉が聞こえたかのように、だいぶ離れた大きな家のドアがあいた。

頬から顎《あご》にかけて、まっくろな髭をたくわえたカウボーイ姿の男が、外に出て来る。背はさほど高くないが、がっしりした体格の男だった。

男は、カウボーイの宿舎らしい丸太小屋の前を通って、長いスロープの屋根を持つ納屋《なや》の横を抜け、こっちへやって来た。

手に、丸めた紙を持っている。

3

男は馬囲いの中にはいり、わたしたちに呼びかけた。

「みんな、よく来てくれた。おれは、このマキンリー牧場で牧童頭を務める、ハリー・ドミンゲスだ。これからミセス・マキンリーの指示で、あんたたちが今度の仕事に向いているかどうか、試させてもらう。試験に通った者と、契約することにする」

そこにいた者は、みな顔を見合わせた。

山高帽をかぶった、東部風の男が質問する。

「その仕事に成功すれば、最大で一万ドル支払われると聞いたが、間違いないかね」

ドミンゲスがうなずく。

「間違いない。ちゃんと、契約書を交わす予定だ。試験することに、異存のある者はいないだろうな」

だれも、異議を申し立てなかった。

それを確認すると、ドミンゲスは手にした紙を広げて、頭の上に掲げた。

紙には活字体で、こう書いてあった。

Those who can read these letters remove a hat and rewear.
(この文章を読める者は、帽子を脱いでかぶり直すこと)

わたしは、それがすでに試験の始まりだと分かったので、帽子を取ってかぶり直した。

ストーンも同じようにしたが、サグワロは文章の意味がよく分からないらしく、もじもじしている。

わたしは、だれにも聞こえないように、ささやいた。

「帽子を取って、かぶり直すのよ」

サグワロが、あわてて言われたとおりにする。

見回すと、半分くらいの男がわけが分からないらしく、きょろきょろしている。

ドミンゲスが、おもむろに言った。

「今、帽子をかぶり直した者は、前に出てくれ」

わたしたち三人を含めて、十人ほどの男たちが前に出た。

あとに残った男たちが、互いに顔を見合わせる。

ドミンゲスが薄笑いを浮かべ、サグワロを指さして言った。

「あんたは前に出たが、ほんとにこの英語が読めるのか」

「読めたから、前に出たんだ」

そう答えるサグワロに、ドミンゲスが笑いを消す。

「あんた、インディアンだな」

サグワロは、ステットスンを親指で押し上げた。

「違う。日本人だ」

ドミンゲスは、日本人と言われてもぴんとこないらしく、妙な顔をした。

「まあ、いい。ちゃんと字が読めるなら、インディアンだろうと日本人だろうと、こっちはかまわん。とにかく声を出して、この文章を読んでみろ」

わたしは焦《あせ》った。

みんなが見ているので、今度はこっそり教えるわけにもいかない。

サグワロは、少しの間黙ってそこに立ち尽くしていたが、やがてステットスンをぐいと目深《まぶか》に引き下ろした。

何も言わずに、残った男たちの方へもどって行く。

ドミンゲスが、それ見たことかというように、また薄笑いを浮かべた。

抗議しようとするわたしを、ストーンが手で制した。

「ほうっておけ。様子をみよう」

しかたなく、口を閉ざす。

わたしは、これまで何度かサグワロが新聞を読んでいるのを、見かけたことがある。勉強のためだ、と言っていたから少しは読めると思ったが、あれは格好だけだったのか。

ドミンゲスが、帽子をかぶり直さなかった男たちに目を向け、あらためて言う。

「せっかく来てもらったが、字の読めない者ははずさせてもらう。縁がなかったもの、とあきらめてくれ」

すると、鹿皮服を来た大柄な男が、腕を振り上げてどなった。

「字が読めなくても、おれは腕っ節と銃の扱いにかけちゃ、だれにも負けねえつもりだ。そんなことで、いきなりふるい落とされたんじゃ、納得できねえ」

ドミンゲスは腰に手を当て、一度足元を見てから口を開いた。

「おれだって、字はろくに読めないんだ。だから、あんたの言い分も分かる。しかし、ミセス・マキンリーから、字の読めない者は今度の仕事からはずすように、と言われたもんでね。悪く思わないでくれ」

「だったら、最初に人集めをするときに、そう言やいいんだ。むだ足を踏ませやがって、それですむと思ってるのか」

大男の見幕に、残る男たちも口ぐちにそうだ、そうだと同調する。黙っているのは、サグワロだけだった。

ドミンゲスは、手にした紙を投げ捨てて、男たちをなだめた。

「まあ、待ってくれ。ミセス・マキンリーがそう言い出したのは、ほんの十分ほど前のことなんだ。考えてみると、読み書きができなけりゃ手紙で連絡もとれないし、契約書にサインするのも無理だ、と気がついたんだろう。ともかくあんたたちには、ここまで来て試験を受けてくれた日当として、一人に十ドルずつ支払う。それで、文句はあるまい」

ポケットから革袋を出し、手のひらに中身をざらざらとあける。

それは、わたしが一度も見たことがない、金貨の山だった。

ドミンゲスは、ぶつぶつ言い続ける男たちに一枚ずつ、金貨を投げ渡した。そういうものがある、と話には聞いていたが一度も見たことのない、十ドル金貨らしい。

物珍しさも手伝ってか、鹿皮服の大男をはじめ全員が文句を言うのを中断し、金貨を日にすかし眺めている。サグワロも、例外ではなかった。

カウボーイの月給が、このころ平均して三十ドルくらいだったから、半日足らずの行程で十ドルもらえるなら、割りの悪い話ではない。それも、めったに拝むことのできない、十ドル金貨ときている。

どうやら納得したらしく、選に漏れた男たちはそれ以上苦情を申し立てるのをやめ、つないだ馬の方へ歩き出した。

サグワロもあとに続きながら、ストーンとわたしに声をかける。

「門のところで、待ってるからな」

それをストーンが呼び止め、囲いの柵を顎で示した。

「サグワロ。そのあたりで、待っていてくれ」

サグワロが、それとなくドミンゲスの顔色を見てから、柵のところへ行く。

ドミンゲスは別にとがめようともせず、馬に乗って走り去る男たちを見送った。

落選組の姿が消えてしまうと、馬囲いに残った者たちの方に向き直る。

真っ先に、わたしを見て言った。

「もう一人、妙なのがまぎれ込んでるようだな。男みたいな格好をしてるが、あんたは女じゃないのか」

「ええ、そうよ」

すなおに認めると、ほかの男たちがそれまで気がつかなかったというように、わたしを振り向く。

「今度の仕事に、女は必要ない。赤ん坊《ベィビー》も、必要ない。女の赤ん坊は、もっと必要ない」

「確かに女だけど、赤ん坊じゃないわ」

食ってかかったが、ドミンゲスは動じなかった。

「ミセス・マキンリーは、男を集めてるんだ。あんたにも十ドルやるから、引き取ってもらおうか」

わたしが何か言う前に、ストーンが口を開いた。

「この娘は、わたしの相棒なんだ」

ストーンが、わたしのことを人前で相棒と呼ぶのは、初めてだった。

内心どぎまぎしながら、ドミンゲスの様子をうかがう。

ドミンゲスは、すげなく応じた。

「相棒だろうとなんだろうと、女を入れるわけにはいかん。いやだったら、あんたにもはずれてもらう。むろん、日当は払ってやる」

ストーンは少し考え、わたしに顎をしゃくった。

「サグワロと一緒に、待っていてくれ」

すかさずドミンゲスが、十ドル金貨を投げてよこす。

もっと言いたいことはあったが、とりあえず様子をみることにして、わたしはサグワロのそばに移った。

ストーンは、最終的に自分が雇われると決まった場合、たとえ取り分が減ることになっても、サグワロとわたしを仲間に入れるつもりなのかもしれない。ぜひ、そう願いたいものだ。

ドミンゲスが、今度はちょうどわたしと反対側の端にいた、若い男を指で示す。

「ついでに、あんたにも抜けてもらおう。今言ったとおり、この仕事は赤ん坊には向かないんでね」

若い男は一歩前に出ると、体に似合わぬ大きなステットスンを後ろへずらし、ドミンゲスと向き合った。

「おれのことを、赤ん坊呼ばわりするのはやめろ。もう、一人前なんだ」

それまで見過ごしていたが、その男はわたしとたいして背丈が変わらない、女のように顔立ちの整った若者だった。

ドミンゲスが、赤ん坊と言ったのは言いすぎだとしても、年はわたしとせいぜい一つか二つしか、変わらないように見える。キッド（少年）と呼ぶのに、ちょうどいい年ごろだろう。

キッドは、腰に拳銃を二挺《ちょう》つけていた。右手の側は普通どおりだが、もう一挺は左腰のホルスターに、銃把《じゅうは》を前に向けて差してある。格好だけは、一人前だった。

ドミンゲスは、にやりと笑った。

「おれから見りゃ、おまえさんはまだ赤ん坊だ」

キッドは、両足を軽く開いた。

「だったら、証明してみろ。先に抜いていいぞ」

ずいぶん、威勢のいい若者だ。

ドミンゲスは笑いを消して、当惑したようにそこにいる男たちを見回した。

だれも、何も言わない。

ドミンゲスは、キッドに目をもどした。

「血の気が多すぎるのも、今度の仕事には向かないんだ、若いの《サン》」

〈赤ん坊〉から、いきなり〈若いの〉に昇格する。

「だったら、おれを赤ん坊と呼んで悪かった、と謝るんだな」

「赤ん坊でないことを、あなたが自分で証明しなさいな」

そう言ったのは、ドミンゲスでもなければ、そこにいるだれでもなかった。

わたしたちは、いっせいに振り向いた。

いつの間にか、背後に女が立っていた。

4

わたしたちは、ぽかんとその女を見つめた。

若草色の、ぴんとアイロンのかかったドレスに身を包んだ、姿勢のいい女だった。女にしては背が高く、五フィート八インチくらいありそうだ。

しかし、そこにいるみんなが息をのんだのは、その背丈のせいではない。

おそらく、だれもが今まで見たことのない、輝くようなプラチナブロンドの髪と、エメラルドグリーンの瞳《ひとみ》。そして何よりも、女のわたしですら呆然《ぼうぜん》と見とれるほどの、美貌《びぼう》のせいだった。電信係の言葉は、嘘《うそ》ではなかった。

ハリー・ドミンゲスが言う。

「こちらが、このマキンリー牧場を切り回しておられる、ミセス・マキンリーだ」

それを聞いて、わたしもほかの男たちも呪縛《じゅばく》を解かれた感じで、ほっと一息ついた。

女が、口を開く。

「エドナ・マキンリーです。今日は、わざわざわたしの牧場までお越しくださって、ありがとうございます。みなさんに来ていただいたのは、わたしの人探しの仕事に手を貸してほしい、と思ったからなのです」

男たちは、よく分かっているというように、礼儀正しくうなずいた。

エドナ・マキンリーは、話を続けた。

「この仕事には、かなりの危険が伴います。読み書きができるほかに、銃の腕も重要なポイントになるでしょう。これから、みなさんの腕試しをさせていただきます」

男たちが不安げに、互いの顔を見る。

トム・B・ストーン一人が、まったく身動きをしなかった。ストーンは、まるで石像にでもなったように、エドナをじっと見つめていた。

これほど熱心な目で、何かを見るストーンの姿に接したのは、たぶん初めてだ。

エドナが、ストーンの視線に気づかぬげに、微笑を含んで言う。

「それではまず、この血の気の多い若者が赤ん坊であることを証明したい、と思う人はいませんか」

その言葉が終わらないうちに、東部風の山高帽をかぶったしゃれ男が、前に進み出る。

「わたしが、証明してみせましょう」

エドナはうなずき、聞き返した。

「あなたのお名前は」

「フラナガンです。エイブ・フラナガン。エイブと呼んでください」

今度は、キッドを見る。

「あなたは」

「おれは、ただのキッドでいい。ベイビーとか、オールドマン（おやじ）でさえなけりゃな」

「分かったわ、キッド。エイブと腕比べをするのに、異存はないでしょうね」

キッドは、ぐいと唇を引き結んだ。

「おれは、なんの恨みもないやつをあの世に送るのは、気が進まねえ」

その傲慢《ごうまん》な態度に、何か言いかけようとするエイブ・フラナガンを、エドナが押しとどめる。

「二人に撃ち合え、と言っているわけではないわ」

エドナは手に下げて来た籠《かご》の中から、いろいろな大きさの空き瓶を取り出して、地面に転がした。

ドミンゲスに言う。

「ハリー。どれでもいいから、この瓶を柵の支柱の上に載せなさい」

ドミンゲスは、いちばん大きな空き瓶を取り上げて、手近の支柱の上に載せた。

ドミンゲスが、もとの位置にもどるのを待って、エドナはキッドとフラナガンを見た。

「標的の瓶に対して、二人が互いに九十度の角度になるように、斜めに向き合ってちょうだい。距離はそれぞれ、支柱から十ヤード。ドミンゲスの合図で、同時に瓶を撃つのよ。六発のうち、とにかく先に当てた方が勝ち、ということにします。どちらの弾が当たったかは、瓶の飛び散る方向で分かるでしょう」

フラナガンが、人差し指を立てた。

「失礼ですが、奥さん。六連発の拳銃でも、暴発を防ぐために撃鉄の当たる薬室には、弾を装塡《そうてん》しないのが決まりです。したがってわたしの拳銃には、五発しか弾がはいっていません。もっとも、瓶を撃つには一発あれば、十分ですがね」

キッドが、せせら笑う。

「あんたには一発も必要ないぜ、ミスタ・フラナガン。あんたが、銃を抜こうともたもたしてるうちに、おれが瓶を撃っちまうからな」

「大口を叩《たた》くのは、勝ってからにしなさい」

エドナにたしなめられると、キッドはふてくされたように口を閉じた。

ドミンゲスが言う。

「よし、構えろ。おれが抜け《ドゥロー》、と言ったら撃つんだ」

キッドとフラナガンは、支柱に対して互いに十ヤードの距離をとり、九十度の角度で瓶と向き合った。

サグワロとわたしは、キッドの拳銃の腕を信用していなかったので、流れ弾が当たらないように柵から離れた。

二人が、構えをとる。

ドミンゲスは、ぼんやりとかなたの山を見ていたが、いきなりどなった。

「抜け」

その言葉が終わらぬうちに、キッドの拳銃が自分から飛び出したように、手の中で躍った。

鋭い発射音がして、瓶が柵の外に飛び散る。

フラナガンが抜いた拳銃の銃口は、まだ地面から上を向いていなかった。

ドミンゲスが、おもしろくなさそうに言う。

「キッドの勝ちだ」

男たちの間に、動揺が伝わった。

比較的大きな的とはいえ、十ヤードの距離を抜き撃ちでクリアするのは、かなりむずかしい。キッドはそれを、すごい速さでやってのけた。さすがに、大口を叩くだけのことはある。

フラナガンが、こそこそと男たちの間に潜り込むのを待って、エドナは口を開いた。

「キッドが負けるまで、続けたいと思います。次の挑戦者は、どなたですか」

目つきの鋭い、りっぱな口髭を生やした三十歳くらいの男が、前に進み出た。

「ビル・ブルックスだ。今のが本物かまぐれか、おれが試してやる」

ドミンゲスが、今度は少し小さめの瓶を取り上げて、支柱に置きに行く。その間に、キッドは抜け目なく弾を一発、装塡し直した。

用意ができると、キッドとブルックスはさっきと同じように、瓶に向かって身構えた。

今度も、キッドの抜き撃ちはブルックスより、早かった。しかし、初弾ははずれた。

そのすきにブルックスは、右手の人差し指で引き金を引き絞ったまま、左手の小指側の腹で撃鉄を続けざまにあおり、立て続けに五発撃った。いわゆる、ファニング（扇撃ち）と呼ばれる撃ち方だ。

銃声だけは派手だったが、一発も当たらなかった。

ふだん、ストーンが口にするところによれば、ファニングはただのこけおどしにすぎず、五ヤードも離れるとまず当たらない、という。そのとおりだった。

ブルックスが、むだな弾を撃ちつくすのとほぼ同時に、キッドは二発目で首尾よく瓶を撃ち砕いた。

ブルックスは首を振り、すごすごと引き下がった。

さらに、残る四人の男が次つぎに挑戦したが、いずれもキッドに敗れた。

キッドはそのうち三度初弾をはずし、一度などは最後の五発目でようやく命中、という危ない橋を渡った。キッドをはじめ、ほとんどの男がいちばん扱いやすい、といわれるコルトSAAを使ったが、この拳銃も十ヤードほど離れた距離になると、なかなか当たらないようだ。

しかし、とにかくキッドの勝ちは、勝ちだった。

わたしはいつの間にか、キッドを応援する側に回っていた。キッドが勝つたびに、歓声を抑えるのに苦労したほどだ。

敗れた男たちが、ドミンゲスから日当を受け取って一人、二人と牧場を去って行く。

気がついてみると、その場に残った者はキッドとストーンの、二人だけになっていた。

わたしは、そばに立つサグワロに目を向けたが、その横顔からは何も読み取れない。

なぜか、複雑な心境だった。ストーンに勝ってほしかったが、キッドにも負けてもらいたくない。

ドミンゲスが、期待していない様子を隠そうともせず、ストーンに声をかける。

「あんたが最後だ。それとも、棄権するかね」

ストーンも、あまり気乗りがしないというように、小さく肩をすくめた。

「まあ、ためしにやってみよう。わたしの名は、トム・B・ストーンだ」

「いいだろう、ストーン。がんばってくれ」

キッドが弾を込め直すのを待って、ドミンゲスは残った二本の空き瓶のうち、細い方を支柱に載せた。

ストーンは、コートの前を大きくはだけると、ホルスターの横に右手を垂らした。

キッドも、年に似ぬふてぶてしい態度で、拳銃の上に手をかざす。

ドミンゲスは様子をうかがい、ころ合いを計ってどなった。

「抜け」

キッドが、目にも留まらぬ手の動きで、抜き撃ちする。

瓶は一発で砕け、宙に飛び散った。

はっとした瞬間、あとから拳銃を抜いたストーンが、腕をまっすぐ伸ばして引き金を引く。

キッドに撃ち抜かれ、割れて高く舞い上がった瓶の首の部分が、さらに細かく砕け散った。

背後でエドナが、ほっと感嘆の息を漏らす気配がする。

キッドが、頰を赤くして言った。

「おれの方が、早かったぞ」

ストーンは、ホルスターに拳銃をもどした。

「そうだな。確かに、きみの方が早かった」

「あんたの弾は偶然、瓶の首に当たっただけだ」

「いや、偶然じゃないよ。わたしは、狙《ねら》って撃ったんだ」

キッドは、引っ込まなかった。

「だったら、今度はあんたが瓶を撃て。おれが、吹っ飛んだ瓶の首を、撃ってみせる」

「きみには、無理だな」

「やってみなけりゃ、分からねえだろ」

むきになって言うキッドに、わたしはなぜかどきどきした。

ドミンゲスが、最後の一本になった瓶を、支柱に載せる。

二人は、もう一度身構えた。

合図とともに、キッドがすばやく拳銃を抜き放ち、射撃体勢をとる。

ストーンは、少しもあわてずに拳銃を引き抜くと、目の高さに上げて撃った。瓶の首だけが、砕けて吹っ飛んだ。本体は割れもせず、そのまま支柱の上に残る。

キッドは、撃つ目標を失ってあっけにとられ、その場に立ち尽くした。

それから、怒り狂ってストーンに向き直る。

「くそ、ばかにしやがって。今度はおれと、勝負しろ」

そのときにはもう、ストーンの拳銃はホルスターに収まっていた。

「命のやり取りをするには、わたしは年をとりすぎているし、きみは逆に若すぎる。どちらにしても、きみの拳銃はわたしより早かった。この仕事は、きみのものだ」

そう言って、サグワロとわたしを見る。

「行こうか」

とたんに、エドナが声をかけた。

「お待ちなさい。まだ、結論が出ていませんよ」

5

トム・B・ストーンは、エドナ・マキンリーの方に向き直った。

「結論は、出たでしょう。早撃ちのガンファイターをお望みなら、キッドにかなう者はだれもいませんよ、奥さん」

エドナは、顎を引いた。

「わたしは、早撃ちだけを試験したつもりはありません」

「しかし、キッドに後れをとった者はみんな日当を受け取り、ここを出て行きました。ほかに試すことがあるなら、なぜ彼らを止めなかったんですか」

そばにいたハリー・ドミンゲスが、居心地悪そうに乾いた土を蹴る。

エドナは、髪を揺すって言った。

「早撃ちの腕比べをする間、わたしはあの人たちを一人ずつ観察しました。だれも、わたしの眼鏡《めがね》に適《かな》いませんでした」

ストーンの目に、不思議そうな色が浮かぶ。

「何を観察した、とおっしゃるんですか、奥さん」

「みんな、早く撃つことばかりに気をとられて、ほかのことを考えなかったからです。そういうときは、えてして銃口がホルスターに引っかかり、自分の足を撃ったりするものです。怪我人《けがにん》が出なかったのが、不思議なくらいでした」

エドナの言うとおりだ。

「しかしそれは、早撃ちの腕試しだと割り切ったからでしょう」

ストーンが指摘すると、エドナはきっぱりと言った。

「たとえそうであっても、周囲の状況やわたしが何を求めているかを考えない人に、この仕事は任せられません」

ストーンが、軽く頭を下げる。

「それでは、今日集まった男たちは全員失格ですな、奥さん」

エドナはちょっとためらい、おもむろに口を開いた。

「あなただけが、早く撃つよりも正確に撃つことを考えていた、と思います」

そばで聞いていたキッドが、不服そうな顔で割り込む。

「おれだって、早く撃つだけじゃなく正確に撃つことも、考えていたぞ」

ドミンゲスが、そばから注意する。

「奥さん《マム》、と呼ぶんだ、キッド。雇われたかったら、言葉遣いに気をつけろ」

キッドは頬を赤らめ、付け加えた。

「奥さん」

　エドナが、キッドに目を向ける。

「でも、あなたはずいぶんむだな弾を撃ったわ、キッド。早いけれど正確さに欠ける、と言わざるをえないわね。生きて動く相手だったら、逆に撃たれていたかもしれなくてよ」

　キッドは、何も言い返せなかった。

　エドナが、ストーンに目をもどす。

「わたしは、あなたと契約したいと思います、ミスタ・ストーン。一緒に、家へ来てください」

　キッドは、抗議するように何か言いかけたが、エドナを見て口をつぐんだ。

　ストーンが、聞き返す。

「ほんとうに、わたしと契約したいとおっしゃるんですか、奥さん」

　エドナはうなずいた。

「ええ。わたしにも、人を見る目はあります」

　ストーンはこめかみを掻き、あいまいなしぐさでサグワロとわたしに、手を振ってみせた。

「この二人は、わたしの相棒なんですよ、奥さん。契約していただくなら、この二人も一緒にお願いします」

　エドナは、意志の強そうな唇を、ぐいと引き結んだ。

「わたしは、あなたと契約したい、と言ったのですよ」

あなた、という言葉に力を入れる。

「この二人は、たぶん役に立つと思いますよ。少なくとも、じゃまにはならんでしょう。できれば、一緒に仕事をしたいんですがね」

紹介のしかたに不満はあったが、とにかく仲間に入れてくれようとする姿勢は、評価できる。

しかしエドナは、表情を変えなかった。

「わたしには、あなた一人で十分のように、見えますけれど」

ストーンは、これまでの付き合いを考えれば許しがたいほど、長い間考えを巡らしていた。

ようやく、口を開く。

「この二人と一緒でないと、契約するわけにはいきませんね、奥さん。いろいろと、事情があるんですよ」

エドナは腰に手を当て、少しの間ストーンを見返した。

それから、サグワロとわたしに目を移して、ざっと品定めをする。

「あなたたち、名前はなんというの」

サグワロは、ほとんど気をつけをした。

「サグワロ」

そう答えてから、急いで言い直す。

「サグワロといいます、奥さん」

こんなに緊張したサグワロは、今まで見たことがなかった。

エドナは、妙な顔をした。

「それって、通称でしょう。本名を聞かせなさい」

サグワロが、もじもじする。

「おれは日本人で、自分の名前を思い出せないんですよ、奥さん」

ストーンが、助け船を出した。

「この男は何かの拍子に、記憶をなくしてしまったんです。しかし腕が立つことは、わたしが保証します」

エドナは肩をすくめ、わたしに目を移した。

わたしは、愛想よく笑った。

「ジェニファ・チペンデイルです。ほんとうは、もっと長い名前なんですけど、ジェニファと呼んでください」

エドナは、それこそ頭の天辺《てっぺん》から足の爪先《つまさき》まで、わたしを眺め回した。

「あなた、お料理はできるの」

「得意中の得意です。少なくとも、拳銃よりはうまいつもりです」

わたしが応じると、エドナはその冗談が気に入ったらしく、表情を緩めた。

「だとしたら、役に立つかもしれないわね。それでは、ミスタ・ストーン。あなたの言葉を信じて、この二人とも契約することにします。ただし、それだけあなたの取り分が減ることを、お忘れなくね」

ストーンは、いかにもしぶしぶという感じで、うなずいた。

キッドが、口を挟む。

「おれはどうなるんですか、奥さん。おれだって、この連中に負けませんよ。拳銃ほどじゃないけど、料理だってうまいもんです」

エドナはキッドを見返し、三秒ほど考えた。

「ミスタ・ストーンに、聞いてみることね。あなたを加えれば、ますます取り分が減るわけだから」

わたしは、ストーンの顔を見た。

ストーンは、わたしが何を考えているか察したように、すぐにうなずいた。

「いいだろう、キッド。きみにも、仲間にはいってもらおう」

ストーンが、それほど簡単に承知するとは思わなかったらしく、キッドは一瞬ぽかんとした。

急にしおらしい態度になり、ストーンに握手を求める。

「ありがとうございます、ミスタ・ストーン。がんばります」

ストーンはおざなりに、キッドの手を握り返した。

「ああ、そうしてくれ」

わたしはほっとして、エドナを見た。

エドナが、ふっと笑い返す。

「なんといっても、キッドはハンサムですからね」

わたしは、胸の中を見透かされたような気がして、頬に血がのぼった。

照れ隠しに言う。

「それで、奥さん。人を追ったり、探したりする仕事だそうですけど、だれを探すんですか」

エドナは腕を組み、わたしたちを一人ずつ見て言った。

「それを聞いたあとは、だれもこの仕事からおりることを、許されませんよ。それでも、いいのね」

ストーンは、わたしたちの意見を聞こうというそぶりも見せず、即座にうなずいた。

「いいですとも、奥さん。言ってください」

エドナは息を吸い、ゆっくりと言った。

「娘を探してほしいのです」

その場が、しんと静まり返る。

ストーンは、わざとらしく咳払《せきばら》いをしてから、控えめに言った。

「お子さんは、ウォレンという息子さんが一人いるだけ、と聞きましたが」

「いいえ、違います。ウォレンには、エミリという名前の三つ違いの姉が、いるのです。あなたたちには、わたしと一緒にエミリを探し出して、連れもどす仕事をしてもらいます」

「〈迷える羊〉計画の羊とは、エミリのことなんですね」

わたしが念を押すと、エドナはうなずいた。

「そうです」

キッドが口を出す。

「エミリは、どうして〈迷える羊〉になったんですか、奥さん」

エドナは、ため息をついた。

「ひとまず、家の中にはいりましょう。長い話になるから」

ストーンが、愛想よく応じる。

「いいですとも、奥さん。ただ、それを聞いてわたしたちのだれかが、この仕事から抜けるかもしれない、と考えた理由はなんですか」

エドナは、先に立って主棟の方へ歩き出しながら、いかにもたいしたことではない、という口調で言った。

「エミリが、だれと一緒にいるのかは、分かっています。ただ、その相手が今どこにいるかが、分からないのです」

「エミリは、だれと一緒なんですか」

歩きながらストーンが聞くと、エドナはすぐには答えなかった。

やっと、口を開く。

「コマンチのゲリラ部隊よ。エミリは、コマンチにさらわれたの」

6

わたしたちは、エドナ・マキンリーのあとについて、母屋にはいった。

田舎《いなか》町の酒場が一軒、そっくりはいりそうなほど広い客間に、案内される。

天井には、豪華なシャンデリア。

暖炉《だんろ》を囲む、大理石らしい複雑な縞《しま》模様の、マントルピース。

飾り金具のついた、チーク材の大きなチェスト。

細かい装飾が施された、オーク材のライティングデスク。

あちこちに置かれた、花模様の刺繍《ししゅう》つきの肘《ひじ》掛け椅子と、赤いビロード張りのカウチ。それらは、ほとんどが東部から取り寄せた家具に違いなく、一度も目にしたことのないものばかりだった。床に敷かれた絨毯《じゅうたん》は、うっかりするとつまずきそうになるほど、毛足が長い。

つくづく、身なりを整えて来てよかった、と思う。

暖炉の上の壁に、並んで立つ男女の大きな肖像画が、かかっていた。

女は、顔立ちからしておそらくエドナ本人、と思われる。だとすれば、かたわらに立つ男は死んだ夫の、シドニー・マキンリーだろう。

暖炉のすぐ前に、まるでその肖像画に負けまいとするように、胸を張って立つ一組の男女がいた。

エドナが言う。

「紹介します。義弟のアルバート・マキンリーと、奥さんのサラよ」

アルバートは、死んだ兄とあまり似ていなかった。

西部男にしては、珍しく口髭も頬髭も生やしていないし、日焼けしてもいない。牧場経営者というより、実直な銀行員のような男だった。

妻のサラは、おそらくエドナや夫より五つか六つ若く、三十歳そこそこに見える。

そばかすだらけの顔に、ずんぐりした体とたくましい肩の持ち主で、鳥の巣のような亜麻色の髪をしている。

　アルバートとサラは声を出さず、お義理のようにうなずいただけだった。

　エドナが、二人にわたしたちを一人ずつ、紹介していく。トム・B・ストーン、サグワロ、わたし。

　キッドの番になったとき、エドナはあらためて本名を聞いた。

　キッドは、脱いだステットスンの縁を両手で回しながら、おずおずと応じた。

「ただのキッドじゃ、いけないかな」

　戸口に立っていた、牧童頭のハリー・ドミンゲスが、すかさず注意する。

「〈いけませんか、奥さん〉だ、キッド」

　キッドはドミンゲスを睨んだが、しかたなさそうに言い直した。

「ええと、ただのキッドじゃいけませんかね、奥さん。サグワロだって、本名じゃないでしょうが」

「おれの場合は、名前を思い出せないだけだ」

　サグワロが抗議すると、エドナはそれを制した。

「ただのキッドでは、ほかのキッドとまぎらわしいわ。せめて、ファーストネームだけでも、教えてちょうだい」

　キッドは少し考え、気の進まない様子で答えた。

「ジャスティスです、奥さん」

部屋の中が、しんとなる。

だれも笑わなかったが、キッドは満座で恥をかかされたとでもいうように、自分だけ顔を赤くした。

確かに、ジャスティス（正義）とは、ごたいそうな名前だ。

エドナは、ことさらむずかしい顔で咳払いをすると、急いで言った。

「いいわ、キッド。でも、ジャスティスはちょっと、おおげさね。これからは、ジャスティ・キッドと呼ぶことにします。文句はないわね」

ジャスティ・キッドか。悪くない呼び名だ。

キッドも、しぶしぶうなずく。

「分かった」

それから、急いで言い直した。

「分かりました、奥さん」

外の馬囲いで拳銃の腕比べをした、あのときの威勢のよさはどこかへ吹っ飛び、妙にすなおになってしまった。

エドナは美しいだけでなく、たとえ相手が無作法な荒くれ男でも、自然にその意に従わせてしまう、ある種の力を備えているようだ。

真っ白いエプロンをつけた、目も髪も黒いメキシコ系らしいメイドが、はいって来た。

エドナは、その若いメイドをコンチータと紹介して、コーヒーを用意するように言いつけた。

「それからコンチータ、息子のウォレンにここへ来るように、言ってちょうだい」

コンチータが出て行くと、ドミンゲスが部屋のあちこちに散らばった椅子を、中央のガラステーブルの周囲に集めた。

ほどなく、チェックの赤いシャツを来た十歳前後の少年が、客間にはいって来る。

「ご紹介します。息子のウォレンです。ウォレン、みなさんにご挨拶《あいさつ》しなさい」

ウォレンは、上目遣いにその場にいるわたしたちを見回し、小さな声で言った。

「こんにちは」

わたしたちは、口ぐちに挨拶を返した。

ウォレンは、わたしより少し低い五フィート三インチほどの背丈の、がりがりに瘦せた少年だった。砂色の髪に青い目、そばかすだらけの顔にみそっ歯ときているから、母親のエドナにはまるで似ていない。肖像画に描かれた父親ともほど遠い、どちらかといえば貧相な顔立ちの持ち主だ。

エドナは、わたしたちを一人ずつていねいに紹介したあと、ウォレンを放免した。

ウォレンと入れ違いに、コンチータがコーヒーを運んで来る。

わたしたちは、それぞれテーブルに寄せられた椅子にすわって、エドナの方を見た。

エドナは、深呼吸するように一度胸を張り、おもむろに言った。

「エミリが、コマンチにさらわれるにいたったいきさつから、お話しすることにします」

そこで一度、口を閉じる。

わたしたちは、ジョージ・ワシントンの大統領就任演説を待つように、かたずをのんでエドナを見つめた。

エドナが、ふたたび口を開く。

「亡夫のシドニーとわたしは十年前、つまり一八六六年の三月のことですが、カリフォルニアへ向かう幌馬車隊《ほろばしゃ》に加わって、テキサス州のサンアントニオを出発しました。ほどなく四歳になる娘のエミリ、生まれて八か月のウォレンを連れて、当時婚約中だったアルバートとサラをパートナーに、十七頭の牛を運んでの旅でした。テキサスでは、大きな牧場が幅をきかせていて、小さな牧場を経営するのはむずかしかったのです。アリゾナへ行けば、まだ一旗揚げる余地があるというのが、シドニーの意見でした。ただ、男二人だけで十七頭の牛と女二人、子供二人を連れて旅するのは、かなり無謀な試みに思われました」

エドナはコーヒーを飲み、静かな口調で続けた。

「たとえば、サンアントニオからトゥサンまでは、直線距離にしても八百マイルを超えます。途中、山あり谷ありの曲がりくねった行程を考えると、千マイルに達するかもしれません。一日平均十マイル進むとしても、三か月以上かかる計算になります。そうした、どんな危険が待ち受けているか分からない長丁場を、子供連れの男女四人で乗り切るのは、至難のわざです。そこで、カリフォルニアに新天地を求めて、新たに編成された幌馬車隊に加わり、途中まで一緒に行くことにしたのです。隊にはわたしたち同様、牛を何頭か連れて行く家族がいましたから、何も問題はありませんでした」

そこで、エドナはまたコーヒーを飲み、少し長い間をおいた。

形のよい眉《まゆ》がきゅっと寄せられ、美しいエメラルドグリーンの瞳に、ふっと暗い影が差す。

「行程の三分の二までは、インディアンにも悪天候にも出会わず、順調な旅でした。およそ二か月ほどで、テキサス州最西端の町エルパソの近くを抜け、ニューメキシコ準州にはいりました。引き続き、リオグランデに沿ってラス・クルーセスまでのぼり、左に折れて一路アリゾナへ向かったのです」

エドナの話は続く。

ニューメキシコ、アリゾナ両準州の州境に近いローズバーグの手前、およそ三十マイルの地点に差しかかったとき、先行していた幌馬車隊の偵察員が馬を飛ばし、駆けもどって来た。

偵察員は、二マイルほど先の岩山の陰でインディアンの若者と、ばったり出くわしたと報告した。

動転した若者が、いきなり岩の上から飛びかかって来たため、馬から落ちて取っ組み合いになった。手加減すればやられるので、偵察員はやむなく若者を刺し殺してしまった、という。

外見からコマンチ族と分かったが、インディアンが単独で行動することは、めったにない。おそらく、付近に何十人かのコマンチの一団がおり、その中から偵察に出た斥候だろう、と偵察員は言った。

たまたま、二人とも銃を撃つ間もなく格闘が始まったので、銃声を立てていない。偵察員は、コマンチの若者の死体を岩陰に引きずり込み、枯れ草で隠してきた。

したがって、仲間たちはしばらくの間斥候が殺されたことに、気がつかないはずだ。

報告を聞いた幌馬車隊の隊長は、念のため問題の岩山を避けて北側へ迂回《うかい》し、早めに野営することに決めた。

その夜は、何ごともなく過ぎた。

翌朝幌馬車隊は、日の出とともにローズバーグへ向かって、出発した。

町まで、十五マイルほどの谷あいにたどり着いたとき、突然近くに隠れていたコマンチの一団が、襲って来た。およそ、三十人ほどの集団だった。

あとになって、偵察隊員が殺した若者は族長の息子に当たり、斥候ではなく単に道に迷っただけ、と分かった。

族長は息子の死体を見つけて、幌馬車隊に復讐戦を仕掛けたもの、とみられる。

幌馬車隊は、ただちに円陣を作ってバリケードを築き、防戦に努めた。コマンチはその円陣の周囲を、反時計回りに疾走しながら銃弾を浴びせ、火矢を射かけてくる。

幌馬車隊の人員はほぼ五十人を数えたが、半分以上が女子供で占められていたため、苦しい戦いを強いられた。

襲撃の輪が、しだいに狭まる。そのままでは、幌馬車隊が全滅する恐れも出てきた。

エドナが、拳《こぶし》を握り締めて言う。

「最初のうち、わたしはウォレンを抱き、サラやエミリと一緒に幌馬車の中に、隠れていたのです。シドニーもアルバートも、ほかの男たちと一緒にコマンチと、激しく撃ち合いました。そのうち、しだいに形勢が悪くなるのが分かってきたので、わたしは子供たちをサラに任せて、幌馬車から飛びおりました。銃を取って、戦うことにしたのです。サンアントニオを出発する前、こういうこともあるかもしれないと思って、銃を撃つ練習をしていたのが、役に立ったわけです」

ところが、コマンチの放った火矢が一家の幌馬車に突き立ち、幌が炎を上げ始めた。

サラは、とっさにエミリを燃え出した荷台から突き落とし、自分もウォレンを胸に抱きかかえて、幌馬車を飛びおりた。

7

エドナ・マキンリーは続ける。

「コマンチは、馬ごとバリケードを越えて円陣の中に飛び込み、次々と幌馬車に火を放ちます。わたしは、ウォレンを抱いたサラを砂嚢《さのう》の間に押し伏せ、コマンチを狙い撃ちしました。でも、射撃はにわか仕込みの素人《しろうと》ですから、弾はほとんど当たりません。わたしたちは、死を覚悟しました」

一瞬、部屋の中が、しんとなった。

「そのとき奇跡のように、騎兵隊の突撃ラッパが耳に届いたのです」

エドナの言葉を聞いて、わたしは思わずため息をついてしまった。

トム・B・ストーンもサグワロも、そしてジャスティ・キッドも、かすかに身じろぎした。

エドナによると、たまたま付近をパトロールしていた、第五騎兵隊の二個分隊が異変に気づいて、応援に駆けつけたのだという。

コマンチはいち早く逃走し、騎兵隊はただちに死傷者の確認をした。女子供を含めて七名の死者と、十一名の負傷者が出たことが分かった。

しばらく沈黙したあと、エドナが声を抑えて言う。

「そのほかにもう一人、生死の確認できない者がいました。娘の、エミリです。ウォレンは、サラの腕に抱かれて無事でしたが、なぜかエミリは姿を消してしまったのです。わたしは、必死になって円陣の外まで探しに出ましたが、見つかりませんでした」

サラが肩を揺すり、ぶっきらぼうに言う。

「わたしは、最善を尽くしたわ。ウォレンを抱いていたので、ほかに方法がなかったの。わたしが、エミリを幌馬車から突き落とさなければ、彼女は焼け死んでいたでしょう」

エドナは、サラに目を向けた。

「だれも、あなたを責めたりはしていないわ、サラ」

サラは、わずかに頰をふくらませて、口をつぐんだ。

エドナは、少しの間サラの顔を見つめてから、わたしたちに目をもどした。

「騎兵隊員の話では、コマンチが逃走する際にエミリの服に目をつけて、引きさらって行ったに違いない、ということでした。確かにそのとき、エミリはフリルのついたピンクのドレスを、身に着けていました。あの混乱の中では、ことさら目立ったでしょう」

ストーンが、あまり気乗りのしない様子で、質問する。

「厳しい幌馬車の旅なのに、なぜそんな贅沢《ぜいたく》なドレスを、着せたりしたんですか」

「その日は、エミリの四歳の誕生日だったのです。忘れもしない、一八六六年五月二十四日のことでした」

エドナはそう言って、唇を引き結んだ。涙をこらえているようだった。

ストーンは、無理もないというようにうなずき、口をつぐんだ。

代わって、アルバート・マキンリーが口を開く。

「幌馬車隊の周辺で、エミリの姿も遺体も発見されない以上、騎兵隊員の言葉どおりコマンチにさらわれた、としか考えられないわけです。インディアンが、白人の女や子供をさらって行く例は、昔も今も珍しくありません」

エドナはうなずいた。

「マイケル・レナルズ少尉《しょうい》が、自分の分隊の一つを率いて、逃げたコマンチの追跡に出ました。わたしも、少尉について一緒に追いかけたいくらいでしたが、事実上それは不可能でした。レナルズ少尉が、エミリを無事に連れ帰ってくれるように、祈るしかなかったのです。わたしたちは幌馬車隊と一緒に、残ったもう一つの分隊に護送されて、ローズバーグに向かいました」

ローズバーグに着いたあと、マキンリー一家はカリフォルニアを目指す幌馬車隊と別れ、町にとどまることにした。

一週間後、待ちに待ったレナルズ少尉の追跡隊が、町に引き返して来た。

しかし、吉報はもたらされなかった。結局、追跡隊は逃げたコマンチの跡をたどれず、エミリの安否を確かめることができなかった、という。

やむなく一家は、アリゾナ準州側のボウイ砦にもどる分隊に送られ、ローズバーグを出て州境を越えた。

エドナにできるのは、今後ともコマンチの動きに目を光らせ、エミリの捜索を続けてくれるように、レナルズ少尉に頼むことだけだった。

エドナは、目を伏せて言った。

「それから、わたしは夫のシドニーとこの土地に落ち着き、結婚したアルバートとサラの手を借りて、このマキンリー牧場を作り上げたのです。でもシドニーは、二年前につまらぬことでならず者と喧嘩《けんか》になり、命を落としてしまいました」

そのいきさつは、トゥサンの電信係ジョン・ルーカスから、聞いている。

エドナが続ける。

「この十年というもの、わたしは一日たりともエミリの無事を祈らずに、過ごしたことはありません。機会あるごとに、ボウイ砦のレナルズ少尉に使いをやって、エミリの消息を尋ねました。少尉が転勤するときも、後任の士官にその旨《むね》申し送りをしてくれるよう、また新しい勤務地でもエミリのことを心にかけてくれるよう、くどいほど頼みました。それでも、エミリに関する情報は何一つ、はいってきませんでした。つい、十日前までは」

十日前、ケント・マーフィという四十代半ばの男が、エドナに面会を求めて牧場を訪れた。伝えたい情報がある、というのだった。

エドナは、マーフィがもたらした情報を、次のように要約した。

マーフィは、半年ほど前に第五騎兵隊を退役した元軍曹で、エミリがコマンチにさらわれたとき、追跡隊に加わった男の一人だった。

マーフィは、レナルズ少尉の副官を長く務めており、少尉が転勤するときも常に行《こう》をともにした。そして半年前、インディアン・テリトリーと呼ばれるオクラホマの、南西部に設営されたシル砦での勤務を最後に、自己都合で退役したのだった。

シル砦は、インディアンの居留地のど真ん中に位置し、周辺には前年降伏したクアナ・パーカー率いるコマンチ族が、多数居住していた。

法令により、インディアンはこの年（一八七六年）の一月末日までに、居留地にはいることを求められた。その日よりあとに、居留地の外で発見されたインディアンは、合衆国への反逆者ないし敵対者とみなされ、強制逮捕されることになった。

それに反発して、ゲリラ戦を展開する戦士たちの集団が、アパッチにもコマンチにもいたし、シャイアンにもスーにもいた。

マーフィが退役する三日前、そうしたインディアンのうちコマンチの戦士が三人、シル砦に投降してきた。ゲリラ部隊とはぐれ、バファローを狩ることもできなくなって、白旗を掲げたのだった。

三人から事情聴取をしたマーフィは、はぐれたゲリラ部隊五十人ほどの中に、女のコマンチが五人混じっていた、という話を引き出した。

しかも、その中の一人は純粋のコマンチではなく、ずっと以前幌馬車隊を襲ったときにさらった、白人の娘だというのだった。

エドナが、目をうるませる。

「それを聞いて、わたしがどれだけ感動し、興奮したか、分かっていただけるでしょう。この十年間で初めて聞いた、エミリの無事を伝える消息なのですから」

サラが、横から口を出した。

「でもエドナ、その白人の娘がエミリかどうかは、まだ断定できないでしょう」

エドナはサラを、厳しい目で見た。

「いいえ、エミリに間違いないわ」

「コマンチに襲われた幌馬車隊は、わたしたちだけじゃないわ。それに、コマンチにさらわれた白人の娘だって、エミリだけじゃないと思うけど」

サラの口ぶりは、いかにもエドナの興奮に水を差すような感じで、わたしは少しいやな気がした。

エドナはサラを、まっすぐに見た。

「あなたには言わなかったけれど、マーフィはその娘がエミリであることを証明する、貴重な話を伝えてくれたわ。コマンチにさらわれたとき、エミリは赤地に白い水玉模様のスカーフを、首に巻いていたの。マーフィが取り調べた戦士の話では、その娘は三つ編みにして後ろに垂らした金髪を、色の褪《あ》せた同じ模様の布切れで結んでいた、というのよ。エミリに、間違いないわ」

「そんなスカーフは、世の中にいくらでもあるわ。それだけで、その娘をエミリと決めつけるのは、どんなものかしら」

「あなたは、わたしがエミリを探しに行くことに、あくまで反対するつもり」

エドナがサラを詰問《きつもん》すると、アルバートが二人をとりなすように、割ってはいった。

「待ってくれ、エドナ。サラは別に、悪気があって言ってるんじゃない。今、われわれは隣のトライスター牧場と、水場のことで争っている。このだいじなときに、あなたに長旅に出られたりしたら、マキンリー牧場はどうなるか分からない。エミリを探しに行くとしても、もう少し確かな情報を入手してから、出かけてほしいんだ。とりあえず、その白人の娘が実際にエミリなのかどうか、ミスタ・ストーンに確かめてきてもらえばいいじゃないか」

サラが、そのとおりだというように、二度うなずく。

エドナは、肩をそびやかした。

「いいえ。これだけは、人さまの手に任せておくわけに、いかないわ。トライスター牧場との争いは、あなたたちとハリーでうまく話をつけるように、がんばってもらいます」

牧童頭のハリー・ドミンゲスが、椅子にすわったまま所在なげなそぶりで、もぞもぞと体を動かす。

どちらの言うことに耳を傾ければいいか、決めかねている様子だ。

「問題のコマンチのゲリラ部隊が、今どこにいるのか分からないというのに、探しに行くのはむだじゃないか」

アルバートが追い討ちをかけると、エドナはきっぱりと言った。

「マーフィ元軍曹が聞き出した話では、投降したコマンチがゲリラ部隊とはぐれたのは、シル砦から東へ百マイルほど離れたテキサス州北部の、レッドリバーの流域だそうだわ。彼ら三人は、レッドリバーを泳いで渡ろうとして押し流され、部隊と離ればなれになったのよ。部隊は川を渡って南下し、バファローを探してニューメキシコ準州まで、行くつもりだったらしいの。もし、わたしたちが西側からニューメキシコにはいれば、どこかで消息が分かるかもしれないわ」

アルバートは首を振っただけで、それきり口をつぐんでしまった。

エドナは姿勢を正し、わたしたちに目をもどした。

「マーフィ元軍曹は、カリフォルニアにいる弟さんのところへ行く途中、道筋だからというのでわざわざこの牧場に、立ち寄ってくださったのです。レナルズ少尉、いいえ、すでに大尉に昇進されたそうですが、彼からそうしてやってくれと頼まれた、とのことでした。その厚意を、無にすることはできません」

サラが、また口を出す。

「それとこれとは、別だと思いますけどね、エドナ。あなたがいなくなったあと、トライスター牧場の連中が暴力で水場を独占したら、どうすればいいの。彼らが今、それをせずにいるのはひとえに、姉さんが睨みをきかせているからよ」

「というか、トライスターは姉さんをうまく言いくるめて結婚し、ここを自分のものにしようとたくらんでるんだ」

アルバートが言うと、サラはわたしたちを見て補足した。

「マキシム・トライスターは、トライスター牧場の経営者なんです。二つの牧場の境に水場があって、これまでは仲よく共同で使っていました。ところがトライスターは、最近エドナを牧場ごと自分のものにしようと考え、レナード・ワトスンのようなならず者を何人も雇って、いやがらせを始めたんです。うちの牛が水場に行くと、銃を撃って追い払ったりとか、水場のわたしたちの側に鉄条網を張って、近づくのを妨げたりとか」

エドナが、ぴしゃりと言う。

「そういう問題は、ミスタ・ストーンに関係ないわ。トライスター牧場とのいざこざは、郡保安官のビル・サンダーズに任せておけばいいのよ」

「サンダーズは、今のところ姉さんがうるさく言うから、しぶしぶ職務を果たしているだけだ。姉さんがいなくなったら、トライスターの言いなりになってしまう。少しは牧場のことを、考えてもらいたいな」

なおも食い下がるアルバートに、エドナはすげなく応じた。

「あなたたちも、子供じゃないはずよ。わたしが留守にしている間、牧場を切り回すだけの才覚がなくて、どうするの」

「どれくらい、留守にするつもりだ」

アルバートが不満げに聞くと、エドナは少し考えた。

「分からないわ。三か月か、半年か、いずれにしても」

そこで言いさすと、アルバートがあとを引き取る。

「エミリを見つけるまでか」

エドナは、ため息をついた。

「そう言いたいところだけれど、そこまで無理はできないわ。かりに、半年でなんのめども立たなければ、あとはミスタ・ストーンに任せて、わたしは一足先にもどります」

サラが言う。

「ほかにも、問題があるわ。エミリを探しに行くのは、そのあたりへピクニックに出かけるのとは、わけが違います。コマンチだけじゃなく、アパッチもいれば街道強盗もいるでしょう。行く手に、どんな危険が待ち受けているか、知れたものじゃないわ。もし、姉さんに万が一のことがあったら、この牧場はどうなるの」

　エドナは白い頰に、夢見るような笑みを浮かべた。

「そのときは、牧場の半分はあなたたちのものよ」

サラは、アルバートとちらりと目を見交わし、エドナに聞き返した。

「あとの半分は」

「もちろん、ウォレンとエミリのものだわ」

サラもアルバートも、子供たちのことをまるで考えていなかったように、とまどいの色を浮かべる。

　エドナは続けた。

「ただし、エミリを救い出して連れ帰ることができず、ウォレンもわたしも無事にもどれなかった場合、牧場は全部あなたたちのものになるわね」

わたしは、エドナが何を言おうとしているのか、分からなかった。

アルバートが、いかにも迷いながらという様子で、質問する。

「それはつまり、エミリを探す旅にウォレンも連れて行く、ということかね」

逆にエドナは、迷わずうなずいた。

「ええ、そのつもりよ」

8

わたしは驚いて、トム・B・ストーンの顔を見た。

案の定、ストーンは軽く眉をひそめ、低い声で言った。

「子供連れでは、足手まといになりますよ、奥さん。わたしの考えでは、いっそ奥さんも行くのをやめて、わたしたちに任せた方がいい、と思いますがね」

エドナ・マキンリーは、きっとなってストーンを見返した。

「いいえ。わたしは、この目であなたたちの仕事ぶりを、見届けなければなりません。ウォレンも、一緒に連れて行きます。だれがなんと言っても、この考えは変わりませんよ」

その決意に満ちた口調は、鍛冶屋《かじや》のふいごのように熱かった。

サラとアルバートのマキンリー夫婦が、二人だけにしか分からないような種類の、意味ありげな視線を交わす。

アルバートは口に拳を当て、わざとらしく咳払いをした。

「まあ、あなたの意志がそれほど固いのなら、無理に止めはしないがね、エドナ」

サラも同意見だ、というようにうなずく。

エドナだけでなく、ウォレンまで一緒に旅に出るのなら、アルバートもサラも引き止める気はないらしい。

エドナ母子の身に何かあれば、二人がすべての遺産を引き継ぐことになるのは、だれの目にも明らかだ。義弟夫婦はあわよくば、この牧場を自分たちのものにできるのではないか、と考えたに違いない。

しかし、エドナもそれに気がつかないほど、愚かではないだろう。エドナはエドナなりに、何か別のことを考えているはずだ。

少なくとも、そう思いたい。

それにしても、どこにいるのか分からないコマンチのゲリラ部隊を探し出し、捕虜になっているかどうかも分からないエミリを連れもどすのは、枯れ草の山に落ちた一本の針を見つけるよりも、むずかしい仕事だ。

しばらく沈黙が続いたあと、ストーンがおもむろに口を開く。

「お話の趣旨は、だいたい分かりました。一つ二つ、確認したいことがあるのですが、いいですか」

エドナは、どこからでもかかってこいというように、胸を張った。

「どうぞ」

「ご存じかどうか知りませんが、コマンチはいわゆる平原に住むインディアンで、主にテキサスを本拠地にする部族です。遊牧性が強くて、一か所に定住することを嫌います。ずいぶん昔から、彼らは馬とバファローに依存する生活を、続けてきました。したがって、馬の交配や改良技術にたけていますし、慣らし方や扱い方、乗馬の巧みさは他のどの部族にも、負けないものがある。馬で駆け抜けながら、地上にいる子供を引きさらう程度のわざは、朝飯前といってもいいでしょう」

ストーンは言葉を切り、エドナが唇を引き締めるのを見て、また続ける。

「一八七〇年代にはいってから、これまでにおよそ六百万頭のバファローが、白人ハンターの手で殺された、と推定されています。コマンチにとって、バファローは衣服であり、住居であり、食糧であり、武器であり、信仰の対象であり、要するに生活のすべてでした。それを、白人による乱獲《らんかく》のために、奪われてしまった。コマンチが白人を憎み、一か所定住を強要する政府の居留地政策に従わないのは、当然のことです」

そのような問題について、ストーンが熱弁をふるうのを聞くのは初めてだったので、わたしはあっけにとられてしまった。

エドナが、いぶかしげに眉を寄せる。

「何がおっしゃりたいの、ミスタ・ストーン。白人がコマンチを迫害した罪を、コマンチに家族をさらわれた、わたしたちの苦しみであがなえ、とでも」

「そうではない。まず、コマンチのゲリラ部隊は、数の激減したバファローを追って、かなりの速度で移動を続ける、と思われます。そのあとをたどるのは、想像を超える困難を伴うだろう、と言っているのです。まして、女や子供連れではね」

「わたしは同行しますし、ウォレンも連れて行きます。あなたのお仲間にも、女子供がいるじゃありませんか」

エドナは、頑固に言い張った。

ジャスティ・キッドとわたしは、反射的に顔を見合わせたが、何も言わなかった。

ストーンが、辛抱強く続ける。

「六人連れの旅、それもいつまで続くか分からない長旅となると、馬とロバだけでは無理です。最低でも、炊事用幌馬車《チャックワゴン》が一台、必要になります。幌馬車での旅は、馬だけの旅に比べて、当然速度が上がりません。コマンチに追いつくなど、とうてい無理な話です」

エドナは顎を引き、ストーンを見つめた。

「あなたは、この仕事を引き受けたくないとおっしゃるの、ミスタ・ストーン」

ストーンはエドナを、思慮深い目で見返した。

「わたしも、金を稼がなければなりませんから、いやとは言いません。ただし、わたしが最善と思う方法でやらせていただけなければ、エミリを探し出す自信はありませんね」

「あなたたちには、わたしが最善と思う方法で、やっていただきます」

エドナは、一歩も引かない。

ストーンは口髭をなで、さらに話を進めた。

「出発する前に、覚悟しておいていただきたいことが、もう一つあります。それは、四歳でさらわれたエミリがすでに十四歳になっており、おそらくコマンチに同化してしまっているだろう、ということです」

アルバートとサラが、そのとおりだと言わぬばかりに、うなずき合う。

エドナは膝《ひざ》の上で、手を握り合わせた。

「もちろん、その覚悟はできています。ですが、もし無事に連れ帰ることが可能になったら、エミリを白人の生活にもどす自信はあります」

「そう簡単には、いかないと思いますよ。子供時代の十年は、おとなになってからのそれより、はるかに大きな意味を持ちます。シンシア・アン・パーカーをご存じですか」

エドナは、ちょっとたじろいだ。

「ええ、話は聞いています」

わたしはいつの間にか、自分の膝がしらをしっかり握り締めているのに、気がついた。

シンシア・アン・パーカーの話は、たまたまこの半年ほどの間にあちこちで、耳にしていた。

シンシアは、わたしが生まれる二十年以上も前に、コマンチにさらわれた白人女性だ。

当時、九歳だったという。

一八六〇年の暮れ、三十代の前半で騎兵隊に救出されたものの、シンシアはすっかりコマンチの生活になじみ、もどるのをいやがったそうだ。それもそのはず、シンシアは族長のペタ・ノコナの妻になり、クアナという息子まで生んでいた。クアナ・パーカーは若くして族長に選ばれ、居留地にはいることを拒んでゲリラ戦を展開したが、一年ほど前ついに降伏した。それで、母親のシンシアのことがあらためて、噂《うわさ》にのぼったのだ。

わたしも、救出されたシンシアが今どこでどうしているのか、詳しいことは知らない。死んだ、という話は聞かないから、生きてはいるのだろう。しかし、それほどコマンチの生活になじんでいたとすれば、今白人社会にいるシンシアは死んだも同然、といってよい。

ストーンが言う。

「シンシアは、コマンチの生活にすっかり同化したために、救出されたあとも不幸な人生を送っている、と聞きました。エミリがそうならない、という保証はありませんよ」

わたしは思わず、割り込んだ。

「だいじょうぶよ。きっと、もとにもどれるわ」

エドナがびっくりした様子で、わたしの顔を少し見つめてから、わたしに目を向ける。

ストーンは、わたしに目を向ける。

ストーンは、わたしの顔を少し見つめてから、エドナに言った。

「実は、ジェニファも子供のころ、インディアンと暮らしたことがあるんです」

エドナは、目を丸くした。

「あなたも、インディアンにさらわれたの」

その問いに、首を振る。

「いいえ。わたしの場合は、子守をしてくれたスー族の女性に連れられて、彼らの仲間に加わったんです」

エドナは、両手を膝にそろえて置き、まっすぐにわたしを見た。

「あなたは見たところ、エミリとあまり年が違わないわね。二つか三つ、年上なだけでしょう。その年で、なぜミスタ・ストーンやサグワロと一緒に、こんな仕事をするようになったの。インディアンとの暮らしも含めて、あなた自身の話を聞かせてほしいわ」

ストーンが、咳払いをする。

「ジェニファは、子供のころのいい思い出があまりないので、聞かないでやってくれませんか」

わたしは、ストーンにそんな思いやりがあるとは知らなかったので、ちょっとじんときてしまった。

「いいのよ、トム。これから一緒に旅をするのに、お互いにどういう人間かを知っておくのは、とても大切なことだから」

ストーンは、まるでわたしが急におとなになったとでもいうように、目をぱちくりさせた。

「きみがいいというなら、わたしに異存はないがね」

そこでわたしは、ケンタッキーの農園をクォントリル・ゲリラに襲われ、みなしごになった幼時の恐ろしい体験から、これまでの十七年間にたどってきた人生を要約し、話して聞かせた。

ただ、ジェイク・ラクスマンとのいきさつについては、ずいぶん話をはしょった。思い出したくないことが、多すぎるからだ。

ついでに、サグワロが仲間にはいることになった経緯も、一緒に説明する。

話を聞き終わると、エドナは微笑を浮かべた。

「あなたたち三人の、奇妙な取り合わせがどうして生まれたのか、今の話でよく分かりました。ところであなたは、子供時代をスー族と一緒に過ごしたけれど、今はすっかり白人社会にもどっているわ。そうでしょう」

「ええ。みながみな、インディアンに同化するわけじゃない、と思います」

わたしが応じると、ストーンは肩をすくめた。

「ジェニファがスーと暮らしたのは、いくらか物心のついた六歳からわずか四年だけで、四歳からすでに十年過ぎたエミリとは違います。それにジェニファは、スー族にさらわれたわけではなく、いわば温かく迎えられたのです。そうした差を考えると、あまり参考にはならない、と思いますよ」

「いいえ。あなたが、ジェニファを連れてこの仕事に応募なさったのは、神さまのお引き合わせです。エミリが救出されたとき、ジェニファはきっと娘の社会復帰を助ける、貴重な相談役になってくれるでしょう」

エドナの言葉に、わたしは自分でも恥ずかしくなるくらい、力強くうなずいた。

「お力になれる、と思います」

実は今度の仕事が、コマンチにさらわれた娘を探すことだと分かったときから、すっかり気持ちが高ぶっていたのだ。

スーもコマンチも、平原で生活する狩猟インディアンだが、居住地域も習慣も異なる。コマンチが、テキサス、ニューメキシコ両準州など南部を本拠地にするのに対し、スーは中西部の最北端に位置するダコタ、ワイオミング、モンタナなどを中心に、広い地域で栄えてきた。

去年の秋のことだが、ララミー砦で結ばれた合衆国、インディアン間の協定を破って、白人の探鉱師がブラックヒルズに、殺到した。

ブラックヒルズは、ダコタ準州南西部とワイオミング準州の北東部にまたがる、金鉱を抱えた山岳地帯だ。その金を狙う白人が、協定を無視してどっと押しかけたのだった。

白人の大量流入で、生活権を不当に侵害されたスー族は、食糧の入手にも困るようになった。

その結果スー族はシッティングブル、クレイジーホースなどの指導者に率いられ、続々と居留地を離れ始めた。

今年一月末日までに、居留地にもどれという合衆国政府の命令に、スー族は従う気配をまったく見せず、今も戦い続けているのだ。

エミリを探す過程で、もしインディアンに遭遇することがあれば、それがスーであれコマンチであれ、あるいはシャイアンであれアパッチであれ、わたしの出番が巡ってくるに違いない。

ストーンが、あきらめたように言う。

「そこまでおっしゃるなら、わたしもこれ以上は止めません。しかし、ウォレンを連れて行くことだけは、もう一度考えた方がいいと思いますね。少なくともジャスティ、いや、せめてジェニファくらいの年になっていればともかく、十歳やそこらで苛酷《かこく》な長旅をさせるのは、無理というものです」

エドナは、屈しなかった。

「そうは思いません。ウォレンは、すでに生まれて八か月で幌馬車隊と一緒に、旅をした経験があります。それに比べれば、どうということはないでしょう。エミリが見つかったとき、弟が一緒に探しに来てくれたと知るだけでも、気持ちを動かされるはずです。そうでなくても、ウォレンは今度の旅でおとなになってくれる、と信じています」

　突然ジャスティが、口を開く。

「ええと、そのとおりです、奥さん。おれも、子供のころおやじやおふくろと、馬車であちこち渡り歩いて、ずいぶん苦労しました。おかげで、まだ二十歳にもなってないけど、こうやって一人前に、世渡りをしてます」

　ストーンは、ジャスティに目を向けた。

「きみにも、おやじさんやおふくろさんが、いたのかね」

　そう聞かれて、ジャスティは家族の話をしたことに気づいたらしく、頰をこわばらせた。目を伏せて言う。

「いたよ。とっくに死んじまったけどね。それ以上は、聞かないでくれ」

　ストーンは、少しの間ジャスティの顔を見つめていたが、小さくうなずいた。

「いいとも。聞かないことにしよう」

　ジャスティは目を上げ、エドナを見た。

「ウォレンのことは、おれに任せてください。旅の間に鍛えるだけ鍛えて、一人前の男にしてみせますから」

　エドナが、やさしい笑みを返す。

「ええ、お願いするわ、ジャスティ」

初めて名前を呼ばれて、ジャスティは色白の顔を真っ赤にした。

エドナが、心からその役目をジャスティに期待している、とは思えなかった。しかし、ストーンは何も言わなかったし、わたしも口を閉ざしたままでいた。

ストーンが、またわざとらしく咳払いをする。

「さて、奥さん。そろそろ、肝腎《かんじん》の謝礼の話に、移らせてもらいましょうか」

9

契約書には、トム・B・ストーンがサインした。

その概要をいえば、エミリ・マキンリーの捜索期限は最長六か月、報酬は一か月当たり千ドルの計算で、最大六千ドルになる。

そのほかに、必要経費として一日当たり十ドルが、支給される。これも半年で、千八百ドルに達する。

ただし、この金額は見つけられなかった場合の話で、首尾よくエミリを発見救出できたあかつきには、たとえそれが捜索開始の一週間後であれ、期限ぎりぎりの六か月後であれ、無条件で一万ドルの報奨金が、提供される。

もっとも、その金を仲間内でどう分配するかは、ストーンの胸一つに収められた。

サグワロもわたしも、これまでのいきさつからストーンを信用したが、知り合ったばかりのジャスティ・キッドまで、文句を言わずにそれを受け入れたのは、意外だった。

契約が終わったとき、牧童頭のハリー・ドミンゲスが一大決心をしたように、エドナ・マキンリーに言った。

「実は、お願いがあるんですがね、ミセス・マキンリー。あたしも捜索隊に、加えてもらえないでしょうか」

エドナは、とんでもないことを耳にしたという表情で、唇を引き締めた。

「それはなりません。分かっているはずですよ。あなたまでいなくなったら、この牧場は立ち行かなくなります」

アルバート・マキンリーが、その尻馬《しりうま》に乗るかたちで言う。

「そのとおりだ、ハリー。わたしとサラだけでは、とてもここを切り回せないよ。それでなくても、トライスター牧場とのいざこざで、忙しいんだから」

まったくだというように、妻のサラも大きくうなずく。

ドミンゲスはたじろいだが、すぐには引っ込まなかった。

「あたしがいなくても、補佐のラモンが代わりを務めます」

「ラモンの腕は認めるけれど、なんといっても若すぎます。年上のカウボーイたちを、うまくまとめられないわ」

エドナがなおも反対すると、今度はサラが口を開いた。

「エミリーを探すのは、ミスタ・ストーンたちに任せておきなさいよ、ハリー。あなたが、牛を扱うのを仕事にしているように、人を探すのがこの人たちの仕事なんだから」

「それは分かってるんですが」

ドミンゲスは、煮え切らない口調でそう言い、バンダナで額の汗をぬぐった。

エドナが聞く。

「いったい、何を心配しているの、ハリー」

少しためらってから、ドミンゲスはしぶしぶ答えた。

「どこの馬の骨とも分からぬ連中の手に、あなたとウォレンの身柄をゆだねるのが不安なんですよ、ミセス・マキンリー」

ストーンは、椅子の上でわずかに身じろぎしたが、何も言わなかった。

サグワロが目だけ動かして、わたしを見る。

わたしは、瞳をくるりと回してみせた。

ジャスティは、怒ったように頰を赤くしたが、やはり黙ったままでいた。

エドナは、ゆっくりと背筋を伸ばして、ドミンゲスを見た。

「心配してくれてうれしいわ、ハリー。でも、わたしたちのことなら、だいじょうぶよ。これでも、人を見る目はあるつもりなの」

そこで一度言葉を切り、さりげない様子で続ける。

「死んだシドニーだって、お酒さえ飲まなければいい人だったわ」

レナード・ワトスンに撃ち殺された、夫のシドニー・マキンリーのことだ。

ストーンが、真顔で口を挟む。

「わたしは、酒を飲みませんよ」

エドナも、熱心な口調で応じた。

「わたしは、あなたたちを信用していますよ、ミスタ・ストーン」

「どうも」

ストーンは、そっけなく応じた。

ドミンゲスが、あいまいなしぐさで肩をすくめ、しかたなさそうに言う。

「分かりました。あたしは、牧場に残りましょう。そのかわり、ラモンを一緒に連れて行ってください。これだけは、ぜひとも聞いてもらいますよ、ミセス・マキンリー」

今度は、エドナが肩をすくめる。

「でも、ラモンがいなくなったら、あなたが困るでしょう」

「こっちの方は、なんとかします。ラモンが奥さんについて行けば、あたしも安心して牧場の仕事に専念できます」

エドナが考え込むのを見て、ドミンゲスは付け加えた。

「それに、もしかすると捜索隊は逃げるコマンチを追って、メキシコ国境を越えることになるかもしれません。そういうとき、スペイン語を話す人間が一人でもいれば、きっと役に立つと思いますよ」

その一言で、エドナは肚《はら》を決めたようだった。

「分かったわ。ラモンを連れて行きます」

捜索隊の顔触れは、最終的に次のようになった。

ストーン、サグワロにわたし、ジャスティ・キッド。エドナとウォレンの母子。そして、マキンリー牧場の牧童頭補佐を務めるメキシコ人の若者、ラモン・サンタマリア・デ・バルバラ。

以上の七人だ。

ちなみに、二十五歳になるラモンは祖先にスペイン貴族の血を持ち、馬の扱いに関しては牧場でも最高の腕前の持ち主だ、という。それだけでなく、料理もうまいし床屋もできる。絶対に役に立つ男だ、とドミンゲスは請け合った。

夕食のとき、わたしたちはそのラモンに、引き合わされた。

ラモンは、サグワロと同じくらいの背丈で、体つきもよく似ていた。艶《つや》のある黒い髪、なめし革のような褐色の肌の持ち主で、大きな瞳は黒曜石そっくりだった。英語はスペイン語なまりが強いが、サグワロのそれよりはずっとましで、分かりやすい。

口数は少ないが、体つきにくらべると大きな手をしており、いかにも頼りになりそうな男に見えた。

その夜、ジャスティを含むわたしたち四人は、マキンリー牧場に泊まった。

天蓋《てんがい》つきのベッドは、これまで一度も寝たことがない上に、これからも寝る機会はないと思われるほど、ふかふかした感触だった。

それだけに、これからいよいよ馬上の人となり、長旅に出なければならないことを考えると、少し気が滅入《めい》った。体を慣らすために、いっそ初めから納屋の藁《わら》の上で寝た方が、よかったかもしれない。

翌朝。

食事のために、サロンに集まったわたしたちは、エドナを見て驚いた。

エドナは、夜のうちにあのプラチナブロンドの髪を短く切り、うなじが見えるまで刈り上げていたのだ。

それで、エドナの長旅に出る覚悟のほどが、よく分かった。

着ているものも、むろんドレスではない。わたしと同じ、洗いざらしのシャツとパンツに身を固め、革のベストにステットスンの帽子も、用意していた。

しかし、どんなラフな格好をしても、エドナの美しさは変わらなかった。

ストーンもサグワロも、すでに黒のしゃれたコートを脱ぎ捨て、動きやすい服装にもどっている。

朝食のあと、わたしたち一行七人はアルバート夫婦やドミンゲス、カウボーイたちに見送られて、牧場を出発した。

ドミンゲスのアドバイスで、チャックワゴンは四頭のロバに、引かせることにした。ロバは、馬に比べて耐久力があり、力仕事に向いている。ロバ一頭で三百ポンドを超える荷物を背負い、二時間以上も水なしに歩くことができる、という。

ロバのかわりに、牛に引かせる手もあった。耐久力はロバに負けないし、牝牛《めうし》ならば乳も絞れる。いざとなれば、食用にもなる。

ただ、必要なときにスピードが出ないのが、欠点だった。

とりあえず、トゥサンの町へ向かう。幌馬車の旅に必要なもので、牧場だけでは揃わない細ごました雑貨が、いろいろとあるのだ。

町に着いたときは、まだ午前十時になっていなかった。

わたしたちは、効率よく買い物をするために、三組に分かれた。

ストーンとサグワロは、銃器と弾薬の調達。

エドナ、ラモン、ウォレンは、衣類や野営に必要な毛布、その他の雑貨。

そして、ジャスティとわたしは当面の食糧と水、薬品など。

ジャスティは、ストーンたちと一緒に銃器店へ回りたかったらしく、女のわたしと食べ物の買い出しをするのが、不満そうだった。

わたしたちは、〈オチョア・ホテル〉の前でふたたび落ち合い、中のレストランで昼食をとった。

コーヒーになったとき、サグワロがさりげなく言った。

「さてと、出発の準備は整ったが、これからどこへ向かうのかね」

それについては、わたしも最初から頭の隅に引っかかりながら、なんとなく聞きそびれていたのだ。

ケント・マーフィ元軍曹の話では、投降した三人のコマンチ戦士はテキサス州北部で、レッドリバーを渡ろうとして押し流され、ゲリラ部隊とはぐれたらしい。そのとき、仲間のコマンチはバファローを求めて、ニューメキシコ準州へ向かう途上にあった、という。

エドナが応じる。

「とりあえず、アリゾナ準州内のボウイ砦へ寄ります。そこで何も分からなければ、州境を越えてニューメキシコにはいり、ローズバーグあたりで情報を集めるのです」

ストーンが、思慮深い顔で口を開いた。

「それも一つの考え方ですが、あまり期待しない方がいいですな、奥さん」

エドナは、いかにも心外だという表情で、ストーンを見返した。

「なぜですか、ミスタ・ストーン」

「マーフィ元軍曹の話が、ほんとうかどうか分からないからです」

エドナは、きっとなった。

「彼が、わざわざ嘘を告げにわたしの牧場に立ち寄った、とおっしゃるの」

「いや、彼の善意を疑うつもりはありません。ただ、投降したコマンチがかならずしも事実を告げた、とは限らない。ゲリラ部隊が、実際にニューメキシコへ向かっていたとすれば、それをばか正直に告げるでしょうか。たとえ、はぐれて置き去りにされたとしても、彼らが仲間を裏切るようなことを口にする、とは思えませんね」

「しかし、連中はインディアンでしょうが」

ジャスティが口を挟むと、ストーンは厳しい目を向けた。

「インディアンだからこそだ。部族間では争いもあるが、同じ部族の中での結束は固い。南北戦争のような、同族同士のばかな戦争を始めたりはしないよ、彼らは」

ジャスティは赤くなって、顔を伏せた。

わたしは、自分の言いたいことをストーンが代弁してくれたので、胸がすっとした。

しかしジャスティも、それほど深い意味で言ったつもりはないだろうから、少しかわいそうになった。ジャスティはまだ、インディアンを頭の中でしか、理解していないのだ。

エドナが言う。

「あなたは、コマンチの本拠地はテキサスだ、とおっしゃったわ。ニューメキシコはそのお隣ですし、土地柄もそれほど違わないように思います。彼らが、ニューメキシコに向かわなかった、と考える理由がほかにあれば、話は別だけれど」

「ニューメキシコ説を、まったく否定するわけではない。ただ、彼らが北へ向かった可能性も、頭に入れておくべきだと思うのです」

「なぜですか」

「ダコタ準州の西端にある、ブラックヒルズで金鉱が見つかって以来、インディアンとのララミー協定を破って、不法侵入を繰り返す白人があとを絶ちません。ブラックヒルズはスー族の聖地でもあり、バファロー狩りを行なう生活の拠点でもある。協定を受け入れて、居留地にはいったオグララ・スーの族長レッドクラウドも、協定を拒否して居留地外にいるハンクパパ・スーの族長シッティングブルも、危機感を強めています。おそらく、シャイアンやアラパホの族長にも声をかけ、合衆国と一戦交えるつもりでしょう」

スーには支族がたくさんあり、オグララもハンクパパもその一つだ。

エドナは、疑わしげに首をかしげた。

「コマンチのゲリラ部隊が、それに合流するつもりだ、とでも」

「ありうるでしょうね」

ストーンの返事に、わたしは口を開いた。

「それはないと思うわ、トム。コマンチは、スーともシャイアンとも、仲がよくないもの」

ストーンが、わたしを見る。

「分かってるさ。合衆国騎兵隊は、スーやシャイアンの動向を探るために、彼らと仲の悪いショショニや、クロウの戦士を斥候に使っている、という。コマンチは、ショショニやクロウとも仲が悪い、と聞いた。敵の敵は友だちだから、彼らがスーとシャイアン、アラパホの連合軍に加わる可能性も、ないとはいえない」

「だったら、騎兵隊に加わってスーやシャイアンと戦うことも、あると思うわ」

むろんコマンチは、ほかのどの部族よりも白人を多く殺しているから、騎兵隊に加わるはずはないが、だからといってスーやシャイアンと同盟を結ぶ、とはかぎらない。

ストーンは、コーヒーと一緒に出たクッキーをつまんで、口に投げ込んだ。

「どっちにしても、連中が北に向かうことに、変わりはないさ」

エドナはコーヒーを飲み干し、緊張した声でストーンに言った。

「それでは、あなたはニューメキシコへ行かずに、まっすぐ北へ向かった方がいい、とおっしゃるの」

ストーンは少し考え、おもむろに首を振った。

「いや。とりあえず、奥さんのおっしゃるとおりボウイ砦に寄って、ニューメキシコへ向かいます」

エドナは拍子抜けしたように、ちょっと顎を引いた。

「なぜですか」

「北へ向かった可能性を示唆《しさ》したのは、万が一ボウイ砦やニューメキシコで、エミリの消息をつかめなかったとき、奥さんが落ち込まないようにするためです。その場合は、あきらめずに北へ捜索の進路を取るように、気持ちを切り替えなければなりません」

ストーンが言うと、エドナは口元に微笑を浮かべた。

「わたしは、その程度のことで落ち込んだりしませんよ、ミスタ・ストーン。そんなに簡単に、エミリが見つかると考えるほど楽天的ではないし、一度の失敗であきらめるほど悲観的でもありません」

ストーンも笑い返す。

「それを聞いて、安心しました」

10

わたしたちはホテルを出て、馬とチャックワゴンを預けた厩舎の方へ、歩き出した。

そのとき、メインストリートの北から砂煙とともに馬でやって来る、一団の男たちの姿が目にはいった。

先頭に立つのは、白いステットスンをかぶり、白い上着に黒のコードタイ（紐《ひも》状のネクタイ）を着けた、賭博師《とばくし》のような服装の男だった。馬までが白いので、見てくれはヒロインの危急を救いに駆けつけた王子さま、というところだ。

男は、板張り歩道を歩くわたしたちに気がつき、右手を上げて馬を止めた。

間近に見ると、たっぷりと蓄えた口髭にちらほらと、白いものがまじっている。王子さまどころか、四十歳近い年のようだった。

男は、ステットスンの縁に指を当て、エドナ・マキンリーに言った。

「これはこれは、エドナ。長旅に出るという噂を耳にしたが、どうやらほんとうのようだな」

エドナは、いかにもいやいやという感じで、足を止めた。

わたしたちも、しかたなく立ち止まる。

エドナは、事務的な口調で応じた。

「こんにちは、ミスタ・トライスター。ええ、しばらく牧場を、留守にします」

それを聞いて、この男が水場を巡ってマキンリー牧場と争う、トライスター牧場のマキシム・トライスターなのだ、と見当がつく。

トライスターは舌を鳴らし、人差し指を立てて左右に振った。

「何度言ったら分かるのかね、エドナ。隣人同士で、ミスタもミセスもないだろう。マキシムでも、マックスでも、好きなように呼んでくれてかまわんよ」

「好きなように呼んでいるつもりよ、ミスタ・トライスター」

エドナのそっけない返事に、トライスターはいやな顔をした。

トライスターと馬を並べた、額に横一文字の白い傷痕《きずあと》のある男が、こびるようなにやにや笑いを浮かべて、エドナに言う。

「それじゃこっちも、あんたのことをミセス・トライスター、とでも呼ぶかね」

エドナは、まるで芋虫でも踏みつけたと言わぬばかりに、不快そうに眉根を寄せた。

トライスターが、わざとらしく男をたしなめる。

「つまらぬ冗談を言うんじゃない、レナード。エドナが、困っているじゃないか」

レナードと呼ばれた男は、目の細い、頬骨の張った、三十歳前後の男だった。

丸顔に似合わぬ、引き締まった体を茶の縦縞《たてじま》のシャツと、黒のパンツに包んでいる。パンツの裾《すそ》は、同じ黒のブーツの中にたくし込まれ、銀製らしい拍車がきらりと光った。

レナードと呼ばれたところをみると、この男こそシドニー・マキンリーを撃ち殺した、レナード・ワトスンに違いない。

ワトスンが、かまわずに続ける。

「ちょっと聞くが、奥さん。あんたは、コマンチにさらわれた娘を取りもどすために、この連中を雇ったと聞いたが、そいつはほんとうか」

エドナは、顔色を変えた。

わたしも驚いて、トム・B・ストーンを見る。

ストーンは、頬を筋一つ動かさなかった。

そもそも、エドナがエミリを探すために旅に出るという話は、マキンリー牧場の内部ですらほんの前日、明らかになったばかりなのだ。それとも、牧場のカウボーイの中に裏切り者がいて、トライスターにご注進に及んだのだろうか。

エドナが、声を抑えて応じる。

「ええ、そのとおりよ。よく知っているわね」

「十日ほど前、マーフィという騎兵隊の退役軍人が、あんたの牧場の場所を尋ね回ってるとき、コマンチにさらわれた娘の話をしゃべりまくるのを、小耳に挟んだのよ。その直後に、あんたが人を集めてると聞きゃあ、だいたいの筋書きは想像がつくってもんさ」

なるほど、そういうことか。悪気はなかったにせよ、元軍曹のケント・マーフィは少々、おしゃべりがすぎたようだ。

トライスターが、口を開く。

「そこにいる、どこのだれとも分からぬ流れ者を雇うのは、やめたらどうかね。あんたに、わたしの牧場のカウボーイを使う気があるなら、いくらでも応援に出そうじゃないか。レナードをはじめ、腕利《うでき》きがそろっているぞ」

エドナは頬をこわばらせ、じっとトライスターを見つめた。

「二年前、その男が夫のシドニーを撃ち殺したことを、お忘れになったの、ミスタ・トライスター」

トライスターは、軽く肩をすくめた。

「あれは、シドニーが先に拳銃に手をかけた、と聞いている。だから判事も、正当防衛の裁定を下した。気の毒だとは思うが、あれは自業自得《じごうじとく》というものだ」

エドナは唇を嚙《か》み締め、じっと何かに耐えているようだったが、やがて肩の力を抜いた。

「わたしたちのことは、わたしたちだけで解決します。あなたの手を借りるつもりはないわ、ミスタ・トライスター」

トライスターは、サドルホーンを両手で握り、鞍《くら》の上ですわり直した。

粘っこい口調で言う。

「わたしは、あんたの役に立ちたいんだよ、エドナ。あんたが、わたしの援助を断るのは勝手だが、わたしはトライスター牧場の人間を使って、自分なりのやり方でエミリを探すつもりだ。むろん、あんたが手を貸してほしいと言うなら、喜んで協力するがね」

「協力していただく必要はないわ。むしろ、邪魔をしないでほしいということだけ、お願いしておきます」

トライスターは、薄笑いを浮かべた。

「もし、わたしやわたしの牧場に雇われた者たちが、あんたの雇った連中より先にエミリを救い出したら、何かご褒美《ほうび》を期待してもいいかね」

思いがけない質問に、わたしはエドナの顔を見た。

エドナは、わずかにためらったものの、しぶしぶのようにうなずいた。

「それなりの報奨金を、お支払いする用意はあります」

「報奨金だけかね。わたしと結婚する、と約束してくれるとありがたいんだが」

そのずうずうしい申し出に、わたしは猛烈に腹が立った。

エドナはしかし、抑揚のない声で応じた。

「考えておきます」

エドナが、きっぱりと断らなかったことに、とまどいを覚える。エミリを取りもどせるなら、いやな相手と結婚することもいとわない、というのだろうか。

ワトスンが、仲間のカウボーイたちを見返りながら、聞こえよがしに言う。

「報奨金は、おれたちのものだな。見ろよ、こいつらの顔触れを。なんとか仕事ができそうなのは、ラモンともう一人の流れ者くらいじゃねえか。あとはナバホと娘っ子に、髭も生えそろわねえ坊《サニー》や、ときている。これじゃいくらがんばっても、コマンチにかなうわけがねえ」

それを聞いて、サグワロが口を開いた。

「おれは、ナバホじゃないし、インディアンでもない。だが、コマンチには負けない」

ワトスンは、サグワロの怪しげな英語に目をぱちくりさせ、言葉を失った。

ジャスティ・キッドが、一歩前に出て言う。

「坊やとは、おれのことか」

ワトスンはわれに返り、ジャスティに目を移した。

「おめえ以外に、だれがいる。そっちのガキは、まだ赤ん坊《ベイビー》だろうが」

そう言いながら、ウォレン・マキンリーに向かって、顎をしゃくる。

ウォレンはもじもじして、母親の陰に隠れた。

ジャスティは、凛然《りんぜん》とした足取りで板張り歩道からおり、通りに出て馬上のワトスンを見上げた。

「今の言葉を取り消すか、馬からおりておれと勝負しろ」

ワトスンは、耳を疑うようにジャスティを見下ろし、それからトライスターと仲間のカウボーイたちを、順繰りに見た。

「もしかして、おれの聞き間違いか。この坊やが、おれと勝負したいと言ったように、聞こえたがな」

カウボーイたちが、くすくす笑い出す。

「やめなさい、ジャスティ」

エドナがたしなめたが、ジャスティは見向きもせずに答えた。

「ほっといてください、奥さん。ご主人を殺したならず者がこいつなら、おれがこらしめてやります」

ストーンが口を開く。

「やめておけよ、ジャスティ。一度も人を撃ったことがないきみには、とても歯が立たぬ相手だぞ」

ジャスティの頬が、さっと赤くなる。

わたしは、ジャスティが人を撃ったことがないとは、考えもしなかった。もしそれがほんとうなら、ストーンはなぜそのことを知っているのだろうか。

ジャスティは、上ずった声で言った。

「あんたは、黙っていてくれ、ミスタ・ストーン」

馬上のワトスンが、大笑いを始める。

「おい、聞いたか、みんな。この坊やは、まだ人を撃ったことがねえんだとよ。してみると、これまでに撃ったのはせいぜい豚か、アヒルってことになる。見たところ、ごりっぱな拳銃を二挺もぶら下げていらっしゃるが、あれはただのお飾りらしいぜ」

ジャスティは、かっとなったように上着の前をはね、右腰の拳銃の上に手を構えた。

「飾りかどうか、確かめてみろ」

わたしは、ストーンの肘をつかんだ。

「お願い、トム。やめさせて」

しかし、ストーンはそれ以上ジャスティを、止めようとはしなかった。

そのかわり、わたしの手からショットガンを取り上げると、カウボーイたちに銃口を向けた。

「やむをえん。ジャスティと、正々堂々と撃ち合うんだ、ワトスン。仲間の者たちは、たとえワトスンがやられても、いっさい手を出すな。一人でも妙なまねをしたら、こいつをお見舞いするからな」

それを見て、ワトスンもほかのカウボーイたちも、顔をこわばらせた。至近距離から、ショットガンの散弾をまともに食らったら、ひとたまりもない。

ワトスンが、固い声で聞く。

「おめえの名前は」

「ストーンだ。トム・B・ストーン」

「ストーンか。覚えておくぜ。おれに銃を向けたやつの顔は、一生忘れねえよ」

ワトスンはそう言って、ゆっくりと馬からおりた。

トライスターもカウボーイたちも、弾道を避けるために馬ごと通りの端まで、後ずさりする。

ワトスンは、ジャスティと十フィートほど離れ、向かい合って立った。

ジャスティが言う。

「合図してくれ、ミスタ・ストーン。合図のあとなら、どちらが先に抜いても恨みっこなし、ということにする」

「分かった」

ストーンが応じると、エドナは通りにくるりと背を向け、ウォレンをしっかりと抱き寄せた。

わたしは、まるで自分がその決闘に臨むような気分になり、心臓がどきどきした。

ジャスティの抜き撃ちの腕前は、前日のテストでよく分かっていた。しかし、実際に人を撃ったことがないとすれば、安心して見てはいられない。

通りに、じりじりと日が照りつける。

いつの間にか、建物の二階の窓やベランダに人影が現れ、通りを見下ろしている。保安官らしき姿はどこにもなく、撃ち合いを止めようとする者もいない。

ジャスティのこめかみから、汗が流れ落ちるのに気づく。

ワトスンの顔も緊張していたが、汗は浮かんでいなかった。

いきなり、ストーンが叫ぶ。

「抜け」

その余韻が消えないうちに、ジャスティの右手が目にも留まらぬ動きで、拳銃を抜き放った。

ワトスンの拳銃の銃口が、ホルスターから抜け切らないうちに、ジャスティはすでに撃鉄を起こし、銃口をぴたりとワトスンの胸に向けていた。

拳銃を抜きかけたままの姿勢で、ワトスンはその場に凍りついた。

わたしたちも、トライスター牧場の連中も同じように息をのみ、なりゆきを見つめる。

ワトスンの口から、干からびた声が漏れた。

「なぜ撃たねえ」

ジャスティの顔は、今や汗まみれだった。

「おれのことを、今後坊やと呼ばないと約束すれば、撃たずにすませてやる」

ワトスンは、微動だにしない。

唇をなめ、少しの間考えていたが、やがて口を開いた。

「おめえのことは、今後坊やと呼ばないことにしよう。これでいいか」

「もう一つ。ミセス・マキンリーに、ご主人を撃ち殺して悪かった、と一言謝れ」

ワトスンは、わずかにためらったものの、すなおに口を開いた。

「だんなを撃ち殺して悪かったな、ミセス・マキンリー。殺す気はなかったんだ」

二人に背を向けた、エドナの肩がわずかに揺れる。

しかしエドナは、ウォレンを抱き締めたまま、何も言わなかった。

ワトスンが、ジャスティに声をかける。

「これで、文句はあるめえ。撃鉄が上がったままだぞ。気をつけろ」

何かの拍子に撃鉄が落ちれば、弾が飛び出して自分に命中することを、ワトスンはよく承知しているのだ。

ジャスティは喉《のど》を動かし、上ずった声で言った。

「拳銃を、こっちへ投げろ。撃鉄に、親指をかけるんじゃないぞ」

「いいとも」

ワトスンは、ゆっくりと拳銃をホルスターから抜き上げ、用心鉄を支点に指先でくるりと回した。

銃口を自分の方に、銃把をジャスティの方に向けて、よく見えるように掲げる。

「さあ、受け取れ」

ジャスティは、ほっとした面持ちで親指を撃鉄にかけ、安全な位置にもどした。

ワトスンが、一度右腕を下げてはずみをつけ、拳銃を投げ渡そうとする。

ジャスティは、それに気を取られて銃口を下ろし、ワトスンの拳銃を受け止めようと、左手を差し出した。

そのとたん、ワトスンの手の中で拳銃がまたくるりと回転し、一瞬にして銃口がジャスティに向けられた。

同時に、ワトスンは左手を拳銃の上にかざして、わめきながら小指側の腹で撃鉄を叩いた。

銃声とともに、ジャスティのステットスンが吹っ飛ぶ。

ジャスティはあわてて銃口を上げ、同じように左手で撃鉄を起こし直すと、ワトスンめがけて発砲した。

二発目を撃とうとしたワトスンの体が、見えない棒で殴られたように右へ回転する。

拳銃が落ち、ワトスンは右の二の腕を左手で押さえて、地面に膝をついた。

「くそ」

わめいたワトスンが、指の間からほとばしる血を見下ろして、歯を食いしばる。

ジャスティは、青ざめた顔でワトスンに近づき、落ちた拳銃を遠くへ蹴り飛ばした。

「汚い手を使いやがって」

ジャスティが言うと同時に、仲間のカウボーイたちが馬から飛びおり、二人の方に駆け寄る。

ストーンは、板張り歩道から通りに飛びおりると、ショットガンを腰だめに構えた。

「手を出すんじゃないぞ。ワトスンを連れて、さっさと町を出て行け」

仲間に助け起こされたワトスンは、憎しみに満ちた目でジャスティを睨んだ。

「この借りは、きっと返すからな。覚えておけよ」

そう言いながら、震える手で頬を神経質にこするような、妙なしぐさをする。

ジャスティが、勝ち誇ったように応じた。

「ああ、いつでも来い。おれの名は、ジャスティ・キッドだ」

傷口を、仲間にバンダナで縛ってもらったワトスンは、自分で馬に乗った。

仲間の一人が、ジャスティの蹴り飛ばした拳銃を拾い上げ、ワトスンのホルスターにもどしてやる。

それまで、じっとなりゆきを見守っていたトライスターが、不機嫌そうに言った。

「今日のところは、おとなしく引き上げることにする。そのうち、またどこかで会うことになるだろう。それまで、無事でいることだな、エドナ」

そのまま馬首を巡らし、メインストリートを来た方へ走り去る。

ワトスン以下、カウボーイたちも奇声を発しながら、あとを追った。

ジャスティが、撃ち飛ばされたステットスンを拾い上げ、銃弾が抜けた穴を調べる。

「ワトスンも、この至近距離で的をはずすとは、口ほどにもないな」

すっかり、余裕を取りもどした様子だ。

「あなただって、ワトスンを仕止めそこなったじゃないの」

わたしがからかうと、ジャスティは口をとがらせた。

「おれは、やつの利き腕を狙って撃ったんだ。はずしちゃいないよ」

ストーンが、わたしにショットガンを返しながら、厳粛な口調で言う。

「何かわけがあって、だれかと拳銃を抜き合うはめになったときは、かならず撃つんだ。撃つ気がないなら、抜いてはいかん。その覚悟ができていないと、さっきのような手に引っかかることになる」

「あんなトリックは、どうってことないさ。現にやつは、的をはずしたじゃないか」

「サグワロが助けなかったら、おまえは今ごろ死んでいたさ」

ジャスティは顎を引き、ストーンとサグワロを見比べた。

「おれを助けたって、そりゃどういう意味だ。サグワロは、何もしてないぞ」

「きみにも、たぶんワトスンにも、分からなかっただろう。ワトスンが、手の中で拳銃を回して持ち替え、左手で撃鉄を起こそうとしたとき、サグワロが吹き針を飛ばしたのさ。それが、やつの左の頬に突き刺さった。その痛みとショックで、ワトスンの手元が一瞬狂った。おかげで弾がそれて、ステットスンに当たったんだ」

わたしはすぐに、仲間に助け起こされたワトスンが神経質に、頰をこするようなしぐさをしたのを、思い出した。あのとき、ワトスンは虫にでも刺されたのかと思って、無意識に針を払い落としたに違いない。

サグワロの秘術を知らぬジャスティは、ますますわけが分からぬという様子で、聞き返した。

「吹き針って、なんのことだよ」

目を向けるジャスティに、サグワロが唇をすぼめてふっと息を吹きかける。

ジャスティは小さく声を上げ、ステットスンを持った手の甲に、目を落とした。そこに刺さった、銀色に光る細いものが日の光を受けて、かすかに光る。

ジャスティは針をそっと抜き、感心したように首を振った。

「驚いた。こんなわざは、今まで見たことがない。インディアンが吹き矢を使う、という話は聞いたことがあるけどね」

あらためて、ストーンが言う。

「きみが人を撃ったことがないのは、昨日からの様子ですぐに分かった。抜き撃ちは確かにいい腕前だが、人を撃つのはそれとまた別の問題だ。その覚悟ができるまで、抜き撃ちのわざをひけらかすのは、やめてもらう。それがいやなら、捜索隊からはずれてくれ」

ジャスティは、しぶしぶうなずいた。

「分かりました、ミスタ・ストーン」

ストーンが続ける。

「人を撃つのに慣れろ、とは言わない。しかし、いやでも撃たなければ自分がやられる、という場面にかならず遭遇する。そのとき、さっきのように撃つのをためらうと、きみ自身があの世へ行くことになる」

「分かりました、ミスタ・ストーン」

ジャスティはもう一度繰り返し、額の汗をぬぐった。

いかにも鼻っぱしの強そうなジャスティだが、ストーンの言うことにはすなおに耳を傾けるようだ。

それにしても、ジャスティがまだ人を撃ったことがないと知って、わたしはなぜかうれしくなった。

サグワロが、声をかける。

「帽子を買いに行こうか、ジャスティ。穴があいたままだと、水もすくえないぞ」

ジャスティは、首を振った。

「いや、このままでいい。穴を見るたびに、今日のことを思い出すからな。今度ワトスンとやり合うときは、やつの土手っ腹にこれと同じ穴をあけてやる」

11

トゥサンを出発したのは、その日の午後三時だった。

一路、ニューメキシコ準州との州境に位置する、ボウイ砦を目指す。

十年前、拉致《らち》されたエミリ・マキンリーを取りもどすために、コマンチ族のゲリラ部隊を追ったマイケル・レナルズ少尉の、第五騎兵隊が当時駐屯していた砦だ。

トゥサンを出る前、トム・B・ストーンはジョン・ルーカスにボーナスを与えて、一つ頼みごとをした。電信局のある主な町の電信係に、コマンチにさらわれた少女に関する情報を耳にしたら、すぐに知らせてほしいと依頼電報を打たせたのだ。

日暮れまでに、ベンスンの町に着いた。

八か月ほど前、わたしはこのベンスンでストーンとサグワロに、初めて出会った。それまでわたしは、町の近くを流れるサン・ペドロ・リバーの、上流十マイルほどのところにある農場で、暮らしていた。したがって、そのころのわたしにとって町といえば、ベンスンだけだった。

ストーンやサグワロと、一緒にお尋ね者を探す旅をするようになってから、西部がいかに広いかを思い知った。それでも、わたしが旅したのはアリゾナ準州のごく一部で、まだ気の遠くなるほど大きな未知の大地が、目の前に広がっているのだ。

ベンスンに一泊したあと、わたしたちはボウイ砦に向かった。

ボウイ砦は、以前お尋ね者のチャック・ローダボーをつかまえに行った、ドス・カベサスの五マイルほど南に位置する、アパッチ・パスの近くにある。

この砦は、当時インディアン掃討の前線基地といってもいいほどで、一八六〇年代から七〇年代の初めにかけて、騎兵隊がチリカワ・アパッチの族長コチーズを相手に、激戦を繰り返した。

その後八〇年代には、居留地を脱走した族長ジェロニモを捕らえるため、ジョージ・クルックやネルスン・マイルズなど合衆国陸軍の将軍が、ここに探索の本部を置いたことで知られる。

わたしたち一行は、その日の夕方ボウイ砦に到着した。

砦は八年前、もとの位置から南東へ少しずれた台地に、広さ十エーカーの建設用地を確保し、移転拡張工事を始めた。それが、ほぼ八十パーセント程度できあがっており、居住性も安全性も格段に向上していた。

砦の指揮官は、ジェームズ・マクブライドという陸軍大佐で、その下に騎兵隊と砲兵隊がそれぞれ二個中隊、駐屯していた。

マクブライド大佐は、鷹《たか》のような鋭い目をした五十がらみの男で、ほとんど白と見間違えるほどの、みごとな銀髪の持ち主だった。

エドナ・マキンリーから事情を聞くと、エミリーの拉致事件についてはよく承知している、と大佐は応じた。

エドナは、レナルズ少尉が転属でボウイ砦を離れるとき、エミリの一件を後任の士官に申し送ってほしい、と頼んだと言っていた。どうやら少尉は、その約束をきちんと守ったらしい。

しかし大佐は、エミリに関する情報はまったく耳にしていない、という。

コマンチの戦士が三人シル砦に投降し、ゲリラ部隊の中にエミリらしい少女がいた、と白状したこともこの砦には、知らせが届いていなかった。

エドナは、かなり落ち込んだ様子だったが、トゥサンでのストーンの指摘を説明した上で、大佐に意見を求めた。

「やはり、ゲリラ部隊はニューメキシコではなく、北の方へ向かったのでしょうか」

大佐は、眉根を寄せた。

「それは、なんとも言えませんな、奥さん。ミスタ・ストーンが指摘するとおり、投降したコマンチの戦士たちが仲間の行く先について、かならずしも正直に告げるとは限らない。しかし、嘘と断定することもできません。コマンチにも、いろいろな人間がおりますからな」

ストーンが、壁にかかった西部の大地図を指しながら、補足する。

「彼らが、テキサスからカンザス、ネブラスカを抜けて一気にダコタ、ないしワイオミングへ向かうか、それともまっすぐ東へ進路を取ってニューメキシコへはいるか、まったく予断を許さない状況です。北へ行けば、シャイアンやスーと合流することも、不可能ではない。逆にニューメキシコは、騎兵隊が不穏な北部に増援部隊を送っているため、警備が手薄になっています。コマンチからすれば、どちらも魅力的な選択肢です」

大佐はうなずいた。

「その両方を、視野に入れておいた方がいいでしょうな、奥さん。どちらにしても、今夜か遅くとも明日の明け方には、州境を越えてニューメキシコへ偵察に出た、ジョン・カールトン少尉のパトロール部隊が、もどって来るはずです。そうすれば、何か新しい情報がはいるかもしれません」

それから大佐は、わたしたちを最上級の待遇でもてなすように、部下に指示した。

エドナとわたしは、二人用の小部屋を与えられた。ストーン以下の男五人は、六人用の大部屋に詰め込まれた。それでも、野宿に比べれば天国のようなものだ。

翌朝、まだ日がのぼり切らないうちに、当番兵がエドナとわたしを叩き起こして、すぐに大佐の部屋へ来るように、と告げた。

パトロール部隊が、もどったのだという。

わたしは、エドナに言われてストーンを起こし、三人で大佐の部屋に行った。

大佐と一緒に、ひょろりと背の高い三十歳くらいの若い士官と、鹿皮服を着て頭に繃帯《ほうたい》を巻いた髭だらけの老人が、コーヒーを飲んでいた。

マクブライド大佐は、若い士官を第三騎兵隊のジョン・カールトン少尉、鹿皮服の老人をスカウトのルイス・グーディス、と紹介した。

大佐は、二人にわたしたちの旅の目的を手短に説明したあと、偵察行動中に自分の見聞したことを話すように、カールトン少尉を促した。

少尉は、やや赤みがかった金髪の持ち主で、話すときに唇をなめる癖がある。

「四日前の夕方、自分たちのパトロール部隊はニューメキシコの、ラス・クルーセスの北三十マイルの地点で、コマンチに襲われた幌馬車隊の隊員の一人が、助けを求めて馬を走らせるのに遭遇しました。このあたりです」

壁の地図の一点を示し、さらに話を続ける。

「自分たちは、隊員のあとについて襲撃現場に駆けつけ、炎上した二台の幌馬車と十五人の隊員を、発見しました。そのうち二人は、戦闘で死亡していましたが、あとの隊員は軽い怪我をしただけで、命に別状はありませんでした」

コマンチは、一行が食糧を積んだチャックワゴンと数頭の馬を解き放つと、それをつかまえて退却したという。コマンチの狙いは、白人の命ではなく食糧と馬だったらしい。

少尉は、唇をなめて続けた。

「コマンチは全部で四、五十人おり、その中に何人か女が混じっていたそうです」

それを聞いて、エドナが乗り出す。

「女ですって」

「そうです。直接、戦闘には加わらなかったようですが、解き放たれた馬をつかまえに行った中に、女と思われるコマンチが四人か五人いた、という証言を得ました。しかも、そのうちの一人は金髪だった、というのです」

エドナはハンカチで口を押さえ、うめき声ともため息ともつかぬかすかな音を、喉の奥から漏らした。

ストーンが、代わって尋ねる。

「それは信頼できる証言、と考えていいんですか」

少尉は、軽く肩をすくめた。

「証言したのは、ジェーン・ラスキンという名の、まだ十五歳の娘でしてね。信頼するには、幼すぎるともいえます。ただ彼女は、そのコマンチが自分と同じ年ごろの少女だった、と言っています。それが事実なら、あるいは正しい観察かもしれません。なにしろ、ほかにそういう娘を目撃した、という証言者がいないもので」

エドナが、膝を乗り出す。

「ジェーンはコマンチのゲリラ部隊の中に、自分と同じ年ごろの金髪の娘がいた、と証言したのですね」

まるで、自分の聞き違いではないかと恐れるように、熱心に繰り返した。

少尉がうなずく。

「そうです。最初、自分は疑わしい証言だと思いましたが、奥さんがコマンチにさらわれたお嬢さんを探しておられるとすれば、ジェーンが目撃したことも事実かもしれない、という気がします」

エドナは、つっかい棒をはずされたように、ソファの背に体を預けた。

「やはりコマンチのゲリラ部隊は、ニューメキシコに来ていたのね」

それまで、黙ってやり取りを聞いていたスカウトのグーディスが、やおら口を開く。

「念のため申し上げておきますが、金髪の少女がゲリラ部隊にいたからといって、それがお嬢さんとは限りませんよ、奥さん。コマンチはしばしば、子供たちをさらって行きますからな。今度の幌馬車隊襲撃は、食糧と馬を奪うのが目的だったようだから、子供たちは無事でした。ともかく、女の子は部族の数を増やすためということもあって、狙われやすいんです」

少尉が軽く咳払いをし、グーディスを目でたしなめた。

グーディスは両手を広げ、そのまま口をつぐんだ。

エドナが、決然とソファから背を起こし、自分に言い聞かせるように言う。

「エミリがどうなっていようと、わたしの娘であることに変わりはありません。かならず見つけて、家に連れ帰ります」

マクブライド大佐が、口を開いた。

「コマンチが食糧を狙ったということは、バファロー狩りがうまくいっていない証拠ですな。これからも、幌馬車隊や入植者の農場や牧場が、狙われる恐れがあります。あなたたちも、気をつけなければいかんでしょう」

エドナはきっとなって、大佐を見た。

「彼らに襲われるなら、大歓迎ですわ、大佐。こちらから探す手間が、省けますもの」

「しかしたった七人、それも子供を入れての人数では、ひとたまりもなくやられますぞ。奥さんとミス・チペンデイルが、新たな捕虜になる恐れもある」

「そしてそのときは、ほかの全員が殺されることになりますよ」

グーディスは、わたしたちが脅《おび》えるのを期待するように、付け加えた。

エドナの顔には、みじんも恐怖の色が浮かばなかったが、わたしを見た目にはいくらか不安があった。

自分の身はどうなってもいいが、わたしやウォレンのことが心配だ、という様子だ。

わたしは言った。

「わたしたちのことは、心配しないでください。コマンチのことはよく知らないけれど、手話でコミュニケーションをとることは、可能だわ。万一の場合には、お役に立てると思います」

ストーンもうなずく。

「ジェニファの言うとおりですよ、奥さん。わたしも、彼らと戦うはめになったときのために、トゥサンでそれなりの準備を整えてきました。何も、心配することはありません」

エドナは目をうるませた。

「ありがとう、二人とも。これからは、奥《マ》さん《ム》と呼ばないで、エドナと呼んでちょうだい」

「分かったわ、エドナ」

わたしが応じると、ストーンは珍しくもぞもぞとすわり直し、あいまいにうなずいた。

「ええと、それでは、そうさせてもらいますよ、エドナ」

その口調が、あまりにどぎまぎした様子だったので、わたしは笑ってしまった。

エドナも笑ったが、すぐに真顔にもどって、カールトン少尉を見た。

「ところで、少尉。パトロール部隊は、襲われた幌馬車隊の一行を護送して、どこかの町へ行かれたのでしょう」

「はい。彼らの最終目的地は、テキサス州の西端のエル・パソでしたので、途中のラス・クルーセスまで送って行きました。彼らは、そこでもう一度幌馬車を仕立て直して、最終目的地へ向かうとのことでした」

「すると、これからすぐにラス・クルーセスへ行けば、そのジェーン・ラスキンという少女に、会えるわけですね」

「そう思います。隊を組み直して出発するのに、早くても十日はかかるでしょう。ちなみに、幌馬車隊の隊長はオハイオ出身の、アレン・スタグマイアという男です」

夜が明けるとともに、わたしたちはラス・クルーセスを目指して、出発した。

12

ボウイ砦からラス・クルーセスまでは、およそ百八十マイルの距離がある。アリゾナ準州から、州境を越えてニューメキシコ準州にはいり、真東に道をたどればよい。鉄道はこのころ、まだ開通していなかった。

もっとも、チャックワゴンを引いて百八十マイルの距離を行くには、早くて一週間から十日はかかる。ジョン・カールトン少尉のパトロール部隊は、三日ないし四日で砦へもどって来たようだが、騎馬に慣れた騎兵隊員の旅程と一緒にはできない。

わたしたちが着くころには、幌馬車隊はとうにラス・クルーセスを出発し、エル・パソへ向かっている恐れもある。

エル・パソに到着した段階で、隊は解散になるという話だった。金髪のコマンチの娘を見た、というジェーン・ラスキンが自分の家族とともに、そのままエル・パソにとどまるかどうかは、保証の限りではない。状況によっては、エル・パソからどこか別の町へ向かうことも、十分にありうる。

もし、わたしたちがラス・クルーセスからエル・パソへ直行し、それでもなおジェーンをつかまえることができなかったら、カールトン少尉がもたらしたせっかくの情報が、無になってしまう。

トム・B・ストーンは、そうした懸念《けねん》をエドナ・マキンリーに伝え、一つの案を提示した。

「ラス・クルーセス、最悪の場合でもエル・パソでジェーンをつかまえるには、チャックワゴンを置いて行かなければなりません。しかし、そのあとに続く長旅のことを考えれば、チャックワゴンを捨てるわけにはいかない。残る方法はただ一つ、わたしが一人で先発してラス・クルーセスへ行き、ジェーンをつかまえることです。あなたはほかのみんなと一緒に、あとから来てくれればよい」

それを聞くと、エドナは即座に言った。

「わたしも、あなたと一緒に行きます」

ストーンが、頬を引き締める。

「それはだめだ、エドナ。一緒に来れば、いろいろと問題が起きます」

「わたしは、あなたを信用していますよ」

きっぱり言うエドナに、ストーンはわざとらしく咳払いをした。

「そういう意味ではない。足手まといになる、と言ってるんです」

エドナは顔を赤くしたが、くじけずに続けた。

「でも、わたしがジェーンと話した方が、正確な情報がとれるんじゃないかしら」

「今はとにかく、ジェーンを確実につかまえることを、優先すべきです。あなたは、幌馬車の長旅には耐えられるかもしれないが、一刻を争う早馬の旅には慣れていない」

エドナが詰まるのを見て、わたしは横から割り込んだ。

「だったら、わたしが一緒に行くわ」

ストーンもエドナも、驚いたようにわたしを見る。

ストーンは言った。

「きみだって、エドナと変わらないじゃないか」

「でも、わたしにはフィフィという、最高の馬がいるわ。あなたが、たとえ一日に何十マイル走ろうとも、置いて行かれる心配はありませんからね。それに、わたしはジェーンと年が近いし、話も引き出しやすいと思うの。コマンチのことだって、普通の人よりはずっと詳しいわ」

それを聞くと、エドナはうなずいた。

「そう、ジェニファを連れて行きなさい。この子なら、わたしほど足手まといにはならないわ。それに、あなたが評判どおりの紳士なら、なんの危険もないし」

ストーンは、ステットスンの縁を押し上げ、親指の爪で髪の生え際《はぎわ》をかいた。

それから、これ以上はないというくらい厳粛な調子で、エドナに言った。

「分かりました。ジェニファを連れて行きましょう。わたしたちが留守にしている間は、ラモンに指揮をとってもらうようにしてください。ただし、万が一にも当のコマンチのゲリラ部隊と遭遇して、攻撃を受けるような事態になったら、サグワロの指示に従ってもらいます。彼には、インディアンとどう戦ったらいいか、教えてありますから」

サグワロが、無言でうなずく。

エドナは言った。

「コマンチを生け捕りにする方法も、教えておいてね。エミリの消息を、聞き出せるかもしれないから」

サグワロが、口を開く。

「状況にもよりますが、そのやり方なら教えられなくても、知っていますよ」

そばから、ジャスティ・キッドが言った。

「おれは、どうすればいいんですか、ミスタ・ストーン」

ストーンが、無表情にジャスティを見る。

「きみは相手がだれであろうと、襲って来る者があればほかのものに目をくれずに、奥さんとウォレンを逃がすことだけを、考えろ。戦いは、サグワロとラモンに任せておけ」

「分かりました」

ジャスティは、きっぱりと答えた。

ストーンにすれば、ジャスティのような若者には明確に目標を与えた方が、いい働きをすると判断したのだろう。

ラモン・サンタマリアが、念を押すようにジャスティに言う。

「奥さんとぼっちゃんの命は、あんたが預かったようなものだ。ミスタ・ストーンが言ったように、戦う方はサグワロとおれが引き受ける。あんたの役目は、奥さんとぼっちゃんを安全な場所へ、退避させることだ。一緒になって、撃ち合おうなどと思うなよ」

ジャスティは少し不満そうにしたが、何も言い返さずにうなずいた。

マキンリー牧場の牧童頭補佐ラモンは、牧童頭のハリー・ドミンゲスが強く推薦しただけあって、いろいろと目配りのきく男だった。寡黙《かもく》で、どんなときにもあわてない沈着なところは、サグワロとよく似ていた。中背の引き締まった体つきも、サグワロをちょっとだけ大きくしたくらいで、きびきびとよく動き回る。

サグワロ、ラモン、ジャスティの三人がついていれば、インディアンや山賊の大群にでも襲撃されないかぎり、まずだいじょうぶだろう。

州境を越え、ニューメキシコ準州にはいったところで、ストーンとわたしはエドナの一行を残し、一路ラス・クルーセスへ向かった。

並足《ウォーク》と速足《トロット》で十分間ずつ、二度繰り返して走ったあと、十分間休憩する。全力疾走《ギャロップ》は、特別な事情があるとき以外は、しない。長旅の場合、それが馬を乗りつぶさないための、ぎりぎりの走らせ方だとストーンは言う。

フィフィなら、もう少し苛酷な条件でも走れると思ったが、ストーンの馬がつぶれるといけないので、わたしは黙ってその指示に従った。

それでも平均すれば、一時間に五マイルは走った。

馬を次つぎに乗り換えながら、昼夜を分かたず走り続けたポニー・エクスプレスの速達便が、平均時速十マイルだったと聞いている。その半分とはいえ、わたしたちもかなりの速度で走ったわけだ。

もっとも、わたしたちの場合は馬を替えることができないから、昼夜を分かたずというわけにいかない。朝の六時から十一時まで走り、日中気温の上がる数時間を休んだり歩いたりして、午後三時から日の落ち切る八時まで、また馬上の人となる。つまり一日に、五十マイルを超える旅程を、こなす勘定だ。

途中、インディアンに遭遇することもなく、小さな開拓者の集落で一泊したほかは、二人きりで旅を続けた。おかげで、五日目の昼前にリオ・グランデの流れを横切り、ラス・クルーセスにたどり着いた。

ラス・クルーセスは、できてからすでに二十年以上たつ古い町で、国境の町エル・パソに近いせいか、メキシコ人の姿も多い。

ほこりを落とす間もなく、わたしたちは市保安官事務所へ行って、アレン・スタグマイアの率いる幌馬車隊が、まだ町にいるかどうか確かめた。

保安官の話によれば、幌馬車隊はその日の朝七時に、エル・パソへ向けて出発した、ということだった。ほんの数時間の差で、入れ違いになったわけだ。

わたしたちは、レストランで軽い昼食をとったあと、幌馬車隊のあとを追った。

エル・パソまでは四十マイルほどの距離だが、単騎のわたしたちの足ならそこへ行くまでに、追いつけるだろう。

午後四時ごろ、予想したとおりリオ・グランデ沿いの岩陰で休憩する、幌馬車隊を見つけた。

五台の幌馬車のうち、二台は新しく仕立てられたもののようだった。

隊員の中には、コマンチと戦ったときの負傷がまだ癒《い》えず、頭に繃帯《ほうたい》を巻いたままの女や、腕を吊《つ》ったり杖《つえ》をついたりした男たちが、何人かいた。

アレン・スタグマイアは、五十五歳から六十五歳くらいの間に見える、日焼けしたしわだらけの顔の男だった。

もともとは、オハイオ州で農業を営んでいたそうだが、にわかに牧畜業への転進を思い立ち、同志を募ってテキサス州へ向かったらしい。エル・パソに着いたら、幌馬車隊を解散してそれぞれ州内に落ち着き先を見つけ、新天地を求めるつもりだという。

ストーンは、スタグマイアの話に辛抱強く耳を傾けたあと、今度は手短にエミリ探しの事情を説明して、ジェーン・ラスキンという娘と話をしたい、と申し入れた。

スタグマイアは、ジェーンはジョージ・ラスキンの娘だと言って、二人の幌馬車まで案内してくれた。ラスキンはやはり農夫で、妻が二年ほど前に病気で死んだため、娘と二人きりで参加したという。

四十代前半に見える、背丈のわりにひどく太ったラスキンは、はちきれそうなシャツのボタンの間から、レンガ色の下着をのぞかせていた。

十五歳だというジェーンも、父親ほどではないが丸々と肥えており、わたしより四十ポンドは重そうに見える。服装はシャツにパンツ姿で、わたしと似たりよったりだった。

お互いに紹介がすむと、ラスキンはさっそく言った。

「コマンチに襲われたときは、これで一巻の終わりかと思ったぜ。ところが連中は、幌馬車隊を襲うとき火矢を射かけると聞いたのに、一本も飛ばしてこなかった。そこで、連中のねらいは馬車に積んだ食糧か、馬じゃないかと気がついた。幌馬車を燃やしたら、食糧がおじゃんになるからな。それでおれは、すぐにスタグマイアさんやほかの仲間に声をかけて、小麦粉やトウモロコシを積んだチャックワゴンを、馬ごと輪の中から追い立てたんだ」

ストーンは、辛抱強くその説明に耳を傾けていたが、話が途切れるのを見計らったように、ジェーンに聞いた。

「きみは襲って来たコマンチの中に、金髪の娘がまじっているのを見たそうだが、そのときのことを詳しく話してくれないか」

ジェーンは物怖《ものお》じする様子もなく、まっすぐにストーンを見返した。

「パパたちが、チャックワゴンを外へ追い立てたとき、幌馬車隊を遠巻きにしていたコマンチの女たちが、ワゴンをつかまえようと馬を走らせたの。わたしは、チャックワゴンに積んであった砂糖が惜しくて、それをずっと見送っていたわ。そのとき、ワゴンを追うコマンチの女たちの中に、一人だけ金髪の娘がまじっているのに、気づいたわけ」

「確かに、金髪だったのかね」

ストーンが念を押すと、ジェーンは自信ありげにうなずいた。

「ええ。コマンチのように、三つ編みにした髪を二つに分けていたけど、日の光を浴びて金色に光ったから、間違いないわ。あの子はきっと、白人よ」

「顔を見たかね」

「日焼けした横顔を、ちらっとだけ。でも、コマンチにしては鼻が高すぎたわ」

「目の色は」

ストーンの問いに、ジェーンは丸い肩をすくめた。

「そこまでは、見えなかったわ」

「どんな格好をしていた」

「鹿皮服の、くるぶしまである細身のパンツと、フリルのついたシャツ。それに、モカシンをはいていたわ。男の戦士と、同じ格好よ」

「すると、男の子だったかもしれないね」

ストーンが疑問を差し挟むと、ジェーンは頑固に首を振った。

「いいえ。体つきで、女の子と分かったわ。遠くからだって、分かるわよ」

わたしは、横から質問した。

「ひょっとして、その娘はお下げの髪にスカーフみたいな、布切れを結びつけていなかった、ジェーン」

ジェーンは、人差し指をこめかみに当てて、少し考えた。

「そう言われれば、何かその種のもので髪を束ねていたような、そんな気がするわ」

「色とか模様を、思い出せないかしら」

ジェーンは、分別臭い顔をして腕を組み、なおも考え込んだ。

それから、ぱっと瞳を輝かせる。

「そうよ、思い出したわ。確か、茶色っぽい布のようなものを、髪に結びつけていたのよ」

わたしは興奮して、ジェーンの腕をつかんだ。

「茶色じゃなくて、赤地に白の、水玉模様じゃなかったかしら」

「ええ、そうだったかもしれないわ。色がくすんでいたから、あまりはっきりはしないけれど、赤と白のだんだらだか水玉だか、そんな模様だったような気もするわ」

ストーンが、それで十分だというようにうなずき、割ってはいる。

「ありがとう、ジェーン。念のために聞くが、その娘のほかに白人らしい女の子は、混じっていなかったかね」

「いなかったと思うわ。いたとしても、気がつかなかった。あっと言う間の出来事だったし」

ジェーンの返事に、ストーンはまた満足そうにうなずき返し、話を先に進めた。

「チャックワゴンをつかまえたコマンチは、それからどっちの方角へ向かったかね」

その質問には、スタグマイアが答える。

「チャックワゴンが解き放たれるのを見ると、コマンチの連中はそれ以上攻撃するのをやめて、われわれを牽制《けんせい》しながら引き上げ始めた。ワゴンは、たまたま北へ向かって疾走していたが、追いついたコマンチの一団も止まらずに、そのままリオ・グランデの流れに沿って、真北へ向かった。あのまま北上を続けたとすれば、今ごろはアルバカーキの近辺に達しているだろう」

ストーンは思慮深い目で、スタグマイアを見た。

「彼らが、そのまま北上を続けたかもしれないと考える根拠は、なんですか」

　スタグマイアが、両手を広げる。

「別に、根拠はないさ。しかし、コロラドを越えてワイオミングにはいれば、スーやシャイアンが騎兵隊を相手に、がんばっている。コマンチとは、かならずしも仲がいいとはいえないが、合衆国がインディアンに対して苛酷な政策をとる昨今では、共同戦線を張る可能性もないわけではない」

　ストーンは、さらに念を押した。

「コマンチが、一度北へ向かうようなふりをして迂回し、リオ・グランデを渡ってひそかに南下する、という手はありませんか」

「今日の昼前、メキシコ国境付近をパトロールしていた、フィルモア砦に駐屯する騎兵隊の分隊と、すれ違った。隊長の話では、州境近辺にインディアンの姿はなかった、ということだった。わたしが彼らなら、やはり越境してメキシコへ逃げ込むより、北へ逃げてスーとシャイアンの連合軍に、身を投じるだろうな」

　昼前といえば、わたしたちがラス・クルーセスに着いたころだ。

　ストーンが、わたしを見る。

「どうやら、ミスタ・スタグマイアの言うとおりらしいな、ジェニファ。念のため、ここから真西へ馬を走らせ、メキシコ国境からリオ・ミンブレス沿いに、北上しよう。コマンチがいるかどうか、それでほぼ見当がつくだろう。北上するうちに、わたしたちがアリゾナから走って来た道に、どこかでぶつかる。エドナたちと、そのあたりで合流できるかもしれない」

わたしにはよく分からなかったが、ストーンの頭の中にはそのあたりの地理が、きちんと刷り込まれているようだ。

13

わたしたちは、幌馬車隊に別れを告げた。

もう一度、リオ・グランデを渡って、今度は西へもどる。

トム・B・ストーンによると、南へ二十マイルもくだればメキシコ国境にぶつかる、という。そのあたりは、シエラ・マドレ台地と呼ばれる大平原で、見渡す限り砂地と草原が続いている。バファローの姿は、一頭も見えなかった。

日が落ちてからもしばらく走り、空が暗くなる少し前に適当な岩陰を見つけて、野営の準備をした。

わたしは、ジャガイモとタマネギと豆を油で炒《いた》め、干し肉を添えて出した。

食事が終わると、ブリキの皿についた汚れを砂で洗い落とし、ネルの布を使ってコーヒーをいれる。

ストーンはそれを、おいしそうに飲んだ。

わたしは尋ねた。

「コマンチのゲリラ部隊は、去年クアナ・パーカーが合衆国に降伏したとき、どうして居留地にはいらなかったのかしら。だって、いちばん頑強に抵抗したクアナがいなくなったら、統率がとれなくなるでしょう」

ストーンは、カップを軽く揺すった。

「クアナは、勇敢で統率力もあったから、部族の中で一目置かれていた。しかし、所詮《しょせん》母親は白人だし、色眼鏡で見られることもあったはずだ。追い詰められれば、クアナの指示や判断に従わない者が出て来ても、なんら不思議はない。指導者の後釜《あとがま》は、かならず現れるものさ」

「でも、コマンチに勝ち目はないわ。いくら、ゲリラ戦でいいところを見せたって、最後には騎兵隊にやられるわよ」

「だからといって、誇り高いコマンチは最初から戦わずに、軍門にくだったりはしない。もともとニューメキシコの平原は、メキシコ人が南から侵入して来るまでは、コマンチの土地だった。彼らは、必要最小限のバファローを狩ることで、生活していた。そこへ、時代とともに今度はアメリカ人が進出して来て、バファローの乱獲が始まった。食糧や衣服、住居の資材など、生活の大半をバファローに依存するコマンチには、これはまさに死活問題さ。合衆国政府も、それを承知の上でバファロー狩りを、盛んに奨励した。バファローがいなくなれば、コマンチは降伏して居留地入りせざるをえなくなる、と読んだわけだ」

口中に、苦いものでも含んだような、言い方だった。

あからさまには言わないが、ストーンはインディアンに対して悪く言えば憐憫《れんびん》の情、よく言えば共感の念を抱いているのかもしれない。しかもそれは、わたしが一時期スー族と暮らしたことと、直接関係があるわけではなさそうだ。

ストーンの言うとおり、もともと北アメリカはインディアンの土地であり、それを侵略したのは開拓者たちだった。

「コマンチが、メキシコ人やアメリカ人を敵視して、出会うたびに戦いを挑むのは、当然かもしれないわね。先住権を侵害したのは、インディアンではなくわたしたちだもの」

「そのとおりだ。しかしわれわれも、おとなしく殺されるわけにはいかない。自分の身を守るためには、戦わなければならないのさ」

戦いを終わらせるためには、インディアンが白人の強権発動に従って、居留地へはいるほかにないのだろうか。もし立場が逆転した場合、白人はインディアンに強制されて居留地にはいる運命に、甘んじることができるだろうか。

おそらく、できないと思う。

翌朝、ストーンとわたしは日の出とともに出発し、さらに西へ向かった。

夕方、スタグマイアの幌馬車隊と別れて二十四時間後、距離にしてほぼ五十マイル走ったところで、小さな川にぶつかった。

「これが、リオ・ミンブレスだ」

ストーンはそう言い、水辺に馬を連れて行った。浅瀬に引き入れ、水を飲ませる。

馬の脚を冷やしてやると、長旅の疲れが取れることを教わっていたので、わたしも同じようにした。ついでに、水筒もいっぱいにする。

日が落ちるまで、リオ・ミンブレスに沿って北上し、川のほとりで野営した。

翌日も、川沿いに上流へ向かって、走り続けた。

幌馬車隊と別れたあと、インディアンはおろか白人のハンター、入植者にも一人として出会わなかった。安心は安心だったが、ほかの人間を見かけないというのは、心細いものだ。

ストーンは、確かに夜も昼も紳士的に振る舞ったが、それは単にわたしを女とみなしていないだけの話で、大喜びするようなことではなかった。

やがて、日がまだ真上にのぼり切らないうちに、川の上流が左へ大きくカーブしていく、見覚えのある場所に出た。わたしは、二日前その地点でリオ・ミンブレスを渡り、ラス・クルーセスへ向かったことを、思い出した。

ストーンは馬からおり、少しの間川岸を行ったり来たりしたあと、わたしに言った。

「わたしたちの馬の足跡は残っているが、チャックワゴンの轍《わだち》の跡は残っていない。つまり、エドナの一行はまだ来ていない、ということだ。こっちから、迎えに行くことにしよう。ラス・クルーセスに行ってもむだだから、一行と合流した地点で北へ方向を変える」

どうやらストーンも、コマンチのゲリラ部隊は北へ進路を取った、と結論をくだしたようだ。

わたしたちは、川に沿ってしばらく西へ走った。川は、いずれまた右へ緩やかにカーブして、進路からそれるはずだ。

休みながら十マイルほど走ったとき、前方の平原の上空に砂ぼこりが舞い上がるのが、視野にはいった。

ストーンは馬を飛びおり、すぐ近くの岩山によじのぼった。十秒かそこら、目をこらしたあと岩山から滑りおり、また馬に飛び乗る。

「エドナの一行だ。インディアンに追われているらしい。行くぞ」

ストーンはそう言い捨てると、返事を待たずに馬に拍車をくれた。

あわてて、そのあとを追う。

砂ぼこりは、二マイルか三マイル先でわき上がっているが、その下で何が起きているのかは、分からない。しかし、遠目のきくストーンがそう言うからには、エドナたちは実際インディアンに、追われているに違いない。

わたしはフィフィに拍車を入れ、砂煙に向かって全力疾走を試みた。

ほどなく、砂煙の先頭を切って走るジャスティ・キッドらしき男の姿が、視野にはいった。そのすぐ後ろを、チャックワゴンが走って来る。

駆者台《ぎょしゃだい》で手綱を握るのは、エドナ・マキンリーだった。隣にすわるウォレンが、真っ青な顔でエドナの腕にしがみつくのが、目に留まる。

エドナはしきりに鞭《むち》を入れるが、むろんロバは馬ほど速く走れない。

銃声が聞こえた。

おそらく、サグワロとラモン・サンタマリアが、チャックワゴンの後方を固め、追って来るインディアンを牽制しながら、馬を走らせているのだろう。

ワゴンは石ころをはね飛ばし、激しく揺れながら走って来る。飛びはねるたびに、ばらばらに壊れそうな気がして、わたしは心臓が止まるかと思った。

フィフィが轡《くつわ》を並べると、ストーンはどなった。

「向こう側へ回って、ウォレンをフィフィの上に引き上げろ。わたしは、エドナを引き受ける。チャックワゴンは捨てるんだ」

わたしたちは左右に別れ、一度馬を止めた。近づいて来るワゴンを、今や遅しと待ち受ける。

ワゴンを先導するかたちで、ジャスティが疾走して来る。

ストーンが、背後を示してどなった。

「岩山の陰へ逃げ込め。二人は、われわれが助ける」

ジャスティがそばを走り抜け、ワゴンが五十ヤードほどに迫った。ストーンもわたしも、ワゴンと同じ方向に走り出す。

追いついて来たワゴンと、少しの間並んで走りながらスピードを合わせ、ウォレンがすわる馭者台の左側に、すばやくフィフィを寄せた。

背後では、サグワロとラモンが応戦する、ライフルの銃声が聞こえる。インディアンの放った矢が、ワゴンの幌に突き刺さった。幸い、火矢ではなかった。

「ウォレン、ウォレン」

わたしが呼ぶと、ウォレンがエドナにしがみついたまま、そばかすだらけの顔を振り向けた。

「鞍の後ろに、飛び移って」

わたしの叫び声に、ウォレンがうなずく。

あとで考えると、ウォレンがそんなむちゃな芸当に挑む気になったのも、わたしがそれを受け止められると思ったのも、冷や汗が出るほど無謀なことだった。たとえ、かなり年季のはいったカウボーイでも、そう簡単にはやってのけられなかっただろう。

しかし普通の人間も、生きるか死ぬかの瀬戸際《せとぎわ》に追い詰められると、不思議な力がわいてくるものだ。

わたしは、ワゴンの馭者台のすぐ横にフィフィをつけ、同じスピードで走らせた。

すると、エドナから腕を離したウォレンは、わたしの胴に抱きつくようにして、馬に飛び移った。ウォレンが、がりがりに痩せていたことも、幸いした。

フィフィはバランスを崩すことなく、そのまま走り続ける。

ワゴンの向こう側では、ちょうどエドナがウォレンと同じように、ストーンの馬に飛び移ったところだった。

ストーンは、ちらりとウォレンとわたしの無事を確認し、スピードを落としてワゴンから離れるように、身振りで指示した。

馭者を失ったワゴンは、そのまま走り続ける。

前方に、さっきストーンがよじのぼって様子を見た、岩山が横たわっていた。

先頭を行くジャスティは、ワゴンの進路をはずれて岩山に向かった。わたしは振り向き、後ろから走って来るサグワロとラモンに、岩山を指し示した。

岩山の裾を回ると、ストーンがどなる。

「ジェニファ、エドナ。馬を頼むぞ」

ジャスティはすでに岩陰に張りつき、ライフルを撃ちまくっていた。ストーンも、馬から飛びおりてそれに加わり、逃げて来るサグワロとラモンを援護する。

二人が無事に岩陰に転がり込むと、エドナとわたしは全員の馬を集めて、安全な場所に誘導した。

ウォレンに番を頼み、四人のところへもどる。

「撃つな」

ストーンが、ほかの三人を制して、射撃をやめさせた。

四十人ほどのインディアンが、スピードを緩めず岩山の近くを走り抜け、馭者のいなくなったワゴンを追いかけて行くのが、砂塵《さじん》の中に見えた。

そのインディアンたちが、バックスキンのシャツを身につけていることに、突然気がつく。

「トム。彼らは、コマンチだわ」

「分かっている」

ストーンは、不機嫌そうに応じた。

コマンチと聞くと、地面にうずくまっていたエドナが、顔を起こした。

「コマンチですって」

「そう。おそらく、スタグマイアの幌馬車隊を襲ったのと、同じ連中でしょう」

ストーンの説明に、わたしも背筋を伸ばした。

ここへ来るまで、コマンチの姿をいっさい見かけなかったので、幌馬車隊を襲ったその足で北へ向かった、と思っていた。しかしそれは、間違いだったようだ。

エドナは、鳥が飛び立つようにはね起き、岩陰から顔を出そうとした。

ストーンがあわてて、その体を地面に引き下ろす。

「危ない。姿を見せてはだめだ」

ストーンの腕を、必死に押しのけようとしながら、エドナは抗議した。

「どうして。あの中に、エミリがいるのよ」

「断言はできませんよ」

「でも、あれがスタグマイアの幌馬車隊を襲ったコマンチなら、間違いなくエミリがいるはずだわ」

「エミリ、と決まったわけではない」

エドナはもがくのをやめ、ストーンを見上げた。

「白人の娘がいたのは、確かなんでしょう」

ストーンが、しぶしぶという感じでうなずく。

「ええ。ジェーン・ラスキンと会って、見間違いでないことを確かめました」

わたしも、エドナをなだめるために、そばから繰り返した。

「ジェーンは確かに、金髪の白人らしい娘を見た、と言ったわ」

ついでに、その金髪の娘が赤地に白の水玉模様の、スカーフらしきもので髪を束ねていたことを、付け加えようとした。しかし、ストーンがきつい目でわたしを見たので、思いとどまった。

エドナは、ストーンとわたしを見比べた。

「だったら、それがエミリであるにせよそうでないにせよ、白人の娘があの中にいることは、間違いないわね」

そう言って、ストーンの腕を逃れようともがく。

「落ち着きなさい、エドナ。彼らの狙いは、チャックワゴンにたっぷり積み込まれた、食糧にある。スタグマイアの幌馬車隊も、チャックワゴンを投げ出したおかげで、助かりました。今度の場合も、食糧とロバさえ手に入れれば、わたしたちを殺したりしない。彼らは、おそらく北へ長旅をするために、できるだけ食糧を貯《た》め込もうとしているだけだ」

ストーンが言うと、エドナはわたしに目を向けた。

「ジェニファ、お願いがあるの。わたしと一緒に、あのコマンチのところへ行ってちょうだい。白人の娘がいるかどうか、いるとすればエミリかどうか、確かめるのよ。あなた、通訳ができるでしょう」

14

わたしは、途方に暮れた。

「スー族の言葉は、今でもなんとか聞き取れるはずです。でも、コマンチの言葉は、分かりません。手話で話すことは、できると思うけれど」

「それでもいいわ。お願い、一緒に行って」

エドナ・マキンリーはそう言って、わたしの手を握り締めた。

わたしはどうしていいか分からず、トム・B・ストーンの顔を見た。

ストーンは、厳しい顔で首を振った。

「だめだ。ここでじっとしてさえいれば、彼らはこのままチャックワゴンを捕獲して、引き上げるでしょう。しかし、へたに刺激するとわたしたち男を皆殺しにして、あなたとジェニファを連れ去るかもしれない。あの数では、こちらに勝ち目はない。ここは一つ、がまんしてください。賭けてもいいが、姿を見せたら撃たれますよ」

「白旗を掲げて行けば、攻撃してこないと思うわ」

エドナが反論したが、ストーンは折れない。

「コマンチに、白旗は通用しない。かつて、取り囲まれた白人が白旗を掲げて降伏を装《よそお》い、彼らをだまし討ちにしたことがある。それ以来コマンチは、白旗を罠《わな》だと思い込んでいます。とにかく、不用意に姿を見せれば抵抗するつもりだ、とみなされる。試してみますか」

ストーンはエドナを放し、その場に無造作に立ち上がった。

わたしも、岩陰からのぞく。

五百ヤードほど先で、コマンチの一団が馭者を失ったチャックワゴンを、つかまえようとしていた。それよりずっと手前に、こちらを向いて馬上から見張り役を務める、十人ほどの戦士たちの姿が見える。

ストーンを認めるが早いか、戦士の一人がライフルを構えて、発砲した。岩に当たって銃弾がはじけ、ストーンは急いでしゃがみ込んだ。わたしも、あわてて身を隠す。

ストーンはエドナに、肩をすくめてみせた。

「ほらね」

エドナは鼻孔をふくらませ、ストーンに食ってかかった。

「何か、いい方法を考えて。わたしは、そのためにあなたたちを、雇ったのだから」

「雇われたのは事実ですが、命まで売ったわけではありませんよ。これまで、わたしがなんとか生きてこられたのは、一か八かの賭けをしなかったからです。賭けの好きな人間をお望みなら、ギャンブラーを雇い直しなさい」

ストーンの皮肉な口調に、エドナは頰の筋をぴくぴくさせた。

「今、エミリを助けることができたら、わずか十日足らずで一万ドルが、手にはいるのよ」

「たとえ一万ドル稼いでも、墓に持って行けるわけではない。だいいち、ここであなたやわたしたちが死んだら、エミリを助け出す者はだれもいなくなる。お嬢さんを、確実に取りもどせるときがくるまで、自重しなければならない。ここが、がまんのしどころです」

ストーンがきっぱり言うと、エドナは唇を嚙み締めて、横を向いた。

わたしの後ろから、ラモン・サンタマリアが口を出す。

「ミスタ・ストーンの言うとおりですよ、奥さん。ここで焦っては、元も子もなくなります。あのコマンチを追って、わたしたちも北へ向かえばいい。そのうち、きっとチャンスが巡ってきます。運よく、騎兵隊のパトロール部隊とでも出会えば、力を貸してもらえるでしょう」

エドナは肩の力を抜き、岩にもたれた。ようやく、納得したようだった。

ところが、そうではなかった。

ストーンが背を向け、コマンチたちの様子をうかがっているすきに、エドナはいきなり岩陰から飛び出した。まっしぐらに、コマンチのいる方へ駆けて行く。

わたしは、反射的にエドナの名を呼び、あとを追った。

コマンチの一団は、半マイルほど離れた場所でチャックワゴンを取り囲み、ロバごと引き立てるところだった。見張りを務めた戦士たちも、すでに本隊と合流していた。

エドナは、ワゴンに向かって転がるように走りながら、叫んだ。

「エミリ、エミリ」

「エドナ、止まって」

背後から呼びかけたが、エドナは足を止めなかった。それどころか、白いブラウスの裾をパンツから抜き出し、力任せに引きちぎる。

その切れ端を頭上に掲げ、さらに叫び立てた。

「エミリ、エミリ」

白旗のつもりなのだ。

そのとき、すごい勢いでわたしを追い越して行ったのは、ストーンだった。ストーンは砂を蹴散らし、群生する下生えや灌木《かんぼく》の茂みを飛び越えて、エドナのあとを追った。

ワゴンまではだいぶ距離があったが、エドナの甲高い声はコマンチの耳にも、届いたらしい。何人かがワゴンを離れ、馬上からライフルを発砲した。

エドナの手前で、小さな砂ぼこりが上がる。しかしエドナは足を止めず、ためらうことなく走り続けた。

次の瞬間、ストーンはエドナの背中に勢いよく飛びかかり、砂の上に押しかぶさるように倒れた。

二人の周囲に、さらに二発か三発ライフルの弾が砂ぼこりを上げたが、そこでコマンチは撃つのをやめた。それ以上近づくな、という警告のつもりらしい。

そのときわたしは、チャックワゴンを引いて行く一団の中に、金髪のコマンチがいるのに気づいた。陽光を受けて、髪がきらりと金色に光ったから、見間違いではない。ただ、距離が遠いために男か女か区別がつかず、年格好も分からなかった。

お下げにした髪に、茶色に見える布のようなものを結びつけていたが、それが赤地に白の水玉模様の、色褪せたものかどうかを判断するのは、困難だった。

エドナも、それを目にしたらしい。

うつぶせに、ストーンに押さえつけられたまま、ひときわ大声で叫ぶ。

「エミリ」

その声が聞こえたのか、それともたまたまほかに理由があったのか、金髪のコマンチが馬を止めて、振り向いた。

エドナは、もう叫ばなかった。ストーンが、エドナの口を大きな手でふさいで、叫べないようにしていたのだ。

わたしは、二人のそばに行って、うずくまった。

エドナが唸《うな》り、ストーンの下で暴れる。ストーンは、ほとんど力を加える様子も見せずに、エドナの動きを封じていた。

わたしは灌木の茂みをとおして、コマンチの様子をうかがった。

コマンチは、戦利品のチャックワゴンを取り囲みながら、リオ・ミンブレスの浅瀬を渡って、北へ向かった。

姿が見えなくなると、ストーンはようやくエドナの上から体をどけ、助け起こした。

「乱暴してすまなかった、エドナ。しかし、これも雇われたわたしの、仕事の一つでね」

エドナは、ストーンの腕を振り払って、よろよろと立ち上がった。

吐き出すように言う。

「あれは、エミリだったわ」

「その可能性はある」

「可能性ですって」

エドナはストーンを睨み、くるりときびすを返した。ストーンとわたしをその場に残したまま、岩山の方へさっさともどって行く。ちぎれたブラウスの裾が、パンツの上に垂れ下がっていた。

岩陰にもどると、ラモンもサグワロも、ジャスティ・キッドもウォレンも、何も言わずにわたしたちを迎えた。服はみんなほこりだらけで、だれの顔も汗と砂にまみれ、目の周囲に隈《くま》ができている。

ラモンがエドナに、水筒を差し出した。

エドナは黙って、水を二口飲んだ。

腕を組み、ほかの六人を見回しながら、落ち着いた声で言う。

「七人に馬五頭では、追跡できないわね」

いくらか、冷静さを取りもどしたようだった。

ラモンが言う。

「ラス・クルーセスへ回って、もう一度態勢を整えるしかないでしょう。少し出遅れることになりますが、どのみちすぐに追いつけるわけじゃないから、しかたがありません」

ストーンはうなずき、エドナに目を向けた。

エドナは肩をすくめただけで、ラモンの意見に反対しなかった。

ストーンが、リオ・ミンブレスの方に、顎をしゃくる。

「水を補給したら、すぐに出発する。ジェニファ、きみはウォレンを、鞍の後ろに乗せてやってくれ。エドナは、ほかの五人が交替で受け持つ」

川で水筒に水を入れるとき、すぐそばでエドナがストーンに言うのが、耳にはいった。

「さっきは、取り乱して悪かったわ。あなたの言うとおり、あそこでコマンチを怒らせたら、ぶち壊しになっていたでしょうね。止めてくれて、ありがとう」

すなおな口調だった。

「気にする必要はないよ、エドナ。母親なら、だれでもああするさ」

エドナは裸足《はだし》になり、川の水に足をつけた。

「ラス・クルーセスへ行く道は、わたしたち一家が十年前に、テキサスからアリゾナへ向かったとき、幌馬車で通ったルートなの」

そういえば、最初にエドナが事のいきさつを説明したとき、その話を聞いた覚えがあった。エミリもウォレンも、両親と一緒にこのルートを逆にたどって、アリゾナを目指したのだった。

エドナが続ける。

「エミリは、そのことを覚えているかしら」

「エミリには、何も期待しないことですよ、エドナ。分かっていると思うが」

ストーンの返事に、エドナはため息をついた。

「そうね。さあ、行きましょう」

十分後、わたしたちはラス・クルーセスに向かって、出発した。

先頭にラモン、そのあとにストーンとエドナ、ジャスティ・キッド、ウォレンとわたしが続いて、しんがりをサグワロが務める。

ジャスティが馬の足を緩め、サグワロと並んだ。

「ミスタ・ストーンは、あんたにコマンチとの戦い方を教えた、と言った。なぜそのとおりに、戦わなかったんだ」

それは別に詰問ではなく、ただ聞いてみただけ、という感じだった。

わたしもボウイ砦で、コマンチと戦うための準備をトゥサンで整えた、とストーンが言うのを聞いた覚えがある。

しかし、さっきのていたらくを見る限りでは、それが役に立ったとは思えない。

サグワロが、ぶっきらぼうに答える。

「トゥサンで、ダイナマイトを買った。チャックワゴンに、積んであった」

「ダイナマイト」

ジャスティが、おうむ返しに言った。

わたしは振り向き、サグワロを見た。ダイナマイトの件は初耳だったので、同じように興味をそそられた。

サグワロが続ける。

「コマンチに襲われたら、ダイナマイトを一つ二つやつらの近くで爆発させて、ひるんだすきに逃げ出すはずだった。ところが、おれは襲って来たコマンチの中に、金髪の娘が混じっているのに、気がついた。それが、エミリかどうかは、分からない。だが、その娘を目にしたとたん、ダイナマイトは使わない方がいい、と直感した。だから、全速力で逃げ出すことにしたのさ」

サグワロの言うことは、もっともだった。

金髪の娘が万一エミリで、そのエミリがダイナマイトの爆風を食らい、間違って死にでもしたら、元も子もない。サグワロが、その危険を避けてひたすら逃げまくる、という判断をくだしたのは正しかった、と思う。

ジャスティも、それを理解したらしい。

「ミスタ・ストーンには、そのことを話したのかい」

ジャスティの質問に、サグワロは首を振った。

「いや、まだ話してない。しかしトムも、自分からチャックワゴンを捨てろと指示したくらいだから、もう分かってるだろう」

ジャスティは、自分の位置にもどって行った。

ダイナマイトが、コマンチの手に渡ったと考えるだけで、いやな感じがした。しかし、どうすることもできなかった。

その夜遅く、わたしたちはすっかり疲れ切って、ラス・クルーセスの町に着いた。

15

五月初旬。

ニューメキシコ準州の最南端に近い、ラス・クルーセスの町に着いたわたしたちは、そこで一晩過ごすことになった。

何よりも、コマンチのゲリラ部隊に奪われたチャックワゴンを、新たに仕立て直さなければならない。

ほぼ十日ぶりに、まともな食事と柔らかなベッドにありついて、一息つくことができた。

翌朝、いざワゴンや食糧を買う相談が始まったとき、エドナ・マキンリーが言い出した。

「考えてみると、チャックワゴンの旅は思うようにはかどらないし、このままではコマンチに追いつけないわ。食糧や雑貨は、ロバで運んだらどうかしら。少なくとも、ワゴンよりは速いと思うの」

トム・B・ストーンが、それに反対する。

「日程が決まった旅なら、それもいいでしょう。しかし、今の段階ではコマンチがどこへ行くのか、またどれくらいの長さの旅になるのか、はっきりしない。そういう、あてもない旅を馬で行くのは、失礼ながらご婦人や子供にはきつすぎる、と思いますよ」

エドナは、まっすぐにストーンを見返し、強い口調で言った。

「それは、分かっています。でも、ジェニファだってがんばっているのだから、わたしにできないはずはないわ。ウォレンも、耐えられると思います」

エドナの隣で、そばかすだらけの顔をしたウォレンが、青い目を不安におどおどさせながら、けなげにもうなずく。

とはいえ、ウォレンはわたしより華奢《きゃしゃ》な体つきをした、まだ十歳の少年にすぎない。多くを期待するのは、かわいそうというものだ。

ストーンが、辛抱強く応じる。

「あなたたちのペースに合わせて旅をしたら、結局はワゴンで行くのと変わらなくなる。ワゴンがあれば、だれかが体調を崩したり怪我をしたりしたとき、体を休めることができます。また、砂嵐《すなあらし》や大雨に襲われた場合も、助けになるでしょう」

「それも分かるけれど、わたしは楽な旅をしようなどとは、毛ほども思っていないわ。わたしもウォレンも、あなたたちのペースに遅れないように、ついて行きます。とにかく、ワゴンはやめましょう」

エドナは、それで話は決まったというように、両手を立てて見せた。

「あとで、泣きごとを言うはめになってもいいんですか、エドナ」

「わたしはこれまで一度も、泣きごとを言ったことはないわ」

エドナの返事に、ストーンはさらに説得を続けるかどうか、考えているようだった。

結局、いかにも不承不承という感じで、肩をすくめる。

「あなたが、どうしてもそうしたいとおっしゃるなら、これ以上言うのはやめます」

エドナは、ウォレンのとがった肩を抱き寄せて、きっぱりと言った。

「わたしもウォレンも、そうしたいのです」

ストーンが、指を立てる。

「そのかわり、わたしたちについて来られなくなったら、追跡隊からはずれてもらいますよ」

エドナの頬が、ぴくりと動いた。

「わたしは、あなたたちの雇い主じゃなかったかしら」

「忘れたわけではない。わたしたちが雇われたのは、あなたがた母子のお守りをするためではなく、エミリを助け出すためだ。何よりも、それを最優先させるつもりです」

エドナは、何か言い返そうと口を開きかけたが、そのまま唇を引き結んだ。

ウォレンが、おずおずと言う。

「ぼくだって、もう一人で馬に乗れるよ、ミスタ・ストーン。ラモンに、習ったんだ」

わたしの後ろで、牧童頭補佐のラモン・サンタマリアが、ウォレンに声をかけた。

「ええ、だいじょうぶですとも、ぼっちゃん。わたしが、ちゃんとめんどうを見てあげます」

ジャスティ・キッドも、そばから言う。

「おれも手助けするよ、ウォレン。拳銃の撃ち方を、一から教えてやる」

ウォレンは、うれしそうにうなずいた。

　ストーンが、わたしに目を向ける。

「ジェニファ・チペンデイル。きみは、エドナが居眠りをして馬から落ちないように、よく見張る係だ」

　フルネームでわたしを呼んだのは、機嫌の悪い証拠だった。

　エドナは苦笑したが、何も言わない。

「分かったわ」

　わたしが返事をすると、ストーンはラモンに目を移した。

「ラモン。あんたは厩舎へ回って、エドナとウォレンの馬を選んでくれ。それから、ロバも三頭買ってほしい。そのうちの二頭に、全員の食糧と食器、調理用具を振り分けて、運ばせることにする。飲み水は、樽《たる》に入れると重くてかさばるから、全員自分の水筒を持って管理するんだ」

　サグワロが口を出す。

「もう一頭のロバには、何を積むつもりかね」

「むろん、予備の武器と弾丸だ。それに、念のためトゥサンで用意した例のものも、少しでいいから買い直しておいてくれ」

　ストーンが言ったのは、ダイナマイトのことだ。

　トゥサンで買ったダイナマイトは、奪われたチャックワゴンに積んであったので、今はコマンチのものになってしまった。

コマンチが、ダイナマイトの用途や使い方を知っているかどうか、分からない。わたし自身、まだ見たことも使ったこともないのだ。

買い出しをしたあと、しのぎやすくなる午後三時過ぎまで待って、わたしたちはラス・クルーセスを出発した。

先頭にストーン、そのあとにエドナとウォレン、次にジャスティとわたし、さらにロバを引くラモンが続き、しんがりをサグワロが務める。

出発前に、ストーンが地図を示しながら説明したところでは、コマンチはわたしたちを襲撃した地点から、おそらくリオ・ミンブレスの流れに沿って、北へ向かうだろうという。

そのまま進むと、やがて正面にミンブレス山脈が立ち塞《ふさ》がる。

その山裾《やますそ》を左に見ながら、十数マイル東に横たわるリオ・グランデとの間の平原を、さらに北上するだろう。そこは、リオ・グランデの支流が何本も流れる平原地帯で、水の補給には不自由しない。コマンチは、十中八九そのルートをたどるはずだ。

したがって、わたしたち一行はリオ・グランデ沿いにまっすぐ北上し、ミンブレス山脈との間の平原を直接目指す、ということになった。そのあたりで、コマンチの足跡をつかまえられるかもしれない。

エドナは、コマンチのゲリラ部隊の中に見かけた金髪の娘を、エミリに違いないと信じ切っている。

その娘は、エミリがさらわれたとき巻いていたスカーフと、同じような模様の色褪せた布切れを、お下げにした髪に結んでいた。わたしもこの目で確かに見たから、エドナがエミリだと思い込むのも、無理はない。事実、その可能性はかなり高い、という気がする。

ストーンも、それを否定はしない。

しかし、かりにあの少女がエミリだとして、どのように救出すればよいのか。

やみくもに戦いを挑んでも、多勢に無勢で勝ち目はない。多少なりとも、交渉する余地があれば望みも残るが、あのコマンチたちが簡単に話し合いに応じる、とは思えない。

そうなれば、あとは夜営中のキャンプに忍び寄って、エミリをひそかに連れ出すくらいしか、方法がない。しかしこの手も、エミリが黙って言うことを聞くかどうか、分からない。どちらにしても、かなりの危険を伴うだろう。

力ずくで奪い返すなら、騎兵隊の力を借りるのが確実な方法だが、そう簡単に協力が得られるとは限らない。北部のワイオミング、モンタナあたりで、スーやシャイアンの動きが不穏なだけに、騎兵隊の多くがその方面へ駆り出されている。したがって、ニューメキシコ界隈《かいわい》に出没するコマンチのゲリラ部隊などに、かまっている余裕があるかどうか疑問だ。

とにかく、わたしたちは逃げたコマンチの足跡をたどって、少しずつ追い上げるしかない。

コマンチが最終的に、ワイオミングやモンタナで暴れるスー、シャイアンなどの他部族と合流するつもりなら、直線距離でも六百マイルから九百マイルに達する長旅になる、とストーンは計算する。途中、ロッキー山脈を避けて回り道をするなら、さらに距離が延びるだろう。

コマンチの移動速度は、山地の行軍や狩りの時間を計算に入れても、一日平均三十マイルをくだるまい、という。それでも、ワイオミングまでざっと四週間、モンタナならば五週間から六週間は、たっぷりかかる。そのスピードについて行くには、チャックワゴンを捨ててもかなりの強行軍になる。

しかし、エミリらしきコマンチを目で確かめた今、漠然と探索を続けることからくる空虚感、焦慮感は当面消えてなくなった。目標がはっきりした以上、エドナも少々の苦労はいとわないだろう。

ミンブレス山脈と、リオ・グランデに挟まれた平原に達したのは、翌日の昼ごろだった。

ストーンは、リオ・グランデに流れ込む最初の支流にぶつかったところで、ラモンに偵察を命じた。支流を西へさかのぼり、コマンチが実際に川越えをして北上したかどうか、したとすればどのあたりの地点で渡河したかを、確認してきてくれというのだ。

「分かりました。そのあと、どこで落ち合いますか」

ラモンが聞き返すと、ストーンは東から北へ指を動かした。

「わたしたちは、このままリオ・グランデを右に見ながら、北へ向かう。この支流を入れて、五本目の支流を越えたところで、キャンプを張ることにする。そこで落ち合おう」

ラモンはうなずき、ロバの引き綱をサグワロに託して、馬に拍車をくれた。

16

わたしたちは、支流を渡り始めた。

しばらく雨が降っていないらしく、流れは深いところでも馬の膝までしかなく、干上がった河床があちこちに、顔を出している。

そのまま、進路を北にとった。

断続的にぶつかる支流は、四本目までは比較的間隔が短かったが、五本目はかなり距離があった。着いたときには、日はすでにミンブレス山脈の向こう側に、姿を隠していた。

川を渡ったところで、予定どおりキャンプを張る。

わたしは、ジャスティ・キッドの手を借りて、夕食の準備に取りかかった。

サグワロは、枯れ草や枯れ枝を集めて、火をおこす。

エドナ・マキンリーは、ウォレンと一緒に全員の水筒をまとめ、川辺で水を補給した。

を担当する。

トム・B・ストーンは、偵察に出たラモン・サンタマリアに代わって、馬とロバの世話

ラス・クルーセスで買い込んだのは、ベーコンに干し肉、ジャガイモに黒いんげん豆、とうもろこしの粉、小麦粉くらいだから、食事は毎度変わりばえがしない。

寝るときも、焚《た》き火は消さずにおいた。

かりに、追跡中のコマンチが近くにひそんでいたりすれば、焚き火は格好の目印になってしまう。しかし、コヨーテのような野生動物を遠ざけるために、火を絶やすことはできなかった。まだ、ラモンがもどって来ないことからみて、コマンチが近くにいる心配はないだろう。

それでも、夜の間ジャスティから始まってサグワロ、ストーン、そしてわたしの順に、見張りに立つことになった。ストーンは、そういうときもわたしを特別扱いせず、きちんと仕事をさせる男だ。

明け方の番なので、早めに眠ることにした。

疲れていたのか、ストーンに起こされるまで、ぐっすり眠った。

ストーンと交替して、小高い岩の上で周囲を見張るうちに、ほどなく空が白み始めた。

東側の、リオ・グランデの向こう側にも、西のミンブレス山脈と対峙《たいじ》するように、別の山並みが南北に伸びている。そのため、太陽が顔を出すまでには、しばらく間があった。

だいぶ明るくなったころ、支流の上流の方から馬を走らせて来る、人影が見えた。すぐに、ストーンを起こす。

ストーンは双眼鏡を取り出して、岩の上にのぼった。

その双眼鏡は、たまたまストーンがラス・クルーセスの古道具屋で見つけ、十五ドルで買ったものだった。フランス製だとかで、〈Le Maire〉と文字が彫り込んである。

ストーンはそれを目に当てて、走って来る人影をチェックした。

ひとしきり眺めたあと、双眼鏡を渡してよこす。

「見てみろ」

視野が揺れるので、最初はどこを見ているのか分からなかった。ようやく対象をとらえると、馬を駆って来るのはラモンだ、と分かった。

すぐ近くのように見えたが、実際にラモンがキャンプへたどり着いたのは十五分後、朝食の用意を始めたころだった。

ラモンの知らせは、わたしたちをいくらか元気づけた。

「コマンチは、間違いなく北上しています。どの支流にも、渡河した跡が残っていました。昨日の日暮れ前、最後に確認したところでは、この川の上流十マイルほどの地点を渡り、北へ向かっています」

「渡ったのは、どれくらい前だ」

ストーンが聞くと、ラモンはステットスンのつばを押し上げた。

「蹄《ひづめ》の跡や馬糞《ばふん》の乾き方から見て、その二、三時間前だと思います」

「ということは、昨日の夕方だな。渡ってほどなく、夜営した可能性もある」

「そう思って、しばらく蹄の跡を追ってみたんですが、ほどなく日が暮れてしまったので、確認できませんでした。馬も疲れていたし、わたしもこの川の上流で夜営してから、こっちへ回ったわけです」

「どちらにしても、それほど距離を離されてはいないようだ。コマンチのペースも、思ったより遅いな」

「蹄に交じって、轍の跡が残っていたところをみると、分捕ったチャックワゴンをそのまま、ロバに引かせているようです。それで、ペースが遅いんでしょう」

ラモンが言うと、ストーンは少し考えた。

「あのワゴンには、われわれ七人の食糧と予備の水が、約二週間分積んであった。コマンチの数は、ざっと四十人くらいだったから、もってもせいぜい三日だろう。ほかにも、貯め込んだ食糧があるかもしれないが、いずれはワゴンを捨てるはずだ。いざとなれば、ロバも食糧になるからな」

サグワロが、そばから口を挟む。

「ダイナマイトは、どうするだろうな」

「使い方を知っていれば、戦闘用に手分けして運ぶだろう。知らなければ、捨てて行くさ」

「どちらにしても、彼らがワゴンを捨てて速度を上げないうちに、追いつかなきゃならんな」

「追いつくだけじゃなく、先回りして待ち伏せするんだ」

ストーンの言葉に、わたしは疑問を呈した。

「たとえワゴンと一緒でも、コマンチの移動速度は侮《あなど》れないわ。先回りするなんて、無理じゃないかしら」

エドナが言う。

「こっちも負けずに、コマンチを上回る速度で北上するのよ。せっかく、ワゴンを捨てて足を軽くしたのだから、ここでがんばらなければ意味がないわ。強行軍になると思うけれど、わたしはだいじょうぶよ」

ストーンは、少しの間黙ってエドナの顔を見返し、それからサドルバッグに手を伸ばして、地図を取り出した。

それを地面に広げ、おもむろに口を開く。

「コマンチが、この平原をまっすぐ北へのぼり続けると、今度は正面にサンマテオ山脈が立ち塞がる。そこで、右と左のどちらのコースを選ぶかが、焦点になる。一つは、ミンブレスとサンマテオの二つの山脈が、ほぼ直角に交わる北西の山間を抜けて行く、厳しいコースがある。もう一つは、サンマテオ山脈に沿って東へ進路を変え、ここから続くリオ・グランデとの間の平原を、さらに北上するコースだ。その場合、われわれの進むコースと競合するから、先回りするには速度を上げる必要がある」

ラモンが言う。

「ワゴンを引いて、二つの山脈に挟まれた山間を抜ける北西のコースは、コマンチにもきついでしょう。水の心配をせずにすむ、リオ・グランデに近いこちらの平原のコースを、とるんじゃありませんか」

「普通はそうだろう。しかしそのコースは、少し北へのぼったリオ・グランデの西側に、クレイグ砦がある。コマンチが、砦のパトロール隊に発見される危険を、冒すかどうかだ」

ストーンはそう言って、地図に描かれた砦のマークを、指で叩いた。

サグワロが口を出す。

「おれがコマンチなら、まさかこのコースはとるまいと人が考える道を、選んで行くだろう。追跡者をまくには、北西コースがいちばんだ」

「その裏をかく、という手もあるわよ」

わたしが指摘すると、ストーンは手を上げた。

「まあ、待て。この場合、コマンチがどちらの道を選ぶかは、まさに五分五分だ。われわれとしては、二手に分かれるしかない。ラモンは、ジャスティと一緒にこの川の上流へもどって、もう一度コマンチの足跡をたどる。わたしとサグワロは、ここからリオ・グランデ沿いにまっすぐ北上して、クレイグ砦に向かう。守備隊に、応援を求めるのだ」

「わたしたちは、どうするの」

エドナが、ウォレンの肩を抱き寄せて、ストーンに聞く。

ストーンは、エドナを見た。

「コマンチが、平原ルートをとったとき先回りできるように、サグワロとわたしはかなりの速度で、走ることになります。あなたたちが、わたしたちに離れずについて来るのは、どだい無理な話だ。ジェニファと一緒に、あとから来てください。むろん、できるだけ急いで」

エドナは、何か言い返そうとして思いとどまり、わたしに目を向けた。

「あなたの意見は」

「トムの言うとおりだと思うわ。わたしが、あなたたちといっしょに行きます」

エドナは、黙ってうなずいた。

エドナとわたしだけなら、ストーンたちにそれほど遅れずに、ついて行けるかもしれない。しかし、ウォレンや荷物を積んだロバが一緒では、とてもできない相談だ。エドナも、それに気づいたのだろう。

ストーンは、ラモンとジャスティを見比べた。

「コマンチが、リオ・グランデ沿いの平原ルートを選んだときは、先回りしたわたしたちや砦の応援部隊と、いずれどこかで衝突することになる。きみたちは、コマンチを追跡しながら迂回して、わたしたちと合流するんだ」

ラモンがうなずき、それから聞き返す。

「コマンチが、北西の山間ルートをとったら、どうしますか」

ストーンは、ジャスティを見て言った。

「そうと分かった時点で、きみはコマンチの追跡をラモンに任せて、クレイグ砦の方へ回ってくれ。途中で、わたしたち応援部隊と遭遇するかもしれないが、どっちみちエドナやジェニファを迎えに、砦へもどらなければならない。ラモンのあとを追うのは、それからになる。だいぶ遅れが出るが、しかたがないだろう」

ラモンに目を移して、付け加える。

「そのときは、わたしたちがあとをたどりやすいように、何か目印を残しておいてもらいたい」

「分かりました。枯れ枝で、矢印を作っておきます」

食事が終わると、ラモンとジャスティは支流に沿って西へ走り去り、ストーンとサグワロは北へ馬首を向けた。

わたしは、エドナとウォレンの手を借りて焚き火を消し、後片付けをした。

十五分後、ストーンたちのあとを追って、出発する。わたしが先導を務め、エドナはウォレンの後ろに回って、三頭のロバを引いた。

17

地図が正確だとすれば、キャンプした場所からクレイグ砦までの距離は、ざっと三十五マイルの見当だ。

ロバを引いているので、急いでも一時間に三マイルか三マイル半しか進めないが、そのペースを守れば日暮れまでには、砦にたどり着けると思う。

コマンチのゲリラ部隊も、チャックワゴンを引くハンディがあるから、わたしたちと同じ程度の速度を保つのが、せいぜいだろう。

トム・B・ストーンとサグワロが、がんばって一時間に六マイルの距離を行けば、午後二時ごろには砦に着く計算になる。騎兵隊を引き連れて、コマンチの一行を待ち伏せできる位置に移動するまで、そこそこの余裕があるはずだ。

しかし、コマンチが平原へ回るルートをとるかどうか、わたしにはいささか疑わしかった。

サグワロが指摘したとおり、コマンチは追跡の手を逃れるために、より困難な北西の山間ルートを選ぶ確率が高い、と思う。平原ルートは、確かに騎兵隊のパトロール部隊と出くわす危険を伴うが、それさえなければさほどむずかしい道筋ではないのだ。

百歩譲って、コマンチがかならず平原ルートをとるとすれば、どのあたりで待ち伏せすべきだろうか。地図から判断するかぎりでは、クレイグ砦から真西へ数マイル離れた地点、サンマテオ山脈の終わるあたりが、もっとも適当と思われる。おそらく、ストーンの考えも同じだろう。

その地点へ直行すれば、双方の時間を大幅に節約できるのは確かだが、うまく合流できないかもしれない、という不安もある。

最初の休憩時間のときに、エドナ・マキンリーが言った。

「わたしたち、クレイグ砦へ回るのをやめて、待ち伏せの場所へ直接行ったらどうかしら」

わたしと同じことを、考えていたらしい。

「待ち伏せ地点が、どのあたりになるかはっきりしないから、やめた方がいいと思います。うまく落ち合うことができなかったら、かえって迷惑をかけることになるわ。それに、たとえうまく落ち合えたとしても、足手まといになる恐れがあるし。それより砦に行って、トムたちの帰りを待ちましょう。もしかすると、わたしたちが着くころには、無事にエミリを救い出して、もどっているかもしれないし」

わたしは、エドナが無謀な考えを起こさないように、希望的観測を口にした。

エドナが、コーヒーを飲む手を休めて、わたしを見る。

「そんな、甘い期待を抱いてはいけないわ。わたしはむしろ、コマンチが北西の山間ルートをとるんじゃないか、と思うの。その場合、トムがわたしたちを迎えに砦へもどる分だけ、追跡を再開するのが遅れるわ」

「そうだとしても、ウォレンを危険な目にあわせるわけには、いかないでしょう。今回は、砦に直行するしかない、と思うわ」

ウォレンの名前を持ち出すと、エドナはさすがに口をつぐんだ。

わたしたちは、ほぼ四十分ごとに十分間の休憩をとりながら、リオ・グランデに沿って北上を続けた。その間、インディアンにも白人にも、出会わなかった。

日がだいぶ西へ傾き、クレイグ砦に十数マイルの地点に達したと思われるころ、上流の方から馬を飛ばしてくる、黒い人影に気がついた。

わたしたちは馬をおり、川沿いに転がる岩の陰に身を隠した。万一に備えて、ライフルを構える。

しかし、ほどなく背中に突き出たカタナの柄《つか》が見えたので、乗り手はサグワロだと分かった。

岩陰から出ると、サグワロはわたしたちに気がついて、馬から飛びおりた。

「出会うまでに、もっと時間がかかると思った。とにかく、迎えに来た甲斐《かい》があった」

「わたしたちだって、のんびり走っていたわけじゃないわ。それより、どうしたの」

「クレイグ砦に着いたら、守備隊の主力がパトロールに出てしまったあとで、兵舎はほとんどからっぽだった」

「パトロール。どこへ」

わたしが聞き返すと、サグワロは親指で背後を示した。

「砦から、三十マイルほど北にあるソコロという町の近辺に、アパッチのゲリラ部隊が現れたらしい。その知らせを受けて、主力が出動してしまったんだ」

今度はアパッチか。

それは別に、意外でもなんでもなかった。主としてアリゾナ、ニューメキシコを地盤にするアパッチが、居留地を逃げ出してこの界隈に出没するのは、当然のことだ。

エドナの顔が、暗くなる。

「砦がその状態では、騎兵隊の応援は期待できないわね」

サグワロは、申し訳なさそうに言った。

「砦には、警備のための二分隊が残っているだけで、戦力になる数はせいぜい二十名だ。

それでも、守備隊長のランバート少佐はその中から五人、おれたちの応援に回してくれた」

「たったの五人ですって」

エドナは反射的に応じたが、五人でも割いてくれただけましだと分かったらしく、そのまま口をつぐんだ。

わたしは聞いた。

「トムとその五人は、どこで待ち伏せしているの」

「ここから、北へ七、八マイルのぼった、サンマテオ山脈の東の端だ。山肌に、大きな岩がごろごろしていて、湧《わ》き水もある。コマンチがキャンプするとすれば、そこがいちばん候補になりやすい場所だ」

「どうして、わたしたちを迎えに来たわけ」

「アパッチが、騎兵隊のパトロール部隊をやり過ごして、クレイグ砦を襲撃する危険があるからだ。ランバート少佐じゃなく、あくまでトムの意見だがね。もし襲って来たら、とても二十名程度の守備兵では、砦を守り切れない」

「そんな状況で、少佐はよくわたしたちに五人も、割いてくれたわね」

サグワロは、肩をすくめた。

「少佐は、アパッチが襲ってくる可能性はない、という判断なのさ。トムは別に、反論しなかった。たとえ五人でも、おれたちにはありがたい助《すけ》っ人《と》だからな」

「それじゃ、わたしたちもその待ち伏せ場所へ行って、合流するわけね」

「そういうことだ」

エドナが口を開く。

「ウォレンを数に入れても、わたしたちはたったの十二人よ。そんな数では、とてもコマンチのゲリラ部隊に、太刀打《たちう》ちできないわ。何か、別の方法を考えなくては」

「まだ、コマンチが平原ルートをとるかどうか、確定していないわ」

わたしが言うと、サグワロは人差し指を立てた。

「確定はしていないが、この時間までジャスティが姿を現さないところをみると、コマンチは平原ルートをとった、とみていい。二人はコマンチのあとから、こっそりついて来ているはずだ」

エドナと、顔を見合わせる。わたしたちは二人とも、コマンチが北西の山間ルートを行くだろう、と予想していたのだ。

十分ほど休んだあと、サグワロについて出発する。

リオ・グランデの流れは、そのあたりからやや東寄りにずれていくが、わたしたちは逆に北西に進路を変え、ストーンたちの待ち伏せ場所へ向かった。

目的地に着いたとき、空はまだ明るく澄み渡ったままだったが、太陽はサンマテオの山並みの向こうに、すでに隠れてしまった。

わたしたちは、平原を迂回して一度山裾の北側へ回り、あらためて南へもどった。

険しい岩山の陰から、馬の群れの番をする騎兵隊員の制服が、のぞいて見えた。ラッパ手らしく、手にラッパを持っている。

隊員は、ジャスティ・キッドとさして年の変わらぬ若者で、ブラドショーと名乗った。

サグワロがわたしたちを紹介すると、ブラドショーはさっそくエドナに言った。

「一時間ほど前、南からのぼって来るインディアンの一団を、ミスタ・ストーンの双眼鏡がとらえました。チャックワゴンが一緒でしたから、目当てのコマンチのゲリラ部隊に間違いない、ということです」

それを聞いて、エドナの目が輝く。

「トムは、ミスタ・ストーンは、どこにいるのですか」

ブラドショーは、親指を立てた。

「この岩山の中腹で、ブレナン軍曹以下四人の隊員と一緒に、コマンチを見張っています。コマンチは、予想どおり岩山の反対側の窪地《くぼち》に、キャンプを張る模様です」

エドナが、思い詰めた口調で言う。

「トムのところへ、案内してください」

「承知しました」

ブラドショーの返事に、サグワロはわたしを見た。

「ジェニファ。奥さんと一緒に行ってくれ。おれは、とりあえずウォレンとここに残って、馬の見張りをする」

「分かったわ」

エドナとわたしは、先導するブラドショーの後ろについて、岩山をのぼり始めた。

かなり急な勾配《こうばい》で、しかも大きな岩がしばしば進路を塞ぐため、すぐに息が切れる。ブラドショーは、まめに足を止めてわたしたちを待ち、危ないところではエドナに手を貸した。

エドナが、わたしにささやく。

「コマンチはやはり、こっちへ回ったのね。てっきり、北西のルートをとると思ったのに」

「裏の裏をかいた、ということでしょう」

「どちらにしても、エミリを助ける方法を考えないと」

「日が暮れたら、何か方法があるかも」

そんな会話を交わすうちに、十分ほどで広い岩棚に達した。

ストーンと、四人の騎兵隊員が岩の上に腹這《はらば》いになって、端の方から下をのぞいている。

ストーンが振り向き、わたしたちに体を低くしてそばに来いと、手で合図した。

同じように腹這いになり、岩棚の端へ這って行く。荒い息が、なかなか収まらない。

ストーンが、隣に寝そべっている髭面の大きな騎兵隊員を、ブレナン軍曹と紹介した。応援部隊の、責任者らしい。

ブレナン軍曹は、そこにいる部下たちをリナレス、エリクスン、ロクウェルと、順繰りに紹介した。四十過ぎに見えるブレナンを除いて、みんなブラドショーと似たり寄ったりの、若い騎兵隊員だった。

挨拶が終わると、ストーンは下を指さした。

「のぞいて見たまえ」

岩棚の端から顔を出すと、はるか下方の岩に囲まれた草原の窪地に、ティピ（円錐形《えんすいけい》の皮テント）が十いくつも、立ち並んでいる。窪地の真ん中辺に、わたしたちから奪ったチャックワゴンと、それを取り囲むコマンチの姿が見えた。

エドナが、上ずった声で言う。

「エミリは、エミリはどこにいるの」

「エミリかどうか分かりませんが、金髪をお下げにした若い娘がいます。コマンチは、ここから数えたかぎりでは、全部で三十七人。そのうち女は六人で、金髪の娘は一人だけです。女たちは手分けして、枯れ枝を集めたり水を汲《く》みに行ったり、食事の用意をしています」

ストーンが応じると、エドナは身を乗り出した。

「その、金髪のコマンチは、どこ」

「左手の、大きな岩の向こう側に湧き水があって、そこへ水汲みに行きました。今は姿が見えませんが、おっつけテントの方にもどるでしょう。そのときに、これで確認してください」

ストーンはそう言って、双眼鏡をエドナに渡した。

エドナは、もどるまで待ち切れないというように、すぐにそれを目に当てた。ストーンが言った岩を、探しているようだ。

わたしは、コマンチのキャンプの向こうに広がる平原を、丹念に見渡した。しかし、どこにも馬の影はない。

ストーンに聞く。

「ラモンとジャスティは、まだ追いついていないのかしら」

「いや、もうそばまで来ているはずだ。われわれに、気がついたかもしれない。ただ、うかつにこっちへ回ろうとすると、コマンチに見つかってしまう。暗くなるのを待って、合流するつもりだろう。探さなくても、勝手にやって来るよ」

「エミリを、どうやって助けるつもり」

「まず、エミリかどうか、確かめてからだ」

わたしは、双眼鏡から目を離さないエドナを、ちらりと見た。

四歳の誕生日にさらわれたエミリは、あと三週間足らずで十四歳になるはずだ。エドナは、コマンチに育てられて成長した自分の娘を、ここから見分けられるだろうか。

エドナが、はっと息をのむ気配がする。

わたしの目にははっきり見えないが、岩陰から金髪のコマンチがもどったようだ。夕闇《ゆうやみ》の迫る中で、双眼鏡を握るエドナの指の関節が、白くこわばるのが見える。

「どうですか、奥さん」

ストーンが聞いたが、エドナは返事をしなかった。息さえ止めている。

長い時間がたったように思えた。

やがて、エドナはのろのろした動作で双眼鏡をおろし、ストーンを見た。目の周囲に、双眼鏡の縁が食い込んだあとが、残っている。

その目から、涙があふれた。

「エミリです。間違いないわ」

エドナは押し殺した声で言い、双眼鏡をストーンに返した。それから、腹這いのまま手首に顔を伏せて、体を震わせ始める。

わたしは、自分が双眼鏡をのぞいたように緊張したまま、エドナの背中をさすった。やはりあの金髪は、エミリ・マキンリーだったのだ。

ストーンが、エドナに念を押す。

「ほんとうに、間違いありませんか。十年もたてば、子供の顔は変わりますよ」

「間違いありません。まだ、スカーフの切れ端を髪に結びつけていたし、あの大きく張った耳はまさしく、エミリのものだわ」

涙声だったが、エドナはきっぱりと言った。耳の形を見るとは、いかにも母親らしい観察だ。

黙って聞いていたブレナン軍曹が、おもむろに口を開く。

「だとすれば、助け出す手立てを考えなければなりませんな、奥さん」

エドナは顔を上げ、軍曹を見た。

「でも、こんな少ない人数で、どうやって」

軍曹は、ストーンと顔を見合わせ、小さくうなずいた。

どうやら二人の間に、何か了解事項があるようだ。

ストーンが、わたしに言う。

「エドナを、馬のところへ連れてもどれ」

それを聞いて、エドナが抗議する。

「わたしは、ここにいます」

ストーンは、エドナを思慮深い目で見た。

「失礼ながら、エドナ。わたしは、あなたとウォレンを戦力のうち、とは考えていません。エミリの救出作戦は、わたしたちだけで遂行します」

「わたしとウォレンは、どうすればいいの」

「とりあえず、二人で馬の番をしてください。馬が逃げないように見張るのも、だいじな仕事ですからね」

「あなたたちに、万一のことがあったら」

畳みかけるエドナに、ストーンは不敵な笑みを浮かべた。

「ラモンやジャスティも含めて、われわれ全員が死ぬことはないとだけ、言っておきましょう。生き残った者が、あなたたちを牧場まで送り届けます。できれば、エミリも一緒にね」

ストーンは、言い返そうとするエドナを無視して、わたしに指示した。

「エドナを馬のところへ連れて行ったら、サグワロと一緒にここへもどってくれ。それから、作戦会議を行なう」

「了解」

わたしは、渋るエドナを急《せ》き立てて、岩棚をおり始めた。

ストーンとブレナン軍曹が、どんな救出手段を考えているのか、見当もつかなかった。

18

やがて、明るみを残していた空が、暗くなり始める。

エドナ、ウォレンのマキンリー母子と騎兵隊のラッパ手、ブラドショーに馬の見張りを任せ、サグワロとわたしが岩棚にもどったときは、すでに夕闇が迫っていた。

眼下に広がる、コマンチのゲリラ部隊のキャンプに三つ、四つと焚き火の輪ができる。

周囲の闇が、いっそう深くなった。

わたしたちは、岩棚の陰の窪地に寄り集まって、作戦会議を始めた。

こちらの手勢はトム・B・ストーン、サグワロにわたし。クレイグ砦から応援に同行した、ブレナン軍曹、リナレス、エリクスン、ロクウェル、そしてブラドショーの五人の騎兵隊員。まだもどって来ない、ジャスティ・キッドとラモン・サンタマリアを入れても、全部で十人にしかならない。エドナとウォレンは、計算外だ。

ストーンがざっと数えたかぎりでは、コマンチの戦士は女を除いて三十人ほどだ、という。数の上からいえば、こちらの不利は明らかだろう。攪乱《かくらん》するだけなら、暗闇をついて奇襲をかける手もあるが、エミリを救い出せるかどうかとなると、別問題だ。

ブレナン軍曹が、むずかしい口調で言う。

「奇襲をかければ、連中を追い散らすことはできるかもしれんが、ただそれだけのことだ。これまでの話からすると、コマンチはあんたたちの狙いがエミリにあることに、とうに感づいているだろう。現に連中は、ミセス・マキンリーが遠くからエミリに呼びかけるのを、見たそうだからな。となれば、そう簡単にエミリを引き渡すとは、思えんわけだ」

わたしは口を挟んだ。

「コマンチが、話し合いに応じる可能性は低いと思うけれど、こちらの食糧や馬とエミリを交換する、という取引はできないかしら」

ストーンが、首を振る。

「それはわたしも検討したが、まず望みはない。彼らは、白人を信用していないからな。交換が終わったとたん、われわれに攻撃されると考えるだろう。逆にエミリを、人質として手元に残しておく方が得策だ、と読むに違いない」

サグワロもうなずいた。

「連中と取引しようとすれば、おれたちの存在や手の内を、知らせることにもなる。なんとか、連中の不意をついてエミリを助け出す、うまい方法を考えなくちゃな」

ストーンが言う。

「明るいうちから、双眼鏡でずっと動きを追っていたのだが、エミリは水場のこちら側の大きな岩にいちばん近い、東の端のティピにいる。父親、母親代わりらしい、年配の男女と一緒だ。夜中に、エミリが一人で水を飲みにでも出て来れば、こっそり連れ去ることができるが、それは期待しない方がいいだろう」

「どうして。だれでも、喉が渇くことはあるわ」

わたしが指摘すると、ストーンはうなずいた。

「かもしれないが、かならず出て来るとはかぎらない。あてもなく、それを待つわけにはいかない」

ブレナン軍曹が、闇の中で目を光らせる。

「さっきストーンと話したんだが、こういうときは一つしか手がない。目的のティピの位置は、キャンプのほぼ東の端だ。反対の西側には、ここからカーブして続く岩山がある。そこの適当な場所に、ダイナマイトを仕掛けて爆発させる。コマンチの注意がそっちへ向く間に、混乱をついてエミリを救い出すんだ。一緒にいる、男女のコマンチを手っ取り早く始末すれば、気づかれずにすむだろう」

「殺すんですか」

わたしがとがめると、軍曹は髭面をばりばりとこすった。

「いかんかね。静かにしてくださいと頼んで、静かにする相手じゃないからな」

「殺せば、コマンチはわたしたちに復讐するために、どこまでも追って来るわ」

「ひとまず、クレイグ砦までたどり着けば、なんとかなる」

「砦に逃げ込むまでに、追いつかれたらどうしますか」

軍曹が、少し間をおいて答える。

「それが心配なら、ここでやつらを皆殺しにするしかないな。聞けば、キャンプの真ん中にあるチャックワゴンに、ダイナマイトが積んであるそうじゃないか。そいつに弾をぶちこめば、コマンチは全員吹っ飛ぶだろう」

あっけにとられる。

「そんなことをしたら、エミリも死んでしまいます。わたしたちだって無事じゃすまないわ」

ストーンが、割ってはいった。

「何も、そんな無茶をすることはありませんよ、軍曹。エミリを助けると同時に、彼らの馬を解き放って追跡ができないように、追い散らすんです。彼らが馬を集めている間に、われわれは砦を目指せばいい」

その手を、忘れていた。

コマンチも、岩陰かどこかの一か所に馬を集め、見張りを立てているはずだ。その見張りを倒し、馬を平原に追い放てば、時間を稼ぐことができる。

「馬は、どこに集めてあるの」

「南側の、岩と岩の間の広い砂地に連れ込むのを、明るいうちに見た。たぶん、出入り口は一か所しかないから、見張りは一人か、せいぜい二人だろう」

それを受けて、軍曹が言う。

「よし、分かった。岩山で、ダイナマイトを爆発させる。連中の馬を、解き放つ。エミリを、助け出す。この三つの作戦を、切れ目なしに連続して実施するんだ。連中が寝静まったころ、作戦を開始する」

ストーンがうなずくのが、闇の中でかすかに見えた。

「馬の囲い場以外にも、見張りが何か所か立つはずだ。もう少ししたら、この岩棚の近くにも上がって来るだろう。月が高くなれば、見つかる恐れも出てくる。気をつけなければならん」

軍曹が、目を光らせる。

「女子供は、先に砦へ向けて出発させた方がよくないか、ストーン。コマンチに追われたとき、足手まといになるぞ」

ストーンが答える前に、わたしは先を越した。

「わたしは残ります。エミリを助け出したあと、めんどうをみる人間が必要だわ。わたしなら、それができると思うの」

ストーンが言う。

「ジェニファには、残ってもらう。ただ、エドナとウォレンは軍曹の言うとおり、砦へ向けて先発させた方がいいかもしれない。いっそ日が暮れる前に、そうするべきだった」

「でも、こんなに暗くなってから出発しても、道に迷うだけだわ。隊員の人が、だれか付き添って行けば別だけど、そうすると戦力が落ちることになるし」

ストーンもブレナン軍曹も、口をつぐむ。ほかの隊員たちも、何も言わない。

サグワロが、口を開いた。

「そろそろ、ジャスティとラモンが合流しても、いいころだ。二人が来たら、ラモンにエドナとウォレンを連れて、砦へ先発させよう。あとは残った九人で、なんとかするしかない」

軍曹のため息が聞こえる。

「それしか、ないだろうな。とりあえず、役割分担を決めようじゃないか」

先を続ける前に、ストーンがすばやく割り込んだ。

「エミリを助けるのは、わたしとサグワロとでやる。軍曹は隊員諸君を割り振りして、馬の放逐とダイナマイト作戦の実行を、お願いします」

「ジャスティとわたしを、忘れないでよ」

わたしが抗議すると、ストーンは声を低くしろというしぐさをして、ささやき返した。

「きみたち二人は、すぐに逃走にかかれるように、馬の準備をしておくんだ。きみには、エミリを一緒にフィフィに乗せて、運んでもらう」

「フィフィに乗せるのは、かまわないわ。それより、わたしにもエミリを助けに行かせて。エミリが、連れて行かれるのをいやがることだって、あるでしょう。そういうとき、わたしが説得するわ。コマンチの言葉は分からないけど、手話で意思を通じることができるもの」

「エミリもいくらかは、英語を覚えているはずだ。混乱の中で、手話なんかしている暇はない」

「年の近い女性がいるだけで、女の子は安心するものよ」

そう言い返したとき、どこか近くで小石か砂利がこすれるような、かすかな音がした。

ブレナン軍曹が、すばやく拳銃を引き抜く。

ストーンはそれを制し、サグワロにうなずいてみせた。

ここで発砲したら、わたしたちがここに隠れていることを、コマンチに知られてしまう。それでサグワロに、音を立てずになんとかしろ、と指示したのだ。

サグワロは、背中にくくりつけた鞘からカタナを引き抜き、体の後ろに伸ばすようにして、岩陰ににじり寄った。星明かりに、カタナの刃《やいば》がきらり、と光る。

そのとき、岩の向こう側から、ささやき声が聞こえた。

「ミスタ・ストーン。そこにいますか。ラモンです」

ほっとする。ラモン・サンタマリアの声だった。

「ここにいる。回って来い」

サグワロはそう言って、カタナを鞘に収めた。

岩陰から、人影が這い出して来る。

「ジャスティも一緒か」

ストーンが聞くと、ラモンはそばに這い寄った。

「ええ。ミセス・マキンリーとウォレン、それにブラドショーという騎兵隊員とも会いました。ジャスティは、彼らと一緒にいます」

馬を隠した場所で、落ち合ったらしい。

「どっちから回った。東側の平原か、それとも西側の岩山か」

ストーンの質問に、ラモンは岩山の方を手で示した。

「あっちです」

「コマンチの見張りは、いなかったか」

「いましたが、その上を抜けて来ました。ついでに、この岩棚の四、五十フィート下にも、見張りが立っています」

「そうか。実は西側の岩山で、ダイナマイトを爆発させてコマンチを攪乱する、という戦法を考えているところだ。気づかれずに、仕掛けられそうか」

「だいじょうぶでしょう。崩れやすそうな岩なので、ダイナマイトが爆発すれば簡単に転げ落ちるはずだし、やつらはあわてふためきますよ」

そこでストーンは、ラモンに作戦の段取りを説明し、最後に付け加えた。

「あんたには、このあとすぐエドナとウォレンを連れて、クレイグ砦へ向かってもらう。夜道は危険だが、コマンチの追跡を受ける恐れがあることを考えると、少しでも早い方がいい。月がのぼれば、道筋も見えるだろう。

「わたしは、ここに残りたい」砦には、ジャスティをやってください」

ラモンの口調には、不満の色があった。

「ジャスティには、その仕事は無理だと思う。カウボーイのあんたなら、夜の旅も経験しているはずだし、エドナもウォレンも安心するだろう。エミリのことは、わたしたちに任せておけ」

ストーンの説得に、ラモンは不承不承うなずいた。

わたしたちは、物音を立てないように窪地を抜け出し、馬の隠し場所にもどった。

エドナは、ラモンと一緒にクレイグ砦へ向かうことに、難色を示した。

「エミリを助け出したときにわたしがいれば、あの子も小さいときのことを思い出して、ほっとするでしょう。弟のウォレンだって、記憶をよみがえらせる助けになると思うわ」

「それは、すべてがうまくいってからでも、遅くはありません。ここは、助け出したエミリを連れて全員が無事に、砦に到着することを考えるべきです」

ストーンが応じると、ラモンもそのとおりだというように、うなずいてみせる。

エドナは少し考えたあと、わたしを見て言った。

「エミリのこと、お願いね。あなたなら、きっと心を許すと思うわ」

「ええ、任せてください」

張り切って請け合ったが、わけもなく不安が頭をもたげてくる。

月が少し高くなるのを待って、ラモンはエドナとウォレンを後ろに従え、クレイグ砦へ向けて出発した。

ストーンが、ラス・クルーセスで仕入れたダイナマイトを一本だけ抜いて、ブレナン軍曹に手渡す。

「軍曹、くれぐれも言っておきます。わたしたちの目的は、あくまでエミリを助け出すことであって、コマンチと戦うことではない。無益な殺生《せっしょう》は、慎んでください」

「あいにくだが、ミスタ・ストーン。こっちは、脱走したインディアンをとっつかまえて、居留地へ連れもどすのが仕事だ。もし、連中が抵抗したり反撃したりしてくれば、手をこまねいているわけにいかん。きれいごとでは、終わらんぞ」

「しかし、今回は向こうの方が人数が多いし、危険は最小限に抑えるべきでしょう。ランバート少佐にも、あなたがたを必要以上の危険にさらさないでほしい、と言われているのでね」

ランバート少佐は、クレイグ砦の守備隊長だ。

ブレナン軍曹は、少しの間沈黙を保っていたが、やがてうなずいた。

「分かった。導火線を、すこしよけいにもらっておこうか。点火してから、逃げる時間を稼がなきゃならんからな」

それから、部下を見回して付け加える。

「ダイナマイトの方は、おれとリナレスが引き受ける。エリクスン、ロクウェル、それにブラドショーの三人は手分けして、馬を暴走させる役を務めろ。ダイナマイトが爆発すると同時に、馬囲いの出入り口のロープを切り放って、馬を外へ追い出すんだ。むろんその前に、見張りを始末しなければならん。ただし、ほかのコマンチに気づかれぬように、慎重にやれ」

それを聞いたサグワロが、横から口を出した。

「その仕事は、おれがやろう。おれなら、コマンチに騒ぎ立てる間を与えずに、素手で倒すことができる」

軍曹が、サグワロに疑わしげな目を向けるのが、月明かりに見えた。

「どうやるつもりだ」

「おれには、そういう技がある」

「だから、どういう技だと聞いてるのさ」

しつこく聞く軍曹に、ストーンが割ってはいる。

「軍曹。サグワロに、任せてやってください。この男は記憶を失ったまま、日本から海を越えて流れて来た、サムライなんです。背中にくくった、そのサーベルのようなものの扱いも含めて、いろいろな技を身につけています。相手に声を立てさせずに、一瞬にして意識を失わせる技もある。サグワロは記憶を失ったが、身についた技は失っていません。サグワロがやると言うからには、それなりの成算があるのでしょう」

そうだ。

吹き針のほかにも、サグワロはこれまでこなした賞金稼ぎの仕事の中で、いろいろな技を披露してみせた。

わたしは、サグワロに首を絞められたり、胃の上部を拳で突かれたりした者が、あっけなく気を失うのを何度も見ている。サグワロに顎をつかまれた大男が、一瞬にして口をあんぐり開いたまま、へたり込む場面を目にしたこともある。どれもこれも、日本独特の技らしいのだ。

軍曹は、肩をすくめた。

「あんたがそう言うなら、サグワロに任せよう。エリクスン、ロクウェルは馬囲いの背後に回って、馬を追い立てる役だ。おそらく、背後の岩場にも見張りがいるから、ダイナマイトが爆発するまで、見つからないように気をつけろ」

「分かりました」

エリクスンとロクウェルは、同時に答えて敬礼した。

19

ブラドショーが、もじもじしながら聞く。

「ええと、自分は何をすればいいでしょうか」

「おまえは、サグワロのかわりにミスタ・ストーンの指揮下にはいって、エミリを助けに行け」

軍曹が言うと、トム・B・ストーンは手で制した。

「いや。エミリ救出作戦は、わたしとジャスティ、ジェニファの三人でやります。ブラドショーには、馬の番をお願いしたい」

ブラドショーは、憤然とした様子で顎を突き出した。

「確かに自分はまだ若いですが、すでに何度も戦闘に参加しています。馬の番はジャスティに回し、自分を救出班に入れてください」

それを聞いて、今度はジャスティ・キッドが身を乗り出す。

「冗談じゃねえ。エミリを助け出すのは、おれたちの仕事だ。ミスタ・ストーンが、そう言っただろう。おれが救出班、あんたは馬の番だ」

「しかし」

言い返そうとするブラドショーを、今度はブレナン軍曹がさえぎった。

「言われたとおりにしろ、ブラドショー。おれたちに何かあったら、おまえはそのまま馬に乗って砦へ駆けもどり、起こったことをランバート少佐に報告するんだ。分かったか」

ブラドショーは、しぶしぶうなずいた。

「分かりました」

軍曹が懐中時計を出し、月光に透かして時間を確かめる。

「午前一時まで、休息する。それまでに各自、腹ごしらえをしておけ。午前一時半に、作戦開始だ。ダイナマイトの爆発時間は、午前二時ということにする」

ストーンも、自分の時計を取り出して眺め、うなずいた。

火をおこすわけにいかないので、干し肉をかじって腹ごしらえをする。それから、作戦に備えて英気を養うため、仮眠を取ることにした。

わたしたちは、そのあたりに点在する岩陰に散らばって、横になった。

もちろん目が冴《さ》え渡り、眠れるものではない。そもそも、気になることが一つあった。

いざとなったとき、ブレナン軍曹は躊躇《ちゅうちょ》なくコマンチのキャンプを攻撃し、できるだけ多くの戦士を殺そうとするだろう。そうしなければ、自分たちが殺されるからだ。

わたしは、そうした殺し合いを避けたい、と思った。

スーと一緒に暮らしていたころ、コマンチは必ずしも友好的な部族ではなかったから、同情するつもりはない。しかしインディアン、という点ではスーもコマンチも同じだし、問答無用で騎兵隊に殺されていいわけはない。

月が中天にのぼるころ、わたしはそっと岩陰から身を起こした。時間は分からないが、まだ午前零時には間があるはずだ。

あたりを見回すと、女がわたし一人なのでみんな遠慮したのか、だれもそばにいない。いちばん近い岩の陰から、夜目にも白くとがったブーツの先端が、のぞいている。わたしは、そこまで音を立てないように這って行き、ジャスティのブーツをつついた。

ジャスティは、顔に載せていたステットスンを押しのけ、わたしを見た。

「どうしたんだ、ジェニファ」

「静かにして」

そばににじり寄ると、ジャスティはあわてて体をずらし、距離を置こうとした。

「な、なんだ」

「勘違いしないでよ」

わたしはささやき、ジャスティを睨んだ。どぎまぎするのが、おかしかった。

「いったい、何の用だ。まだ、時間になってねえぞ」

　ジャスティは、チョッキから不似合いなほどりっぱな、金色の懐中時計を取り出した。

「どうしたの、そのすごい時計」

「おやじの形見なんだ」

　言い訳がましく言い、蓋《ふた》を開いてみせる。

　のぞき込むと、針は午後十一時四十分を指していた。

「相談があるのよ」

　わたしが言うと、ジャスティは懐中時計をしまい、妙に思慮深い顔をした。

「どんな」

「このままさっきの作戦に突入したら、見境もない殺し合いに発展する恐れがあるわ。そんなことになったら、エミリを助けるどころではなくなるでしょう。だから、そうなる前にエミリを連れ出せないかって、考えてみたわけよ」

　ジャスティの目に、警戒の色が浮かぶ。

「まさか、エミリの寝ているティピへ忍んで行く、というんじゃねえだろうな。気づかれちまうぞ」

「そこまでする気はないわ。あの年ごろの女の子なら、寝てしばらくするとおしっこがしたくなって、ティピから出て来る可能性があると思うの。少なくとも、喉が渇いて水を飲みに出て来るより、確率が高いはずよ。そのときに、なんとかできないかしら」

ジャスティは、ステットスンのへりを押し上げた。

「ああ、できるとも。エミリに、ジャガイモ袋を頭から引っかぶせて、かついで逃げるのさ」

「茶化さないでよ」

「まじめに考えられるかよ。おれたちの姿を見たら、エミリはけつっぺたを蹴飛ばされたワン公みたいに、ぎゃんぎゃんわめき立てるに決まってる。そうしたら、寝ていたコマンチが全員わっと起きて来て、おれたちはたちまち捕虜になっちまう。そんなはめになったら、騎兵隊が一個大隊駆けつけて来たって、とても助け出してもらえねえぞ」

「そうならないように、あなたの力を借りたいのよ」

ジャスティは、片肘をついて半身を起こし、わたしの顔を見た。

「いったい、何を考えてるんだ」

「二人で、エミリのティピが見える場所へ忍んで行って、エミリが出て来るのを待つのよ」

「上から見ただけで、どのティピか分かるのか」

「ええ。トムが、教えてくれたわ。東の端の、大きな岩にいちばん近いティピよ。その岩の向こうが、水場になっているらしいの。この岩場をぐるっと回って行けば、そこに出るはずだわ」

ジャスティは、少し考えた。

「待ち伏せするのはいいが、エミリが出て来なかったらどうする。女の子の全部が全部、おしっこに起きるわけじゃねえだろう」

「そのときは、打ち合わせどおりの作戦でいくしかないわ」

ジャスティは下唇をつまみ、少しの間考えを巡らした。

「その水場のあたりにも、きっと見張りが立ってるに違いねえ。そいつを、どうするかだ」

「その見張りを、あなたに片付けてもらいたいのよ」

わたしが言うと、ジャスティは緊張した。

「ずどんとやっても、いいのかよ」

「まさか。銃を使えば、すぐに気づかれるわ。ナイフで刺すのもだめ。とにかく、相手が声を立てないうちに、頭を殴るか首を絞めるかして、意識を失わせるのよ」

「無理だね。おれには、サグワロのようなすごい技の持ち合わせは、まるでねえからな」

月が雲間に隠れ、あたりが真っ暗になった。

サグワロに相談しようか、という考えがちらりと浮かぶ。しかし、サグワロはストーンの了解なしには、うんと言わないだろう。

そしてストーンが、わたしの思いつきを真剣に検討してくれる、とは考えられない。ストーンは、すべての仕事を理詰めで組み立てる男だから、喉が渇くとかおしっこがしたくなるとか、実際に起こるかどうかも分からない、偶然の機会を利用するような計画には、きわめて消極的なのだ。

「とにかく、水場へ行ってみましょうよ。様子を見て、だめだったらもどってくればいいわ」

ジャスティは目を伏せ、指で砂に輪を描いた。

「おれたちの姿が見えなくなったら、ミスタ・ストーンが心配するぜ。というか、怒り狂うんじゃねえかな」

「だいじょうぶよ。どっちみち、わたしたちは岩山の東側へ回ることになるんだから、一足先に行くだけよ」

ジャスティは、あまり気が進まないようだったが、しぶしぶ体を起こした。

「様子を見るだけだぞ」

わたしたちは、ストーンや騎兵隊員に見つからないように砂地を這い、コマンチのキャンプの東側へ回って行った。月が隠れたのが幸いして、だれにも気づかれなかった。

岩場を伝いながら、二百ヤードほど時計回りに迂回すると、岩山の東端に出た。

しばらく待つうちに、雲間から月が顔をのぞかせた。

そこから、さらに百ヤードほど先に立ちふさがる、ひときわ大きな岩塊が見える。上から眺めたかぎりでは、その大岩の向こう側にキャンプにつながる水場が、控えているはずだ。

　ジャスティが言う。

「あの大岩まで行くには、見通しのいい草原を百ヤードばかり、移動しなければならねえ。どこかに見張りがいたら、絶対に見つかっちまうぜ」

　わたしは、空を見た。雲の動きが激しい。

「あと二分くらいしたら、また月が雲に隠れるわ。そのすきに、あの岩まで駆けて行くのよ。足場がいいから、危険はないわ」

　ジャスティは、負けたというように首を振った。

　月が隠れるのを待って、わたしたちは真っ暗な草原を駆け出した。いつの間にか、手をつないでいた。ジャスティは、女のような華奢な手をしていたが、力は強かった。

　岩陰に転がり込んだとき、ふたたび月が顔を出す。

　腹這いになったまま、わたしたちは様子をうかがった。岩の裏側に水場があり、水面がかすかにきらきらと、光っている。

　それを越えた先に、やや小ぶりの岩がいくつか点在して、さらにその向こうにキャンプが見えた。ストーンが、それと説明したエミリの居場所は、そのいちばん手前のティピだと思う。

少しの間、様子をうかがっていたジャスティが、あまり自信のなさそうな口調で言う。

「ここから見る限りじゃ、コマンチはこちら側に見張りを立ててねえようだな」

「そんなはずはないわ。居留地を脱走したインディアンが、見張りを立てずにキャンプを張るなんて、ありえないことよ。どこかに、隠れているに違いないわよ」

「だろうな。もしかすると今は交替の時間で、ブランクができただけかもしれねえ」

わたしは、また雲の流れを確かめた。

「今度月が隠れたら、水場の手前にあるあの小さな岩の陰まで、とりあえず移動しましょうよ」

雲が月にかかるまでに、五分くらいかかった。

あたりが暗くなると同時に、わたしたちは身をかがめて岩陰を飛び出し、目当ての岩まで一目散に走った。

そのやり方を三度ほど繰り返し、最後にわたしたちは水場とキャンプの間の岩場に、なんとかたどり着いた。

「キャンプが、妙に静かだな」

ジャスティが言い、わたしもうなずく。

「みんな、寝てしまったようね」

「それはまだ、分からねえぞ」

ジャスティは、分別臭い口調で言った。

キャンプにつながる砂地の両側に、まるで門柱のような具合に大きな岩がでんと二つ、並んで立っている。月の光で見るかぎり、見張りらしきコマンチの姿は、どこにもない。

ジャスティが、二つの岩の間を指さす。

「エミリのティピは、あそこに見えるいちばん手前のやつか」

「そうだと思うわ」

「見張りがいねえとすれば、もう少し近づいてもいいな」

少しためらう。

「あまり近づきすぎると、逃げられなくなるわよ」

ジャスティは、わたしを小ばかにしたように見た。

「今さら、逃げる心配なんかするな。ここまで来たら、度胸を据えるしかねえだろう」

わたしの手前、強がっているだけのような気もしたが、別に脅えた様子もない。思ったよりジャスティは、肝がすわっているのかもしれない。

月が隠れる。

わたしは、何も言わずに腹這いになり、肘と膝で体を支えながら、匍匐《ほふく》前進を始めた。

ジャスティも、あわててあとについて来る。

わたしたちは、岩の柱の手前二十ヤードほどのところにある、小さな岩の陰まで這い進んだ。

どこか近くに、見張りが隠れているのではないかとひやひやしたが、その気配はなかった。

岩の根元からのぞくと、目指すティピが柱の向こう五十ヤードほどの位置に、ひっそりとうずくまっている。ほかにも、いくつかおなじようなティピが視野にはいるが、灯影《ほかげ》を映しているものは一つもない。どのティピもこちら側、つまり東向きに出入り口がついているのは、古くからの習いによる。

キャンプの中ほどに、一か所だけ焚き火でほの明るい場所があったが、その光も端の方までは届いてこない。

どうやら、ほんとうに寝静まったようだ。

月が雲間から顔を出すたびに、わたしたちはエミリのティピを見つめ続けたが、だれも姿を現す様子はなかった。

しだいに、時間が過ぎていく。

緊張をまぎらすために、わたしはジャスティに話しかけた。

「あなたは最初に、お父さんもお母さんも亡くなった、と言ったわね。お兄さんやお姉さんは、いないの」

ジャスティの体が、闇の中でこわばったような気がする。

「いない。おれは、一人っ子だった」

「ご両親は、いつ亡くなったの。病気、それとも事故」

「そんなことを聞いて、どうするつもりだよ」

「わたしだって、自分がどんな子供時代を送ったか、マキンリー牧場で話したじゃない。あなたにも、話してほしいわ」

「あんたが話したのは、そっちの勝手だろう。おれは、話したくねえんだ」

月の光が、ジャスティの整った横顔を照らし出し、わたしは少しどきどきした。

「どんな、つらいことがあったか知らないけれど、話せば楽になるわよ」

ジャスティは子供のころ、両親と馬車であちこち渡り歩いて苦労した、と言ったのだ。

ふたたび闇があたりを包み、ジャスティの顔が見えなくなる。

しばらく沈黙が続いたあと、ジャスティは低い声で言った。

「おれのおやじとおふくろも、あんたの両親と同じように、殺されたんだ」

20

一陣の風が巻き起こり、わたしたちを包み込んだ。

ジャスティ・キッドの両親も、やはり殺されたのか。そうではないか、という気はしていたのだが、すぐには言葉が出てこない。

ようやく、わたしは言った。

「そうだったの。南北戦争のとき、それとも戦争が終わってから」

「戦争は関係ねえ。つい二年半前のことだ」

二年半前といえば、一八七三年の秋ごろだ。

わたしが、死んだジェイク・ラクスマンとアリゾナ準州を放浪したあげく、ベンスンの町に近い農場に定住したのが、その年の五月のことだった。

「だれに殺されたの。まさか、インディアンじゃないでしょうね」

「違う。おれたち一家は、ダコタ準州のブラックヒルズにはいり込んで、金を探していた。カスター将軍が、あの丘陵地帯で金鉱を発見する、一年ほど前のことだ」

そのころ、ジョージ・アームストロング・カスターの名前は、わたしの耳にも届いていた。やり手の軍人で、第七騎兵隊の隊長だった。ちなみに、将軍の肩書は南北戦争中の特例で、実際の位は中佐にすぎなかった、とあとで知った。

ラクスマンから生前、つぎのような話を聞いた覚えがある。

カスターは、上官の命令で砦の建設地を探すため調査隊を率いて、七四年の夏ブラックヒルズにはいった。たまたま、調査隊の隊員が金の鉱脈を発見したことから、たちまち噂が国中に広がる。そのため、一攫《いっかく》千金を夢見る白人がブラックヒルズに殺到し、インディアンとの間に衝突が起こった、というのだ。

「あの一帯は、スーにとって聖地とされる場所よ。あそこに、白人がはいり込むのは、協定違反だわ」

ブラックヒルズは、それより数年前に結ばれたララミー協定によって、スー族に白人の不侵略を保証した地域の中に、含まれていたはずだ。

「おやじもおふくろも、そんなことは知らなかった。そこが、ブラックヒルズだということだって、知ってたかどうか怪しいもんだ。とにかくおれたちは、ブラックヒルズの間を流れる川のある場所で、金を発見した。といっても、金鉱と称するほどだいそれたものじゃなくて、ほんのささやかな砂金さ。六か月かかって、やっと二十オンス（約六百二十グラム）ほど採取した。それでも、三百二、三十ドルにはなるとおやじが言ってたから、おれたちにとっちゃ一財産だった」

ジャスティは言葉を切り、ちょうど雲間から顔をのぞかせた月の光で、エミリのティピの方を見やった。

なんの変化もないまま、ふたたび月が雲におおわれる。

ジャスティは続けた。

「夜が明けたら、キャンプを畳んで町へおりようという、前の晩のことだ。焚き火をしてるとこへ、いきなり二人組の男が襲いかかってきて、おれたちに発砲した。おやじは応戦しながら、おれに逃げろとどなった。おれは無我夢中で、森の中へ逃げ込んだ。そのころは、ピストルなんか撃ったこともなかったから、気が動転して自分が助かることしか、考えなかった」

わたしは唾《つば》を飲み、闇にぼんやりと浮かぶジャスティの顔のあたりを、じっと見つめた。さぞかし、つらい体験だったに違いない。

長い沈黙のあと、ジャスティは続けた。

「森に逃げ込んだものの、暗くて自分の居場所が分からなくなり、もどるにもどれなくなった。夜が明けてから、ようやく道を探してキャンプへたどり着くと、むろん二人組の姿はなかった。焚き火のそばに、おやじとおふくろの射殺死体が転がっていた。しかもおふくろには、乱暴されたあとがあった」

絶句する。

ジャスティの母親は、ただ殺されただけではなかったのだ。ショックのあまり、なぐさめの言葉も出てこない。そのときの、ジャスティの気持ちを考えると、いたたまれなかった。

自分にも、ジャスティの母親が受けたひどい仕打ちと、似たような体験がある。それだけに、ひとごととは思えなかったのだ。

わたしは、ようやく言った。

「ごめんなさいね、無理に話をさせちゃって」

「いいんだ。いつかは、話すことになっただろうしな」

「ご両親のことで、あなたに責任はないわ。だれだって、そういうときは逃げるわよ」

ジャスティは、それを無視した。

「二人組は、むろん砂金のはいった袋を奪って、姿を消した。手元に残ったのは、おやじが万一のときのために、と言っておれのポケットに入れてくれた、五オンスほどの砂金だけだった。おれは、その場におやじとおふくろの遺体を埋めて、ブラックヒルズを出た。残りの人生を、二人の復讐のために捧《ささ》げる、と誓ってな」

「犯人の目星は、ついているの」

「とっさのことだったから、顔ははっきり思い出せねえ。ただ二人のうちの一人が、〈IC〉と読める銀色の金具を打った、黒いガンベルトをつけていたことと、クロームメッキらしいぜいたくな仕上げの、よく光る拳銃を持っていたことだけは、はっきり覚えている。その拳銃は、床尾に吊り紐用のリングがついていて、それがちゃらちゃら音を立てやがった。動転していたのに、そんな細かいことが記憶に残るなんて、自分でも妙だと思うがな」

ジャスティはそう言って、とげとげしい笑いを漏らした。

「それから、犯人捜しを続けてきたわけ」

「そうだ。五オンスの砂金を八十ドルほどの現金に換えて、復讐の準備を進めた。相手を見つけたとき、返り討ちにされないためにも、まず乗馬と拳銃の練習を始めた。もっとも、その程度の金は、すぐに底をついた。それからは、あちこちを渡り歩いて牧場の手伝いをしたり、保安官助手に雇われたり、探鉱師の用心棒を務めたりしながら、犯人を捜してるってわけさ」

「犯人の一人が持っていた、ガンベルトと拳銃以外に何か手掛かりは、見つかってないの」

「ほとんどない。ただ、拳銃に詳しいある男が教えてくれたんだが、問題のクロームメッキ仕上げの拳銃は、おやじたちが殺される二か月ほど前に売り出された、コルトSAAの新型銃じゃないか、というんだ。しかも、床尾に吊り紐用リングがついたタイプは、主としてイギリスへ輸出するための特製品で、国内では売られていなかったらしい」

「それじゃ、犯人はイギリス人だというの」

「それはどうかな。たとえイギリス向けの銃だろうと、国内で手に入れることができないわけじゃねえ。闇で、いろいろな銃器を売り買いする商人が、あちこちにいる。そいつらから、買ったんだろう」

「だったら、銃砲店や銃器商人の筋から当たってみれば、分かるかも」

「おれもそう思ったから、どこの町でも銃砲店をかならずのぞいて、聞き込みをした。しかし、その種のガンベルトや拳銃に心当たりのある者は、だれもいなかった。闇の銃器商人は、見つかりそうでなかなか見つからない。今度も、トゥサンまで足を延ばしたところで、軍資金が尽きちまった。それで、マキンリー牧場が人手を募っていると聞いて、応募したわけだ」

「こんなめんどうな仕事に関わった以上、犯人捜しは当分お預けになるわね」

「そうでもねえ。あちこち旅するうちに、手掛かりが見つかることもある。たとえば、武器の密売商人とインディアンは昔から縁が深いから、今度の仕事で何か出てくるかもしれねえ。まあ、当てにはしてねえけどな」

そのとき、また月が顔をのぞかせた。

少し前から、風が強く舞い始めた。砂が体に、吹きつけてくる。

ジャスティは、すばやくポケットから懐中時計を取り出し、月光に透かして見た。

「もう、午前零時半になるぜ。これだけ待って、エミリがおしっこに出て来ないとすりゃ、そろそろもどった方がいいだろう」

「もどらなくても、わたしたちがいなくなったと気がついたら、トムの方からここへやって来るわよ。エミリを救い出すには、この場所しかないんだから」

「しかし、こっぴどくどやしつけられるぜ」

わたしは、ジャスティの顔を見直した。

「あなた、トムが怖いの」

「怖くなんかねえ」

ジャスティは否定したが、すぐに続けた。

「おやじとおふくろを殺されてから、おれはだれかを怖いなどと思ったことは、一度もねえ。ただ、ミスタ・ストーンはおれを仲間に入れてくれたから、敬意を払っているだけよ」

弁解がましい口調だ。

「それじゃ、トムがここにやって来るまで、待機しましょうよ」

ジャスティは肩をすくめ、またコマンチのキャンプを振り向いた。

わたしも、そちらに目を向ける。

それを待っていたように、にわかにエミリのティピの垂れ幕が引き上げられ、人影が出て来るのが見えた。

ジャスティが、急いで腹這いになる。

「おい、だれか出てきたぞ」

わたしもそれにならい、月明かりに目をこらした。

「あの背丈だと、エミリに違いないわ」

小柄で痩せた体つきは、まだ十三、四歳の娘のものだ。縞のポンチョのようなものを羽織り、鞣革《なめしがわ》のパンツにブーツモカシンをはいている。

「こっち へ来るぞ。どうする」

とっさに、考えを巡らす。

「隙《すき》を見て、つかまえるのよ。声を立てる前に口をふさいで、ここへ連れて来て。あなたが押さえている間に、わたしが話すか手話を試すかして、騒がないように説得してみるわ」

「分かった」

エミリは警戒する様子もなく、すたすたとこちらへ向かったかと見る間に、そのまま岩の柱の間を抜けて、外の水場の方にやって来た。

しかし水場に達する前に、途中の草むらで足を止めた。ポンチョをたくし上げ、その場にしゃがみこむ。

案の定、おしっこをしに出て来たのだ。

ジャスティは、ステットスンを脱いだ。

すばやく革の手袋をはめ、岩の陰から這い出て行く。

砂地を静かに移動し、草むらにしゃがんでいるエミリの背後に、忍び寄った。風が草をなびかせ、ほかの物音を消しているのが、幸いした。

わたしは岩陰から、二人の様子をうかがった。同時に、どこかに見張りがいないかどうかも、すばやくチェックする。うまい具合に、コマンチの姿はない。

用を足したエミリが立ち上がり、身じまいをするのが見える。

とたんに、飛び起きたジャスティが背後から口をふさぎ、エミリの体を砂地に引き倒した。

そのまま背中ですさり、わたしが隠れている岩の陰まで、引きずって来る。エミリは手足をばたばたさせたが、ジャスティの力にはかなわなかった。

ジャスティに手を貸し、一緒にエミリを岩の後ろに引きずり込む。

月下に浮かんだのは、明らかにコマンチの娘ではなかった。たとえ外見はそうであっても、三つ編みにされた金髪や彫りの深い目鼻立ちは、白人以外の何物でもない。それどころか、エメラルドグリーンの瞳は明らかに母譲りで、その少女がエミリである何よりの証拠と思われた。

わたしは、安心させるためにエミリの顔をのぞき込み、静かに話しかけた。

「こわがらないで、エミリ。あなたの名前は、エミリでしょう」

エミリの目は、強い脅えと警戒の色に満ちており、わたしの英語になんの反応も示さない。

「エ、ミ、リ。あなたの名前は、エ、ミ、リね」

もう一度、ゆっくりと繰り返してみたが、やはり反応がない。隙があれば、ジャスティの腕から抜け出そうと、激しく身をよじる。

ジャスティは、砂地に仰向《あおむ》けに寝転がったままエミリを抱え込み、わたしが蹴飛ばされないように自分の足で、エミリの足を押さえつけた。

わたしは、エミリの三つ編みに結びつけられた、布切れに触れた。とうに色褪せていたが、それがもとは赤地に白い水玉模様だったことが、一目で見てとれる。

エミリの様子からすると、どうやら英語をすっかり忘れてしまったらしい。

わたしは、どの部族にも通じるインディアンの手話を遣って、エミリに話しかけた。

〈あなたは白人。小さいとき、コマンチにさらわれた〉

暴れていたエミリが、一瞬静かになった。わたしが手話を遣ったことに、驚いたようだった。

わたしは続けた。

〈お母さんに頼まれて、あなたを連れもどしに来た。声を出さずに、ついていらっしゃい〉

エミリが、まじまじとわたしを見る。その目の動きから、こちらの伝えたいことは認識したらしいが、それが何を意味するのかは分からない、という様子だ。

言葉を忘れたばかりでなく、さらわれたときのことも記憶から、消えてしまったのか。

わたしも、四歳のときどんなことがあったか覚えているか、と聞かれればあまり自信がない。断片的な記憶はあるが、よく覚えているとまではいえない。

六歳のとき、ケンタッキーにあったわが家が元南軍のゲリラに襲われ、両親や召使いを皆殺しにされた。わたしは、スー族の子守ペチュカと森の中で遊んでいて、危うく難をまぬがれた。しかし、その忘れがたい出来事すら自分自身の記憶なのか、それともあとでペチュカから聞かされた話の記憶なのか、今でははっきりしないのだ。

だとすれば、エミリが何も覚えていないとしても、不思議はない。

わたしは、手話を続けた。

〈危害を加えるつもりはない。手を離すから、叫び声を上げないと約束して〉

エミリは、少しの間警戒心のこもった目でわたしを見たあと、小さくうなずいた。それは、どの部族にも共通の、〈イエス〉の意思表示だ。

わたしは、ジャスティに言った。

「ゆっくり、口から手を離して。声は出さない、と約束したわ」

ジャスティは疑わしげな顔をしながらも、エミリの口をふさいだ右手をゆっくりと離した。

そのとき、月にふたたび雲がかかったらしく、さっとあたりに影が差す。

とたんに、エミリがコヨーテの遠吠《とおぼ》えのような、すさまじい叫び声を発した。しかし、ジャスティがあわててその口をふさぎ直したらしく、叫び声は途中でくぐもった唸り声に変わった。

　闇の中で、ジャスティが暴れるエミリの手足を押さえつける、小競《こぜ》り合《あ》いの気配が伝わる。

　やがて、あたりが静かになった。

　ジャスティが、荒い息遣いを漏らしながら、小声でののしる。

「くそ、この小娘が。嘘をつきやがって」

「お願い、ジャスティ。この子を傷つけないで」

　わたしはジャスティを制し、エミリをなんとかなだめようとして、膝のあたりを軽く叩いた。

　ジャスティがささやく。

「手袋をしててよかった。おれの指に、嚙みつきやがった。根っからのコマンチだぞ、これは」

　この調子では、手話で説得しても言うことを聞きそうにない。こうなったら、力ずくで運ぶしかないだろう。

　わたしは首からスカーフを取り、エミリの口をふさぐジャスティの手袋に、そっと触れた。

「最後の手段よ。このまま指を抜いて、手袋をエミリの口の中に押し込んで。その上から、スカーフで猿轡《さるぐつわ》をするわ。かついで運ぶのよ」

「そうするしかねえな」

ごそごそいう物音と、エミリのかすかな唸り声が聞こえる。

「よし、手袋を突っ込んだ。猿轡をしてくれ」

わたしは、手探りでエミリの口のあたりにスカーフを当て、端を頭の後ろで縛った。口はふさがっても、鼻で呼吸ができるから、窒息することはない。

エミリは、猿轡のまま叫び声を上げようとしたが、むろん風の音に掻き消されてしまう。

「今度月が出たら、いちばん近い別の岩のところまで、もどりましょう」

「分かった。もどる途中で、ミスタ・ストーンに出くわすかもしれねえ。間違って、おれたちを撃たなければいいがな」

「トムは冷静沈着だから、その心配はないわ」

空を見上げると、月をおおった厚い雲が西へ流れて行くのが、ぼんやりと見てとれる。

しかし、ひとたび地上に目を転じると、漆黒《しっこく》の闇だった。

ジャスティが言う。

「移動する前に、コマンチの見張りが出てないかどうか、もう一度確かめてくれ。エミリがもどらないので、心配して様子を見に来るかもしれねえ」

「分かったわ」

じりじりするような時間が過ぎる。風はますます激しく、肌に痛いほど砂が吹きつけてくる。

空を眺めるうちに、激しく動く雲の後方がしだいに明るくなり、切れ目のできる気配がした。

「そろそろよ」

わたしは岩陰に身をひそめ、月が雲間から出るのを待った。

それまでの闇が嘘のように、あたりがさっと明るくなる。わたしは、キャンプにつながる岩の柱を見て、コマンチの姿がないのを確かめた。

「行くわよ」

そう声をかけ、ジャスティに目を向けた。

ぎくりとする。ジャスティが、片膝立ちでエミリを肩にかつぎあげたまま、その場に凍りついたのだ。

あわてて振り返る。

裸の上半身に、黄色のウォーペイントを塗ったコマンチの戦士が五人、手に手にライフルや槍《やり》を構え、わたしたちを取り囲んでいた。

21

ジャスティ・キッドもわたしも言葉を失い、石像のように固まってしまった。

月が隠れている間に、囲まれたらしい。まったく、気がつかなかった。

エミリの叫び声で、悟られたのだろうか。それとも、エミリがティピから出て来たことが、そもそも罠だったのだろうか。

いや、どちらでもあるまい。要するに、見張りはいないと速断したのが、誤りだったのだ。戦士たちは、どこかわたしたちから見えないところに、ひそんでいたに違いない。

エミリが、ティピから用を足しに出て来ればいいのに、という思惑があまりにもみごとに的中したので、ほかのものが見えなくなってしまったのだった。

ひときわ体格のいい、頰骨の張ったコマンチがジャスティの喉元に、槍の穂先を突きつける。

ジャスティは身動きもせず、相手の顔を睨み返した。

コマンチが、穂先を動かしながら何か言う。意味は分からないが、そのしぐさからエミリを下ろせ、と命令しているようだった。

ジャスティもそうと察したらしく、そろそろとエミリを砂地に抱き下ろした。

エミリは自分で猿轡をほどき、口に押し込められた手袋を吐き出すと、泣きながらコマンチの男たちの中へ、逃げ込んだ。

頰骨の張った男が槍を突きつけている間に、隣に立つ赤銅色《しゃくどういろ》の鷲《わし》のような鼻の男が、落ちた手袋を拾い上げる。ついで、ジャスティの左手に残るもう片方も取り上げ、ベルトに挟んだ。

わたしは、その日焼けした鷲鼻の男をひそかにレッドイーグル、と名付けた。

レッドイーグルは、さらにジャスティのホルスターから二挺の拳銃を抜き取り、それも自分のベルトに差した。わたしが、腰の後ろに差したナイフも見つかり、取り上げられた。

スカーフだけは、なんとか回収した。

しだいに、不安と恐怖が込み上げてくる。自分たちが、このように捕虜になる恐れがあることを、もっと真剣に考えるべきだった。

戦士たちが銃や槍を動かし、わたしたちをキャンプの方へ追い立てようとする。

そのときになって、やっとわれに返った。

体格のいい、リーダーらしいコマンチに手話を遣って、話しかける。

〈あなたがリーダーか〉

コマンチはエミリ同様、わたしが手話を遣ったことに驚いた様子で、仲間たちに何か言った。

それから、手にした槍の穂先を砂地に突き立て、両手を翼のように大きく動かす。

〈そうだ、おれがリーダーだ。黒いヘラジカだ〉

そのしぐさから、戦士の名前が〈黒いヘラジカ〉、つまりブラックエルクだと分かる。横に張り出した頰骨が、ヘラジカの広がった角を連想させるからだろう。

わたしは、手話を続けた。

〈あなたたちに、敵意はない。わたしたちは、その娘を連れもどしに来ただけだ。その娘は白人である〉

できるだけ単純なしぐさで、それだけ伝える。

レッドイーグルがライフルを構えて、わたしに詰め寄ろうとした。

ブラックエルクが、それを制して手話に応じる。

〈おまえはだれだ〉

〈わたしも白人だ。子供のころ、スーと一緒に暮らしたから、手話ができる。そこにいる、あなたたちにさらわれた娘は、わたしの妹だ〉

そういうことにしておく。

戦士たちの間に、多少の困惑と動揺らしきものが走ったことは、なんとなく感じとれた。

ブラックエルクが手を動かす。

〈おまえの仲間はどこにいる〉

〈仲間はいない〉

〈嘘だ。前に、仲間がいるのを見た〉

〈今は、近くにいない。妹を返してくれれば、このまま引き上げる。敵意はない〉

くどく繰り返したが、ブラックエルクの様子から判断するかぎり、心を動かされた様子はなかった。むろん、そう簡単に説得に応じるわけがないことは、百も承知だ。わたしはただ、時間稼ぎをしているだけだった。

ブラックエルクが、また手を小刻みに動かす。

〈白人、信用できない。おまえたちを、連れて行く〉

それから、仲間の者たちに顎をしゃくった。

コマンチは、わたしたちを槍の穂先と銃口でつつき回し、岩の柱の方へ追い立てた。

そろそろ、午前一時になるはずだ。作戦開始は一時半だが、トム・B・ストーンもブレナン軍曹も、すでにジャスティとわたしの姿が見えないことに、気がついているかもしれない。だとすれば、わたしたちに何か異変が起きたと察して、開戦時間を早めるに違いない。少なくとも、そう思いたかった。

岩の柱の間を抜け、キャンプの敷地にはいる。

エミリのティピから、いくらか年配と思われるコマンチの男女が、転がり出て来た。それを見て、エミリが戦士たちのそばを離れ、二人に駆け寄る。三人はそのまま、ティピの中に姿を消した。ストーンも言っていたが、年配の男女はエミリの親代わりなのだろう。

わたしたちは、キャンプのほぼ中央と思われる焚き火のそばへ、連れて行かれた。

ジャスティがささやく。

「助けに来てくれるよな、ミスタ・ストーンは」

「もちろんよ」

すぐに応じながら、そうであってほしいと願う。

今さら遅いが、なぜストーンに黙って勝手なことをしてしまったのかと、悔やんでも悔やみ切れない気持ちだった。

ブラックエルクが、レッドイーグルに何か指示する。

レッドイーグルは、地面に打ち込まれた木の支柱を間に挟んで、わたしとジャスティを背中合わせに立たせ、細い皮紐でぐるぐる巻きに縛った。

わたしは、縛られると手話ができなくなるので、必死に抗議した。しかし、ブラックエルクもレッドイーグルも英語が分からず、また分かったとしても聞くそぶりを見せなかった。それどころか、エミリにされた仕打ちをそのままやり返すように、ジャスティの手袋を口に突っ込んできた。

体を締めつける皮紐は湿っており、かなり強く食い込んでくる。時間がたって湿り気が抜けると、もっときつくなるはずだ。

子供のころ、スー族が仲間うちの裏切り者を殺すのに、湿った皮紐をいくえにも首に巻きつけて、日なたに投げ出すのを見た。その男が窒息死するまでに、ずいぶん時間がかかったのを覚えている。

それを思い出して、さすがにいやな気がした。

もう一つの不安は、焚き火とわたしたちのすぐ後ろ側に、例のチャックワゴンが置いてあることだった。奪われたときのままだとすれば、ワゴンの中には出発前にトゥサンで仕入れた、ダイナマイトが積み込まれている。

もし、ストーンたちとコマンチの間に戦闘が始まって、ワゴンに火がついたり流れ弾が当たったりしたら、大爆発を起こすのは必定だ。コマンチどころか、ジャスティとわたしも木っ端《こ ぱ》みじんになる。エミリの救出どころではない。

それはそれとして、五人もの戦士がわたしたちを捕らえに出て来たのは、キャンプ中が危急に備えて戦闘態勢下にある、ということだ。そこへストーンたちが攻め込めば、事実上待ち伏せされるのと、変わりがなくなる。

ここで叫び声を上げるか、銃声でも聞かせることができれば、警告になるだろう。しかし、猿轡をされて支柱に縛りつけられた状態では、物音一つ立てるのも不可能だ。ジャスティもわたしも、口一杯に砂だらけの手袋を頬張ったまま、唸り声を上げるのがせいぜいだった。

ブラックエルクもレッドイーグルも、それからほかの戦士たちも姿を消してしまい、周囲にだれもいなくなった。

焚き火の明かりが、わたしたちを照らし出す。

月は、相変わらず雲間を出たりはいったりしているが、明るいのは焚き火の周囲十ヤードほどだけで、あとは暗く闇に沈んだままだった。その中に、どれほどのコマンチが忍び隠れているのか、まったく分からない。おそらく、女子供は林立するティピの中に難を避け、男の戦士たちは全員周辺の闇に、身をひそめているに違いなかった。

ジャスティは、身じろぎするたびに皮紐が体に食い込むのか、ときどきうめき声を漏らす。

ストーンたちが、かりに水場のあたりまで様子を見に来たとしても、うかつに手は出せまい。わたしたちは、体のいい囮《おとり》にされてしまったのだ。むろん、それに気づかぬストーンではないだろうが、早まってほしくない。

どれだけ、時間がたったか分からない。五分のようにも、一時間のようにも思えた。

西向きに縛られたわたしの正面で、突然地軸を揺るがすような爆発が起こり、岩山に火柱が上がった。同時に、夕方わたしたちが隠れていた北側の岩山からも、同じような火柱が立つ。

岩の崩れ落ちる音が響き、キャンプの中に叫び声が起こった。

爆発とともに、一瞬真昼のように明るくなった周囲の岩場に、右往左往するコマンチの姿が浮かび上がる。

そこへかぶさるように、突如騎兵隊の進軍ラッパが勇ましく、鳴り渡った。

それを耳にして、コマンチの混乱はいっそう激しくなり、ティピまでが揺れ動いた。一瞬、クレイグ砦の守備隊が救援に駆けつけたのか、と心が躍る。

頭上に、ダイナマイトに吹き飛ばされた岩石のかけらが、雨のように降り注いだ。わたしの体にも、そのいくつかが当たる。

ダイナマイトは、西側と北側の岩山で断続的に六度爆発し、そのたびに大地が震動した。その合間を縫って、なおも進軍ラッパが響き渡る。

銃声と喚声がキャンプを揺るがし、戦士たちの一団がまっしぐらに東側の岩の柱の方へ、殺到して行く。血路を開くにせよ、あるいは攻め寄せる騎兵隊を迎え撃つにせよ、そこしか足場がないのだ。

いきなり闇の中から、ブラックエルクが躍り出る。

ブラックエルクは、怒りに顔を歪《ゆが》めながらわたしたちに駆け寄り、光る槍の穂先を向けた。

ジャスティが、とっさにブラックエルクの方に体を回したので、わたしは反対側を向く格好になった。

わたしをかばおうとしたのだ、と悟ったのはあとになってからのことだ。

そのときわたしは、なぜか分からないが無我夢中で足を踏ん張り、もとの位置に体をもどそうとした。そうさせまいと、ジャスティがまた体を回す。

ブラックエルクは、どちらを先に刺せばいいのか一瞬迷ったように、槍を構えたままわたしたちの横で、左右に足踏みした。

間髪《かんぱつ》をいれず、黒い人影が疾風のように焚き火の前を横切り、ブラックエルクに迫った。

その気配に、くるりと向き直ったブラックエルクが、人影に向かって槍を突き出す。

白刃《はくじん》が一閃《いっせん》して、槍の穂先が宙に飛んだ。

サグワロだった。

ブラックエルクは、驚いたように槍の柄を投げ捨てると、腰の後ろに差したトマホークを抜き取り、低く身構えた。

「サグワロ」

叫んだつもりが、口に押し込まれた手袋に、せき止められる。

次の瞬間、トマホークを振りかぶったブラックエルクが、猛然とサグワロに突進する。

立ちすくむサグワロの頭に、一瞬トマホークが打ち込まれるのを見た、と思った。

しかし、すばやく仰向けに倒れたサグワロは、ブラックエルクの腹を下から蹴り上げた。

ブラックエルクは、サグワロの体を支点に大きく弧を描いて飛び、背後の岩場に頭から

激突した。手からトマホークが落ち、そのまま動かなくなる。

ほとんど同時に、焚き火の向こう側からレッドイーグルが飛び出し、ライフルの銃口をサグワロに向けた。

わたしの唸り声に、鋭い銃声が重なる。

レッドイーグルは一声叫び、ライフルを取り落とした。肩から血が吹き出し、どうと砂地に横倒しになる。

右手に、コルトSAAを握り締めたストーンが、闇の中から姿を現した。

あたりの狂騒に目を配りながら、サグワロに声をかける。

「サグワロ、二人を助けろ」

すでに跳ね起きていたサグワロは、ジャスティとわたしのそばに駆け寄ると、無造作にカタナを振り下ろした。わたしたちを縛った皮紐が、いっぺんに断ち切られる。

ジャスティは、自分とわたしの口から手袋を回収し、すばやく手にはめ直した。

さらに、起き上がろうとするレッドイーグルを蹴倒して、自分の二挺拳銃を取りもどす。

ストーンがどなった。

「南側の岩場を越えろ。馬が回してある」

「待って」

わたしは、とっさにスカーフを手に巻いて焚き火に駆け寄り、火のついた枝を取り上げた。それを掲げ、エミリのティピに向かって、駆けもどる。

背後で、ストーンの呼び声がした。

「ジェニファ、その暇はない。逃げるんだ」

わたしはそれを無視して、目指すティピの垂れ幕を引き上げ、中に飛び込んだ。

火の明かりの中に、エミリをしっかり抱きかかえたコマンチの女が、浮かび上がる。男の姿はなかった。

わたしは、容赦なくエミリの襟首をつかんで女から引きはがし、ティピの外へ連れ出した。

エミリは泣きわめき、激しく抵抗した。

焚き火の明かりを浴びて、岩場の上に立ったコマンチの戦士の一人が、わたし目がけてひょうと矢を射た。

わたしは、とっさに火のついた枝を捨ててエミリにおおいかぶさり、砂地に倒れ伏した。

ほとんど同時に、左の肩先にずんと矢の刺さる感触があり、熱い衝撃が走る。痛みをこらえ、二の矢が飛んで来る前にエミリを引きずって、岩の陰に隠れた。

銃弾にそがれた岩角が、小さなかけらになって砕け散る。やり返そうにも、何も武器がない。戦いに脅えたのか、エミリが身を縮めたままでいるのが、せめてもの救いだ。

そのとき、ジャスティの声が聞こえた。

「ジェニファ、ジェニファ。フィフィを連れて来たぞ。飛び乗れ」

顔をのぞかせると、馬に乗ったジャスティがフィフィを後ろに引き連れ、南側の岩場から駆け出て来るのが見えた。それを援護するように、手前の岩に隠れたストーンと騎兵隊員のエリクスンが、闇を目がけてライフルを撃ちまくる。岩の上から矢を射たコマンチが、もんどり打って砂地に転げ落ちた。

ジャスティが、疾風のように走って来る。

「エミリをよこせ」

その声に応じて、わたしはエミリを引きずり起こし、馬上で広げたジャスティの右腕に、ほうり投げた。

ジャスティは、一瞬うまくエミリを受け止めたように見えたが、次の瞬間エミリの体は腕を擦り抜け、地上に滑り落ちた。砂煙が上がり、体勢を崩したジャスティの馬がよろめいて、斜めにどうと倒れる。

しかし、ジャスティは巧みに落馬を避けると、すばやく馬を起き上がらせた。

はっと気がついたとき、ティピの陰から出て来た年配のコマンチの男が、一足先にエミリを抱き起こした。体でかばうようにして、垂れ幕の中に連れ込む。

とっさに駆け寄ろうとしたが、左肩の傷にえぐられるような痛みが走り、その場に膝をついてしまった。

水場の方から、コマンチの戦士たちが駆けもどって来る、乱れた足音が聞こえた。

「ジェニファ、逃げるんだ」

馬を回したジャスティが、フィフィの手綱をほうってよこす。

もはや、あきらめるしかない。わたしは、右手でサドルホーンをつかみ、鐙《あぶみ》に足をかけてフィフィに飛び乗った。

銃弾が飛び交う中を、ジャスティのあとについて南側の岩場へ、ひた走りに走る。途中で、ジャスティの馬にサグワロが飛び乗り、わたしの馬にストーンが飛び乗った。

月光に照らされた平原を、一列になって疾走する。

退却ラッパが鳴り響いた。

先頭を行く、ブラドショーが吹き鳴らしたのだ。

22

トム・B・ストーンとわたしを乗せたまま、フィフィは矢のように平原を走り抜けた。

ストーンは、遠慮会釈《えしゃく》もなくわたしの体越しに手綱を奪い取り、フィフィの腹を蹴り続ける。

矢で射られた左肩が、焼けるように痛い。しかし、刺さったと思った矢はどこにもなく、単にかすめただけらしい。

わたしは首を縮め、ストーンの体の脇《わき》から後ろの様子をうかがった。

月明かりに、百ヤードほどの差で砂煙を上げながら追って来る、十人ほどのコマンチの姿が見えた。甲高い雄叫《おたけ》びも聞こえる。

インディアンはおおむね、暗いときに死ぬと魂が道に迷うとの言い伝えから、夜間の攻撃を避ける傾向がある。しかし、コマンチはたとえ夜でも戦いを辞さない、と聞いた。

まして、今夜のように不意討ちを食らったコマンチは、頭に血がのぼっている。仕返しをしなければ、収まりがつかないはずだ。夜中でも、月の光で見通しがきくかぎり、追跡をやめないだろう。わたしたちとしては、とにかく月が雲間に隠れるのを待って、逃げ切る算段を考えるしかない。

先頭を行くブレナン軍曹が、振り向いてどなる。

「前方に、岩場が見える。あの陰に逃げ込んで、コマンチを迎え撃つんだ」

わたしは、走りながら前後左右に目を配り、人数を確認した。

前方にブレナン軍曹のほか、ブラドショーらしい騎兵隊員が見える。右側には、鞍の後ろにサグワロを乗せた、ジャスティ・キッド。左側に、鞍だけの馬を二頭引き連れた、別の騎兵隊員が一人。飛び乗る余裕がなかった、ストーンとサグワロの馬だろう。

さらに、残る二人の騎兵隊員が後方を固め、追って来るコマンチと撃ち合っている。つまり、馬を含めてわたしたちは九人全員が、無事に脱出したということだ。

さっき、進軍ラッパがコマンチのキャンプに鳴り響いたのは、騎兵隊が救援に駆けつけたからではなかった。ラッパ手のブラドショーが機転をきかせ、ダイナマイトの爆発でパニックを起こしたコマンチを、さらに攪乱しようと吹き鳴らしただけなのだ。

ともかく、おかげでジャスティ・キッドもわたしも、混乱に乗じて逃げ出すことができたのだから、ブラドショーには感謝しなければならない。

岩場に差しかかったところで、もう一度ブレナン軍曹がどなる。

「行くぞ」

馬首をぐいと右にねじ曲げ、岩場へ向けて進路をはずれる。あとに続くわたしたちも、それにならった。

「ジェニファ、馬を頼む」

ストーンはそう言って、フィフィがまだ完全に止まり切らぬうちに、わたしの後ろから飛びおりた。ジャスティも騎兵隊員も、次つぎに馬を捨てる。

それぞれ、鞍の革鞘からライフル銃を抜き取って、岩陰に駆け込んだ。

わたしは、乗り捨てられた馬をすばやく寄せ集め、岩場の後方へ引いて行った。

その間に、追って来るコマンチ目がけてストーンたちが応戦する、激しい銃声が始まった。雄叫びが乱れ、追跡を中断して右往左往するコマンチの気配が、伝わってくる。

わたしは、まわりを岩で囲まれた窪みを見つけ、そこへ馬を連れ込んだ。

矢で射られた左の肩先が、じんじんと熱くうずく。血のにじんだシャツをずらして、傷の具合を確かめた。

やはり矢先がかすめただけで、痛みのわりにたいした傷ではない、と分かった。出血も止まっている。コマンチが、矢尻《やじり》に毒でも塗っていないかぎり、心配することはなさそうだ。

傷口を水筒の水で洗い、万能薬のローズバッド軟膏《なんこう》を塗り込む。

やがて、コマンチの雄叫びが少しずつ遠ざかるとともに、ストーンたちの射撃も一段落した。

ほどなく、静寂が訪れる。

わたしは、全部の馬の脚に長いロープをからませてつなぎ、逃げられないようにした。一緒に暮らしたスー族は、キャンプを張るとき馬がいちどきに走り出さないように、いつもそうしていたのだ。

そのとたん、コマンチのゲリラ部隊もやはり前夜野営するとき、囲った馬の脚をロープでつないだに違いない、と思い当たった。

だとすれば、サグワロが狙いどおり見張りのコマンチを倒し、騎兵隊員が囲いから馬を追い立てたとしても、脚をつながれた馬は暴れるだけで走り出せず、放逐作戦は失敗に終わったに違いない。だからこそ、コマンチの戦士はすぐさま自分の馬に飛び乗り、追いかけて来ることができたのだ。

わたしはまだしも、討伐戦に慣れたブレナン軍曹や部下の隊員までが、そうしたインディアンの習性を考慮に入れなかったのは、信じられない初歩的なミスといってよい。

そんなことを考えながら、ストーンたちがコマンチと対峙している岩陰へ、這って行った。

「どんな様子」

わたしが声をかけると、ブレナン軍曹は岩の間から向こうをのぞきながら、小声で応じた。

「遠くの灌木の茂みに隠れて、こっちの様子をうかがってるよ」

ストーンが振り向き、わたしの左肩を見る。

「傷の具合はどうだ」

まるで、空模様でも尋ねるような口調だ。

「だいじょうぶ。ちょっと、かすっただけ」

わたしの返事に、ストーンはただ聞いてみただけだというそぶりで、そっけなく続けた。

「馬を頼む、と言ったはずだぞ。そばを離れるな」

「逃げないように、ロープで脚をつないできたわ」

そう言ってから、ブレナン軍曹を見る。

「コマンチもきっと、そうしていたと思います。馬を追い立てる前に、ロープを切っておくべきだったかも」

軍曹はこともなげに、首を振った。

「いや、出入り口が一か所しかない場所に馬を入れたら、脚を縛る必要はない。出入り口さえ押さえておけば、馬は逃げられないからな」

わたしは、口をつぐんだ。

ベテランの騎兵隊員に、抜かりがあろうはずはないのだ。

サグワロが、口を開く。

「どっちにしても、今夜は急に筋書きが変わっちまったから、馬を追い立てる暇がなかった。ほんとに焦ったぞ、ジェニファ」

ジャスティ以外の全員の視線が、いっせいにわたしに向けられるのを感じて、居心地が悪くなる。むろん、勝手な行動をとったわたしに非難が集まるのは、当然のことだった。

ジャスティが、構えたライフルを引いて岩陰にすわり込み、ぶっきらぼうに言う。

「おれが悪いんだ。ジェニファをそそのかして、こっそりエミリを連れ出しに行ったのが、間違いのもとだった」

わたしをかばおうとする発言に、むろん黙っているわけにはいかない。

「ジャスティを誘ったのは、このわたしよ。エミリが、寝る前におしっこをしに出て来たら、戦わずに連れもどすことができる、と思ったの。そうすれば、わたしたちもコマンチもお互いに、血を流さずにすむでしょう」

ブレナン軍曹が、厳しい目でわたしを見る。

「かばい合ったところで、ミスが消えるわけじゃない。あんたたちが勝手な行動をとったおかげで、ここにいる全員の命が危険にさらされたんだ。もし騎兵隊員だったら、軍法会議ものだぞ」

わたしはしゅんとなって、うなだれるしかなかった。

「ごめんなさい」

ストーンが詰問する。

「どうして、わたしに相談しなかった」

「あなたは、エミリが水を飲みに出て来るのを、あてもなく待つわけにいかない、と言ったわ。でもわたしは、たとえ水を飲みには出てこないとしても、エミリがおしっこをしに出て来る確率は高い、と考えたの。ただ、あなたに言ってもまた反対されるだけだ、と思って」

「わたしの指示に従えないなら、この仕事からはずれてもらうしかない。どちらにしても、相談してほしかったよ」

その、突き放すような口調に、むっとして顔を上げる。

「相談したら、賛成してくれたの」

ストーンは、ぐいと唇を引き締めた。

「いや、反対したね。必ずおしっこに出て来る、という保証がない以上はな」

突然、近くの岩がびしっと音を立てて砕け、わずかに遅れて遠くから銃声が聞こえた。

わたしたちは、あわてて岩陰に体を伏せた。

「くそ」

ジャスティがののしり、ライフルを突き出して応射する。

「やめろ、ジャスティ。弾をむだにするな」

ストーンが言うと、ジャスティはライフルを引いた。

「撃たれっぱなしでいろ、とでもいうのか」

「ここから、コマンチが隠れている灌木の茂みまで、ざっと二百五十ヤードはある。ウィンチェスターの連発銃では、距離が遠すぎて当たらない」

「しかし、コマンチは今そこの岩に当てたぜ、ミスタ・ストーン」

「連中が撃ったのは、元込めの単発銃だろう。たぶん、陸軍が制式採用しているやつだ」

ストーンの説明に、ジャスティは目をむいた。

「単発銃。まさか」

そばから、ブレナン軍曹が口を出す。

「ミスタ・ストーンの言うとおりだ。われわれが支給されているのは、一八七三年製のスプリングフィールド単発銃でね。同じ年に作られた、ウィンチェスターの連発銃に人気があるのは、承知している。しかし、ウィンチェスターは有効射程距離が短くて、百五十か二百ヤードがせいぜいだ。口径が小さいから、殺傷能力も劣る。その点、スプリングフィールドは四百から五百ヤード届くし、口径が大きいから殺傷能力も高い。コマンチは、そいつを手に入れたんだろう」

ジャスティは、納得できないといった様子で、口をつぐんだ。

わたしも、インディアンと戦う騎兵隊が連発銃を採用せず、いまだに単発銃を使っていることに、意外感を覚えた。もっとも、それにはそれなりの理由が、あるに違いない。

ストーンが言う。

「連発銃は弾を食うし、インディアンには値が張りすぎる。そもそも、彼らにとっては銃より弓の方が、使い勝手がいいんだ。たとえば、岩陰や窪地に身を隠している敵をやっつけるのに、ライフル銃は役に立たない。撃つときに、身を乗り出さなければならないから、逆に撃たれる危険がある。しかし、弓なら敵に体をさらすことなく、斜め上に角度をつけて相手の隠れ場所に、矢を射込むことができる。ライフルには、絶対にできないまねだ」

わたしは、今にも上から矢が降ってきそうな不安に襲われ、空を見上げた。

ブレナン軍曹が笑う。

「心配しなくていい。向こうが、よほど高い場所にいるなら別だが、ここまで矢は届かんよ」

一群れの雲が、ようやく月に近づく。

「もうすぐ、月が隠れるわ。暗くなったら、攻めて来るかしら」

わたしが言うと、ストーンはそれを合図のように、膝立ちになった。

「軍曹。月が隠れたら、みんなと一緒に馬を引いて音を立てないように、クレイグ砦へ向かってください。また月が顔を出して、行く手の見通しがきくようになったら、馬に乗って一目散に走る。暗くなったら、馬をおりて歩く。それを繰り返すんです」

「あんたはどうする」

「わたしは、コマンチを牽制する。連中も、月が隠れると同時に行動を起こすはずだから、ここでしばらく食い止めます」

「一人でだいじょうぶか」

「連発銃があるから、なんとかなる。場所を移りながら撃てば、一人で支えているとは思わないでしょう。その間に、少しでも遠くへ逃げてください。わたしも、すぐにあとを追う」

サグワロが、口を開く。

「おれも、一緒に残る」

「いや、わたし一人でいい。むちゃはしないから、心配するな。わたしの馬だけ、置いて行ってくれ」

ストーンの口調が、あまりにきっぱりとしていたので、わたしたちはそれ以上何も言えなかった。

ストーンが続ける。

「いいか、歩くときも馬に乗るときも、止まるんじゃないぞ。少しでも早く、クレイグ砦にたどり着くんだ。わたしのことは、気にするな」

わたしたちは、その場にストーンを残して馬のところへ行き、雲の動きを待った。

ときどき、遠くからコマンチの発砲する銃声と、ストーンが応射する銃声が聞こえる。

ほどなく、月が雲間に隠れて、あたりは闇に包まれた。わたしたちは馬を引き、明るいうちに目星をつけておいた方角へ、急ぎ足で歩き出した。比較的平坦《へいたん》な荒れ地なので、暗くてもさほどとまどうことはない。

ストーンが、闇に向かって撃ち始める。一人だと思わせないために、ときどき撃つ位置を移動するので、銃声の方角が変わる。わたしは、コマンチが闇に乗じて横手や背後に回らないか、と不安になった。しかし、ストーンもそれくらいのことは、百も承知のはずだ。

速足で十分ほど歩いたころ、早くも月が雲間から顔を出した。

わたしたちは馬に飛び乗り、北東の方角へ全力疾走した。走りながら後ろを振り返ったが、一マイル近く離れた例の岩場の周辺は無人のままで、追って来るストーンの姿もなければ、コマンチの姿もない。

先頭を行くブレナン軍曹は、ストーンの言葉を忠実に守って一度も振り返らず、ひたすら馬を走らせた。軍曹には、作戦が失敗した以上隊員の安全を最優先し、無事に砦に帰着する義務がある。

そのとき、岩場から馬が一頭走り出し、わたしたちを追って来るのが見えた。

「軍曹、止まって。トムが追って来るわ」

前に向かって叫ぶと、軍曹がどなり返す。

「止まっちゃいかん。勝手に追いつくまで、このまま走り続けるんだ」

あくまで軍人だ。

二度、三度と振り返るうちに、ストーンの馬影がしだいに大きくなる。しかし、あとに続くはずのコマンチの姿は、一人も見えない。

軍曹もそれに気づいたらしく、右手を上げて一行を止めた。

そのまま、月光に照らされた平原を駆け抜けて来る、ストーンを見守る。

軍曹は、ストーンが速度を緩めて近づくのを待ち、声をかけた。

「どうした、コマンチは」

そばに来たストーンは、馬の手綱を引き締めた。

「引き返して行きました」

軍曹が、顎を引く。

「引き返した。ずいぶん、あきらめが早いな」

「隠れていたコマンチのところへ、キャンプの方角から別のコマンチが一騎やって来て、合流したんです。その直後に全員揃って、いかにもあわてた様子で引き上げ始めた。キャンプで、何か起きたらしい。それで、もどって来るように伝令が出たようだ」

「何があったんだろう」

「分からない。ともかく、これで一息つけることは確かです」

ブレナン軍曹は少し考え、それから命令をくだした。

「よし。このまま、まっすぐクレイグ砦へ向かうことにする。砦までは、十マイルかそこらだ。月が出ている間は、十五分を限度に速足で走る。十五分過ぎるか、月が隠れたら並足にもどる。途中で三十分の休憩をとる。分かったか」

「分かりました」

騎兵隊員が、いっせいに答える。

ストーンが言った。

「サグワロ、ジャスティ。疲れているのにすまんが、あんたたちはコマンチのキャンプへもどって、連中の動きを探ってくれないか。彼らが隊を立て直したあと、どっちへ向かうかを知りたいんだ。できれば、キャンプで何が起きたのかも、突きとめてほしい」

サグワロもジャスティも、すぐに馬首を立て直す。

「どこで落ち合えばいい、ミスタ・ストーン」

ジャスティの問いに、ストーンは少し考えた。

「あさっての朝まで、クレイグ砦で待機している。およそ、三十時間後だ。それまでに、あんたたちのどちらかでももどらなかったら、われわれは出発する。リオ・グランデ沿いに、三十マイルか四十マイル北上したところに、ソコロの町がある。その日はそこに泊まって、翌日は食糧や弾薬など必要なものを、補給するつもりだ。夕方には出発するから、遅くともそれまでに町へ来るようにしてくれ」

ジャスティはうなずいた。

「ソコロなら、前に行ったことがある。砦が無理だったら、そこで落ち合おう」

ジャスティとサグワロは轡を並べて、もと来た方へ駆けもどり始めた。

やがて雲が月にかかり、二人の姿は見えなくなった。

23

エドナ・マキンリーは、しばらく両手で顔をおおったまま、じっとしていた。

わたしは口を閉じ、エドナの気持ちが収まるのを待った。

少しして、エドナが大きく息をつき、手を下ろす。

わたしに向けた目に、涙はなかった。

「エミリは、一緒に来たがらなかったのね」

低い声が、かすかに震える。

「そうです。ごめんなさい、助け出せなくて」

エドナは喉を動かし、微笑を浮かべた。

「いいのよ、ジェニファ。この手の仕事って、そんなにうまく運ぶものではないわ」

自分に言い聞かせるような口調だ。

「エミリが、わたしの言うことをすなおに聞いてくれたら、今ごろはここに連れて来ていたはずなのに」

つい、愚痴が出てしまった。

エドナの眉が曇る。

「エミリは、もうコマンチに同化してしまったのかしら」

あわてて首を振る。

「そんなことないわ。エミリは、いきなりジャスティに押さえつけられたので、わたしたちを敵だと思ったんです。だから、一緒に来るのをいやがっただけよ」

「だってエミリは、あなたの英語にもエミリという呼びかけにも、反応を示さなかったのでしょう」

「それはそうだけど、あの子は長い間英語を耳にしていなかったし、エミリの名前で呼ばれることもなかったので、急には思い出せなかったのよ」

エドナには、挫折感《ざせつかん》を与えたくなかった。それに、実際希望がなくなったわけではないので、悲観的な話はできるだけ避けなければならない。

エドナが、どこかに救いを見いだそうとするように、天井を見つめる。

わたしたちは夜明け前、無事クレイグ砦に到着した。守備隊長の、ジェームズ・ランバート少佐はまだ寝ていたが、ブレナン軍曹ら五人がもどったとの報告に、すぐさま起きてきた。

ランバート少佐は五十代半ばの、りっぱな髭を蓄えた大柄な男だった。

少佐によれば、エドナとウォレンはラモン・サンタマリアに連れられて、真夜中過ぎに無事砦にたどり着いた、という。

守備隊の主力は、アパッチのゲリラ部隊を掃討に出たまま、まだ帰還していなかった。したがって、砦にはわずか二分隊が残っているだけで、ブレナン軍曹ら五人の隊員がもどっても、戦闘要員は二十名くらいにしかならない。

大佐が、軍曹からその夜の報告を受けている間に、トム・B・ストーンは当直の隊員に案内されて、ラモンと同じ下士官宿舎へ向かった。わたしは、エドナとウォレンが寝ている予備の士官室に、ベッドを与えられた。

ウォレンは眠っていたが、エドナはすでに気配を察してベッドから起き出し、部屋着姿でわたしを迎え入れた。

エドナに、もう少しでエミリを助け出せたのに、失敗してしまったと報告するのは、いかにもつらいことだった。エドナにしても、いちばん聞きたくなかった話に違いない。

にもかかわらず、エドナは一言もわたしを責めるようなことを、口にしなかった。それが、せめてもの救いだった。

エドナがわたしに目をもどし、ふと思いついたように言う。

「手話は、試してみなかったの」

「試してみたわ。ちょっとだけですけど」

エドナは、少し乗り出した。

「どんなことを、話しかけたの」

ためらったものの、隠してもしかたがない。

「あなたは白人で、小さいときにコマンチにさらわれたんだ、と伝えました」

「そうしたら」

「驚いた顔をしたわ。でもそれは、自分が白人だとかさらわれたとか言われたからじゃなくて、わたしがインディアンの手話を遣ったからだ、と思います」

正直に言うと、エドナは唇を引き締めた。

「それで」

「お母さんに頼まれて、あなたを連れもどしに来た。静かについていらっしゃい、と念を押したわ」

「そうしたら」

「エミリがうなずいたので、ジャスティが口をふさいでいた手を離したの。そのとたん、エミリはトゥサンまで聞こえそうな、すごい金切り声を上げたんです。それで、しかたなくエミリの口に猿轡をかませて、運び出そうとしました。でも、もう少しというときに、コマンチの戦士たちがやって来て、ジャスティもわたしも捕虜にされたの。もちろん、エミリは取り返されてしまったわ」

「それにしても、よく逃げて来られたわね」

わたしは、その後に起こったストーンや騎兵隊員と、コマンチのゲリラ部隊との戦いをかいつまんで、話して聞かせた。ただし、混乱に乗じてエミリをジャスティの馬に乗せ、もう一度連れ出そうとしたこと、そしてそれもあえなく失敗に終わったことは、黙っていた。あのときも、エミリに一緒に逃げる気持ちさえあれば、うまくいったかもしれないのだ。

聞き終わると、さすがにエドナは肩を落とした。

「やはり、十年という年月は長いわね。その間、一度も英語を耳にすることがなく、名前を呼ばれることもなければ、記憶がなくなるのは当然だわ」

わたしは、エドナの手を取った。

「いいえ、あれは突然のことだったからよ。時間をかけて話をすれば、エミリもきっとあなたやウォレンのことを、思い出すに違いないわ。わたしが、両親を殺されたのは六歳のときだから、エミリがさらわれたときより少し大きかったけれど、それまでのことをよく覚えています。きっかけさえあれば、エミリも記憶を取りもどすわ」

エドナは微笑《ほほえ》み、わたしの手の甲をやさしく叩いた。

「ありがとう、ジェニファ。あなたが危険も顧みず、エミリを助け出そうとしてくれたことに、お礼を言います。失敗したからといって、気にしなくていいのよ。また機会があるでしょうし、そのときはわたしも一緒に行くから」

翌朝、わたしが目を覚ましたときはすでに日が高く、隣のベッドにはエドナもウォレンもいなかった。

高い柵の塀に取り囲まれた、かなり大きな砦だった。広場の中央のポールには、高だかとアメリカ合衆国の国旗が、掲揚されている。

厩舎に行って、フィフィの様子を見た。

白い、フロックコートのような作業着を着た若い隊員が、新しい藁でフィフィの体をこすっていた。そうやって、こびりついた汗をふき取るのだ。

わたしが礼を言うと、厩舎係の隊員はフィフィをなかなかいい馬だ、とほめてくれた。

場所を聞いて、食堂へ行く。

地図が広げられたテーブルに、ストーンとエドナ、ラモンがかがみ込んで、何か検討する姿が見えた。そばの小さなテーブルで、ウォレンが食事をしている。

そばに行って、地図をのぞき込んだ。

軍用地図のようだったが、どちらにしてもそれほど細密なものではない。

エドナが、笑いかける。

「おはよう、ジェニファ。よく眠れたかしら」

「ええ。寝坊してしまったわ。何を検討しているの」

ストーンが、腕組みしたまま答える。

「コマンチのたどる道筋さ。このまま北上すれば、ロッキー山脈に行く手を阻《はば》まれる。かまわず直進するか、東側の平原地帯へ迂回するか、コマンチになったつもりで考えているんだ」

地図で見ても、ロッキー山脈はメキシコからカナダまで伸びており、広大すぎてどこからどこまでその範囲に含まれるのか、よく分からない。間を抜けて行くルートもあるはずだが、どちらにしても厳しい旅になるに違いない。

いくら北部で、シャイアンやスーが活発に動いているとはいえ、コマンチがほんとうにそこへ合流する気でいるのかどうか、わたしには分からなかった。

エドナも、同じ疑問を抱いたらしい。

「コマンチは、実際に北へ行くつもりかしら」

「分からない。しかし、このあたりをうろうろしていたのでは、いずれ騎兵隊のパトロールの網に引っかかり、つかまってしまう。それを避けるには、常に移動しながら大部隊との合流を目指すしか、方法がない。ふだんは仲の悪い部族同士でも、白人と戦うためなら大同団結する、とみていいでしょう」

ストーンは、翌朝クレイグ砦を出てソコロの町へ向かい、その後リオ・グランデに沿って北上するルートを、鉛筆で書き込んだ。アルバカーキ、サンタフェをへて、ロッキー山脈の一部らしい大きな山脈の東側を迂回し、コロラド州に抜けるルートだ。

「まあ、こんなところだろう。コマンチも、ロッキーは越えられまい」

ラモンが言う。

「昨日の戦いで、コマンチは今後警戒を強めるでしょうから、エミリを助け出すのはますますむずかしくなる。このあたりには、アパッチのゲリラ部隊が出没しているそうですし、ここの守備隊もこれ以上われわれに、手を貸す余裕はないでしょう。いっそ、町の自警団の連中や遊んでいるカウボーイを雇って、追跡隊を組んだらどうでしょうか。それだけ、お金はかかりますが」

エドナはうなずいた。

「お金がかかるのは、いっこうにかまわないわ。でも、雇うからには最低でも二十人くらいは、必要でしょう。それだけの人が、いっぺんに集まるかしら」

ストーンが口を開く。

「人数が多くなれば、それだけ食糧の補給が必要になってくるし、トラブルも増える。もし雇うとしても、コマンチのたどるルートがある程度はっきりした段階で、待ち伏せできるときまで待ちたい」

ラモンは、拳でもう一方の手のひらを叩いた。

「そのときは、わたしがコマンチの先回りをして、人を駆り集めましょう」

エドナが、むずかしい顔をする。

「そのためには、もっと現金が必要ね。アルバートに電信を打って、為替で送ってもらわなくちゃならないわ」

　アルバート・マキンリーは、エドナの死んだ夫シドニーの弟だ。エドナがいない間、妻のサラとトゥサンに近いマキンリー牧場で、留守を預かっている。

　ストーンは、人差し指を立てて言った。

「それでは、ソコロの電信局の局留めで送るように、アルバートに伝えてください。今すぐ、ここからトゥサンに打電すれば、ぎりぎりソコロを出発するまでには、間に合うでしょう」

「分かったわ。ランバート少佐に、お願いしてみます」

　エドナは、食堂を出て行った。

　わたしはウォレンの向かいにすわって、炊事係が作ってくれた朝食を食べた。硬くなったパンに、豆とベーコンを油で炒めたもの、それに焦《こ》げ臭いコーヒーだった。

　贅沢を言ってはいけない、と自分にくどく言い聞かせながら、結局全部食べてしまった。

24

　次の日。

　夜が明けても、サグワロとジャスティ・キッドは二人とも、砦に姿を現さなかった。

エドナ・マキンリーは、せめて昼まで待った方がいいのではないか、と提案した。ラモン・サンタマリアも、近くまで様子を見に馬を走らせようか、と申し出た。

しかし、トム・B・ストーンはいっさい耳をかさず、出発を決めた。

ジェームズ・ランバート少佐は、馬の餌《えさ》から水の補給までぬかりなく隊員に言いつけ、最大限の便宜を図ってくれた。

ブレナン軍曹は、途中でアパッチのゲリラ部隊に遭遇する危険があるので、そのときはすぐ砦に駆けもどるように、と忠告してくれた。

わたしたちは、親しくなった騎兵隊員に別れを告げ、午前八時に砦を出発した。

馬もわたしたちも、丸一日休養したので体力が充実しており、気分的にも楽だった。リオ・グランデの西側を、流れに沿ってずっと走り続ける行程は、いつでも好きなときに水浴びや休憩ができる、という安心感がある。

昼過ぎまで、いつものように並足と速足を十分間ずつ、二度繰り返した。そのあと十分間の休憩を挟むという、一時間に四マイルから四・五マイルのペースで、走り続ける。わたしも、たぶんフィフィももう少し速く走りたかったが、ストーンは頑固にそのペースを守った。

太陽が、まっこうから照りつけてくる時間帯に、河畔の木陰にはいって昼食をとり、夕方まで休んだ。それからふたたび走り始め、日暮れ近くになって少しペースを上げる。

ソコロの町に着いたのは、夜の八時過ぎだった。

何日ぶりかでホテルに泊まり、バスにもはいった。

翌日の午前中、わたしたちは手分けして食糧や弾薬、衣類などを補給した。買い物がてら店の人に聞くと、ソコロはかなり古くから発展した町らしく、トゥサンと同じくらい大きいことが分かった。

そのあと、ホテルの食堂で昼食をとっているとき、電信局の若い男がエドナに知らせを持って来た。

マキンリー牧場から、頼んでおいた電信為替とメッセージが届いた、というのだった。

トゥサンの電信係、ジョン・ルーカスがエドナからの依頼だと分かって、大急ぎで牧場に知らせてくれたらしい。

食事を中断して、電報を読んでいたエドナの顔が、わずかに暗くなる。

「どうしたんですか。お金が足りないの」

わたしが尋ねると、エドナは電報を畳んだ。

「いいえ。この電報は、義妹のサラからよ。わたしたちが出発した直後、アルバートは伯《お》父《じ》が危篤《きとく》だという電報を受け取って、急遽《きゅうきょ》牧場を出発したらしいわ」

みんな驚き、顔を見合わせる。

「どこへですか」

わたしの問いに、エドナは肩をすくめた。

「カリフォルニア州の、サクラメントよ。シドニーとアルバートの父親は、もともとカリフォルニアの出身なの。わたしは会ったことがないけれど、伯父のケヴィンは跡継ぎの息子がいなかったとかで、幼いころシドニーとアルバートをかわいがったらしいわ」

わたしには、アリゾナのトゥサンからカリフォルニアのサクラメントまで、どれくらいの距離があるか分からなかった。いずれにせよ、まだサザンパシフィック鉄道がトゥサンまで来ていないこの時代、駅馬車を乗り継いで行くほかに方法がなかったから、ひどく時間がかかったことは確かだ。

わたしは言った。

「でも、あなたが牧場を不在にしているこのときに、家を空けるなんてあんまりですね」

エドナは、また肩をすくめた。

「サラは、わたしにもどってほしいと言っているけれど、ハリーがいるから心配ないわ」

ハリー・ドミンゲスは、マキンリー牧場の牧童頭だ。

ラモンが何か言いたげに、ナプキンをテーブルに置く。

それを見て、エドナは機先を制した。

「だからといって、あなたが牧場へもどる必要はないわよ、ラモン」

ラモンは、もじもじした。

「しかし、アルバートさんまで牧場を不在にしたら、頼りになるのはハリーだけになりますよ」

「ハリー一人で、だいじょうぶ。もしあなたがもどったら、ハリーはかんかんに怒るでしょう。わたしをほったらかしにして、よくもどれたものだと言ってね」

エドナの言葉に、ラモンはぐっと詰まったが、すぐに言い返す。

「牧場の仕事だけなら、ハリーも牧童たちや臨時雇いをうまく使って、切り回すでしょう。しかし、奥さんもアルバートさんもいないのをいいことに、トライスター牧場の連中が狼《ろう》藉《ぜき》を働き始めたら、どうしますか。ハリー一人では、とても支え切れませんよ」

わたしは思わず、エドナの顔を見た。

マキシム・トライスターは、わたしたちがトゥサンを出発する前、エミリ捜索に協力したいと申し出た。エドナが断ると、わたしたちとは関係なく独自に捜索すると宣言し、自分たちが先にエミリを取り返したら、ご褒美に結婚してもらいたいとまで、うそぶいたものだ。

トライスターが、実際にエミリの捜索に乗り出したかどうかは、わたしたちには分からない。むしろ、ラモンが心配したように、エドナの不在を狙って何かと策略を巡らし、マキンリー牧場に手を出しかねない男だ。まして、アルバートまで牧場を空けたとなると、ますますその心配が大きくなる。

ストーンが、テーブルに乗り出す。

「ラモンの言うことも、もっともだ。ここは一つ、ラモンを牧場へもどした方がいい、と思いますね。ついでに、ウォレンを連れ帰ってもらうんです。そうすれば、後顧の憂《うれ》いなくコマンチを追跡できます」

スプーンを使っていたウォレンが、顔を上げて抗議する。

「ぼくは、帰らないよ。一緒に、エミリ姉さんを探すんだ。そうだよね、母さん」

エドナは手を伸ばし、ウォレンの肩を軽く叩いた。

「ええ、そのとおりよ。でも、ちょっと考えないとね」

ストーンの提案に、少し心を動かされたようだ。

そのとき、表の通りがにわかに騒がしくなった。遠くで鳴る雷のような音が、かすかに耳に届いてくる。複数の、馬の蹄の音だ。

ストーンはナプキンを投げ捨て、レストランの出口に向かった。胸騒ぎがして、わたしもあとに続く。

ホテルを飛び出したとき、メインストリートと交差する道を西の方から、砂ぼこりとともに疾走して来る、四つの馬影が見えた。

目のいいわたしは、先頭の馬に乗った男がジャスティ・キッドだ、とすぐに分かった。

通りに出て、帽子を振る。

驚いたことに、ジャスティのあとから馬を駆って来る男たちにも、見覚えがあった。

たった今話に出たばかりの、マキシム・トライスターがすぐ後ろにいる。その横で、手綱を鞭がわりに左右に振り、馬を駆り立てているのは手下の無法者、レナード・ワトスンだった。後ろに続くもう一人の男も、トゥサンで見かけたトライスター牧場の、カウボーイのようだ。

ジャスティは、メインストリートまで馬を乗りつけるなり、駆けて来た勢いそのままに通りに飛びおり、わたしたちの方にやって来た。

ストーンが、声をかける。

「どうした、ジャスティ」

汗と土ぼこりで、顔をどろどろに汚したジャスティは、息を切らして言った。

「十マイルほど西の窪地で、トライスター牧場の連中と例のコマンチのゲリラ部隊が、撃ち合ってる。すぐに応援に行かないと、エミリが危ない」

思いがけぬ報告に、呆然とする。

エドナが、わたしを押しのけた。

「エミリが、どうかしたの、ジャスティ」

馬からおりたトライスターが、今度はジャスティを押しのけて言う。

「エミリは、わたしたちが取り返したんだよ、エドナ。そうする、と約束したじゃないか」

エドナは絶句して、トライスターを見返した。トライスターの、しゃれた白いステットスンも白い上着も、みじめなほど汚れている。

ストーンが口を出した。

「それはどういう意味だ、ミスタ・トライスター」

トライスターは、小ばかにしたようにストーンを見返した。

「三日前、コマンチの主力があんたたちを追跡している間に、わたしたちが連中のキャンプを襲って、エミリを取り返したのさ」

わたしはあっけにとられ、ストーンと顔を見合わせた。

ストーンが言う。

「あのとき、あんたたちもあの近くにいたのか」

「いたとも。あんたたちがどじを踏んで、尻に火がついたように逃げ出すのも、ちゃんと見ていたよ。つまり、わたしはあんたたちが失った名誉を、回復してやったわけさ」

わたしは、怒りと悔しさで顔に血がのぼるのを感じ、唇の裏側を嚙み締めた。

追跡して来たコマンチが、伝令の知らせで急遽キャンプへ引き返して行ったのは、そういう事情があったからだ、と分かる。

トライスターは、トゥサンで宣言したとおりエミリの捜索に、乗り出していたのだ。

それにしても、トライスター一味はどうやってわたしたちのあとを、つけて来たのだろう。まったく、気がつかなかった。

エドナが、トライスターの袖《そで》をつかむ。

「それで、それでエミリは、どうしたんですか」

「わたしたちは、エミリを連れてそのまま北へ逃げたが、暗い間は思うように馬が進められないから、やむなくここから西十マイルほどの地点にある窪地に、キャンプを張った。夜が明けて気がついたら、あとを追って来たコマンチに、まわりを取り囲まれていた。わたしたち三人は、救援を求めるためにその囲みを破って、なんとか脱出したんだ。そこで、このキッドに巡り会ったのさ」

ジャスティは帽子を取り、堰《せき》を切ったように話し始めた。

「あのあと、サグワロとおれがコマンチのキャンプにもどると、あちこちにごろごろ死体が転がっていた。おれたちが逃げ出したあとで、別のやつらがキャンプを襲撃して、殺しまくったんだ。それが、トライスター牧場の連中のしわざだったとは、そのときは知らなかった」

それまで黙っていたワトスンが、得意げに鼻を突き出してくる。

「そうよ、おれたちが血祭りに上げたのよ。ミスタ・トライスターじゃないが、おれたちはおまえたちのへまの後始末をしてやった、というわけさ」

ジャスティが、ワトスンを睨む。

「死体の中には、女のコマンチも交じっていたぞ」

ワトスンは、せせら笑った。

「あの闇の中で、男も女も分かるか。こっちは、エミリを探し回るので、手一杯だったんだ」

ジャスティは、あきれたように首を振った。

「そんな根性じゃ、ろくな死に方をしねえぞ」

「だとしても、おまえにやられるつもりはねえよ、坊や」

ジャスティは、さりげなく左腰の前に差した拳銃に、手を置いた。

それを見て、ワトスンがにやりと笑う。

「おっと。おまえを、坊やと呼んじゃいけねえ約束だったな、キッド」

「そうだ。よく覚えておけ」

ジャスティは拳銃から手を離し、ストーンとわたしに目をもどした。

「残ったコマンチの戦士たちは、すぐにキャンプを引き払ってトライスター一味を、追跡しにかかった。サグワロとおれも、そのあとを追った。夜明け近くに、コマンチはトライスターのキャンプを見つけて、日の出とともに攻撃し始めた。おれは、トライスターたち三人が脱出するのを見て、すぐにあとを追った。それから合流して、ここを目指したわけさ」

「サグワロはどうした」

ストーンの問いに、ジャスティは顔をしかめた。

「戦いを見届けて、エミリの安否を確かめると言うから、その場に残してきた」

25

マキシム・トライスターが割り込む。

「ぐずぐずしてる場合じゃない。こうしてる間にも、コマンチにエミリを取り返されてしまう。すぐに人手を集めてくれ」

トム・B・ストーンは、あわてなかった。

「あんたの部下は、その窪地に何人くらい残ってるんだ」

「脱出した三人以外の全員だから、八人残してきたことになる」

「コマンチの数は」

「キャンプでだいぶ仕留めたし、男の戦士だけでざっと二、三十人というところだろう」

だとすれば、仲間を殺されたコマンチはだいぶ逆上しているはずだから、早く救援に駆けつけないと間に合わなくなる。近くにいるサグワロが、たとえトライスター側に加わったとしても、焼け石に水だ。それどころか、犬死にする恐れがある。

わたしたちの周囲には、すでに物見高い町の人びとが二重にも三重にも輪を作り、何が起こったのかと耳をそばだてている。

その中から、ティンスターのバッジをつけた中年の男が、声をかけてきた。

「市の保安官のスパイクスだ。コマンチと揉《も》めてるって」

トライスターが、保安官の方に向き直る。

「そうだ。話は聞いただろう。わたしは、アリゾナでトライスター牧場を経営している、マキシム・トライスターという者だ。ここから西へ十マイルのところで、わたしの部下たちがコマンチのゲリラ部隊に、取り囲まれている。保安官として、あんたが人手を集めてくれ」

スパイクスと名乗った保安官は、あっさりと首を振った。

「ここから十マイルとなると、もう市の管轄《かんかつ》じゃない。それに、インディアンの討伐は、軍の仕事だ。砦へ行って、援軍を出してもらうんだな」

トライスターは、唇をへの字に曲げた。

「ここから、いちばん近い砦は」

「南へ四十マイルほどくだった、クレイグ砦だ」

わたしたちが、昨日出発した砦ではないか。

トライスターの顔が赤くなる。

「四十マイルだと。呼びに行ってる間に、わたしの部下は禿鷹《はげたか》の餌になってしまうぞ」

それから、周囲にあふれる町の人びとを見回しながら、大声で告げた。

「この中に、わたしたちと一緒に行ってくれる者はいないか。白人の仲間が、コマンチにやられかけてるんだ。手を貸してくれたら、報奨金を出す」

人込みの中から、声がかかる。

「いくら出すつもりだ」

「一人当たり、十ドルだ」

トライスターの返事に、別の声が飛んだ。

「たった十ドルで、命を賭けられるもんか」

トライスターに代わって、エドナ・マキンリーが呼びかける。

「一人当たり、五十ドルでどうでしょう。報奨金はすべて、わたしが払います。十年前、コマンチにさらわれたわたしの娘を、たった今取りもどせるか奪い返されるかの、瀬戸際なのです。力を貸してください」

五十ドルと聞いて、あちこちから手が上がった。

「おれが行く」

「おれもだ」

カウボーイの、一か月分の給料を軽く上回る額だから、それも当然だろう。たちまち、十人の援軍が集まった。

トライスターが、勝ち誇ったようにエドナに言う。

「これでもし、エミリが無事にあんたの手元にもどったら、例の約束を当てにしてもかまわんだろうね」

この男は、また臆面《おくめん》もなく褒美として自分と結婚してもらいたい、とほのめかしているのだ。

エドナはためらい、顔をそむけた。

「考えておきます」

トゥサンのときと同じように、今度もはっきり拒否することはせず、返事を濁す。そんな約束などした覚えはない、となぜ突っぱねないのだろう。いくらエミリのためとはいえ、もどかしくてならなかった。

人の気も知らぬげに、エドナはストーンに目を向けた。

「レストランで、お勘定をすませてくるわ。出発の準備をしておいてね」

そう言い残して、ホテルの階段を駆けのぼる。

ラモン・サンタマリアが、厩舎からわたしたちの馬を、引いて来た。ジャスティ・キッドの馬だけは、長丁場を走ったあとなので取り替えたらしく、別の馬になっている。

トライスター牧場のカウボーイも、自分たちの馬をそれぞれ新しい馬と交換し、鞍をつけ替えてもどった。

勘定をすませたエドナは、ウォレンをスパイクス保安官に託すために、保安官事務所へ連れて行った。

エドナがもどると、わたしたちはジャスティを先頭に立てて、町を出発した。

気がはやるのか、エドナはしばしば一行の先頭に立ちたがり、ストーンに制止された。

四十五分後に、目的地に着いた。

馬を止めたジャスティが、行く手の丘を指し示す。

「あの丘の向こうだ」

「よし、突撃しよう」

トライスターが、勇んで馬首を立て直すのを、ストーンが制した。

「待て、ミスタ・トライスター。先にジャスティをやって、様子を見させた方がいい。ジャスティ、丘の上から合図してくれ」

「分かった」

ジャスティは馬に拍車をくれ、丘の斜面を一気に駆けのぼって行った。

頂上の少し手前で馬をおり、腹這いになって丘の向こう側をのぞく。ジャスティは、こちらがじりじりするほど長い間、そうしていたように思えた。

銃声も叫び声も、聞こえてこない。しんと静まり返っているのが、むしろ不気味だった。

やがて、ジャスティはのろのろと体を起こし、脱いだ帽子をあおってこっちへ来い、というしぐさをした。

わたしたちは、いっせいに馬の横腹を蹴り、丘を駆けのぼった。

そばに行くと、ジャスティはエドナとわたしの馬の手綱を取って、その場に引き止めた。

「奥さんとジェニファは、そばへ行かない方がいい」

「どうして」

エドナは馬をおり、丘の向こうをのぞこうとした。

先に、馬の上から様子を見ていたストーンが、引き返して来てエドナに言った。

「ジャスティの言うとおりだ、エドナ。わたしたちだけで、様子を見てくる。ジェニファと、ここで待っていてください」

わたしも馬をおり、エドナの肩を抱いた。

「ここで待ちましょう。エミリがいたら、トムが連れて来てくれるわ」

ストーンを先頭に、トライスターもレナード・ワトスンも、報奨金目当てにやって来た町の男たちも、馬に乗ったまま丘の反対側をくだって行った。

エドナとわたしは頂上に出て、麓《ふもと》に広がる窪地を見下ろした。岩に囲まれた、いかにもキャンプを張りたくなるような、草の生えた窪地だった。

そこに、ばらばらの姿勢で倒れ伏す、男たちの姿が目に映った。馬は一頭もいない。

男たちの体には矢が刺さっており、だれも生きているようには見えなかった。どうやら、コマンチの猛攻を支え切れず、全滅したらしい。

数えると、男たちは八人いた。トライスターが、窪地に残して来たと言った部下の数と、一致する。

しかし、エミリらしい少女の姿は、どこにもなかった。

エドナの肩が、腕の中でこわばる。

「エミリ、エミリ」

うめくように繰り返し、そのまま斜面を駆けおりようとした。

わたしは、それを必死に引き止めた。

「しっかりして、エドナ。あそこに倒れている中に、エミリはいないわ」

「だとしたら、またコマンチに連れていかれた、ということね」

「ええ。でも、エミリが生きていることは確かだわ」

エドナは、へなへなと草の上にくずおれた。顔をおおい、肩を震わせる。

わたしは、エドナの背中をさすりながら、下の様子を眺めた。

トライスターとワトスンが、殺された仲間の死体を一人ずつ検分する間、雇われた男たちは手持ち無沙汰《ぶさた》に、そのあたりをうろうろしていた。

ストーンとジャスティ、ラモンの三人は、窪地の西側と南側に広がる別の丘にのぼって、その周辺を調べ始める。

トライスターが、コマンチに〈取り囲まれた〉と言ったのは、言葉のあやだった。南側の丘には岩がいくつかあり、そこからコマンチが下の窪地を攻撃したことは、容易に想像がついた。上と下とどちらが有利かは、素人にも分かることだ。トライスターたちは、いちばん悪い場所に、キャンプを張ったのだった。

北側は、吹きさらしの緩やかなのぼりの斜面で、逃げようとしてもなんの遮蔽物《しゃへいぶつ》もないため、格好の標的になるだろう。この窪地から、たとえ三人だけでもよく脱出できたものだ、と感心する。

ストーンたちが、馬を引いてもどって来た。

「トライスターの部下は、全員コマンチに殺された。わたしが言った、斜め上に矢を放つ戦法で、やられたのだ。窪地に隠れたのが、敗因だった」

ストーンの説明に、エドナがすがるような目をして、問い返す。

「エミリは、どうなったかしら」

「分かりません。現場の様子からすると、トライスターの部下たちはエミリを差し出して、休戦を求めたんじゃないかと思う。しかし、コマンチはエミリを取り返しただけでは、満足しなかったらしい。キャンプで、彼らに仲間を何人も殺されているから、その報復をしたんです」

「ひどい」

　頬を押さえるエドナに、ストーンはにべもなく言った。

「それほどでもない。頭の皮をはがれていないし、死体も傷つけられていませんからね。コマンチは、ほんとうはそうしたかったのだろうが、おっつけ救援が来ることを察していたので、手抜きをした。とどめを刺したあと、馬だけ奪って逃げたのだ」

　エドナは、吐き気をこらえるように、口に手を当てた。

　ジャスティが口を開く。

「サグワロとおれは、西側の丘のはずれに隠れていたんです、奥さん。そこの砂の上に、北を向いた矢印が描いてあった。コマンチは北へ向かった、という意味だと思います。サグワロは、そのあとを追って行ったに違いない」

　エドナの顔に、わずかな希望の色がもどる。

「サグワロが、コマンチのあとを追って行ったのは、エミリがまだ生きているからね」

　念を押すような口調だった。

「もちろんですよ、奥さん」

　ジャスティが、エドナを元気づけるように、力強くうなずく。

「それじゃ、すぐに出発しましょう」

ストーンが、エドナの腕を取った。

「あわてではいけないよ、エドナ。ウォレンを置いて行く気かね」

エドナははっとして、唇を引き結んだ。

ストーンが続ける。

「それだけじゃない。新しく買い込んだ食糧やロバも、町に置いたままだ。もう一つ、戦いにはならなかったが、町の連中に報奨金を払う必要がある。約束どおり払うかわりに、馬の後ろにトライスターの部下の死体を乗せて、町まで運ばせましょう」

エドナはため息をつき、納得したようにうなずいた。

しかしすぐに、不安げな顔でストーンを見る。

「でも、そんなに遅れて、サグワロに追いつけるかしら」

横から、ラモンが口を出した。

「わたしがここから、サグワロのあとを追います。彼のことだから、何か目印を残してるでしょう。かならず、見つけます」

ストーンがうなずく。

「頼むぞ、ラモン。もし、わたしたちが追いつけなかった場合は、三日後の昼にあんたでもサグワロでもいいから、アルバカーキの町へ連絡に来てくれ。そこで落ち合って、もう一度追跡地点へもどることにする」

わたしたちは、ラモンが北へ駆け去るのを、見送った。

それからストーンは、町の男たちを指揮して死体の収容を始めた。

トライスターは、さすがにショックを受けたとみえて、口もきかない。ワトスンだけが、何ごともなかったように、ふてぶてしい笑いを浮かべていた。

エドナが、お義理のようにトライスターに、声をかける。

「理由はどうあれ、あなたがエミリを取り返そうとしてくださったことに、お礼を言います。でも、これ以上死人を出すようなやり方は、控えていただきたいわ」

トライスターは、返事をしなかった。

かわりに、ワトスンが言う。

「そうはいかないぜ、ミセス・マキンリー。おれたちは、コマンチに仲間を八人も殺されてるんだ。ほっとくわけにはいかねえよ」

わたしは、横から口を出した。

「それは、あなたたちがむやみやたらに、コマンチを殺したからよ。女までもね」

ワトスンは鼻で笑い、さっさと馬に乗った。

わたしたちは、重い気持ちを抱いたまま、ソコロの町へ向かった。

26

五月十日。

わたしたちは、ソコロからリオ・グランデ沿いに八十マイルほど北上し、アルバカーキの町に到着した。

アルバカーキは、どれくらい長い歴史を持つのかは知らないが、ソコロよりはるかに大きな町だった。スペイン人が建設した町らしく、その趣を伝える建物が数多く残っている。

部下を失ったマキシム・トライスターは、それであきらめるような男ではなかった。

トゥサンへ電報を打って、ただちに牧場から新手の捜索隊を呼び寄せる、と宣言した。援軍が到着するまでソコロの町で待機し、そのあとあらためてコマンチの追跡を再開する、という。

だいぶ遅れをとることになるので、とてもわたしたちやコマンチに追いつけるとは思えなかったが、トライスターはあきらめる気などないらしい。そうまでして、エドナ・マキンリーとマキンリー牧場を手に入れたいのかと、わたしはあきれるよりも半ば感心した。

そんなわけで、アルバカーキにはいったのはエドナ、ウォレンのマキンリー母子とトム・B・ストーン、ジャスティ・キッドにわたしの、五人だけにすぎなかった。サグワロは、北へ向かったコマンチを単身追跡中で、ラモン・サンタマリアはそのサグワロと連絡をつけるため、やはりあとを追っている。

もっともラモンは、サグワロに追いついた段階でコマンチの目指す進路を確認し、アルバカーキへ回ってわたしたちと落ち合うことになっていた。

それが、この日の昼の予定だった。

大きな町なので、うまくラモンと落ち合えるかどうか、不安がないではなかった。

しかしストーンの提案に従い、町一番の大きなホテルのレストランで食事をしていると、昼過ぎにラモンが約束どおり、姿を現した。

ラモンは、ホテルの外でひととおり土ぼこりを払ったらしいが、それでも歩くたびにフロアに砂をまき散らし、ほかの客の顰蹙《ひんしゅく》を買った。不精髭が頰まで伸び、シャツも汗に濡《ぬ》れている。

ストーンは、ラモンのためにもう一人分昼食を注文し、その前にビールを飲ませた。

それから、おもむろに聞く。

「サグワロと会えたか」

ラモンは、髭についたビールの泡をぬぐい、うなずいた。

「ええ。アルバカーキの東約七十五マイル、ラスベガスの南約三十マイルの地点で、追いつきました。昨日の、午後三時ごろです」

そう言って、ポケットから折り畳んだ地図を取り出し、テーブルに広げる。

ストーンは、食器を適当に移動させて、地図を平らに伸ばした。

地図の見方には慣れていないし、そもそもそれは地図というより略図に近いしろものなので、大きな町の位置関係くらいしか分からない。

アルバカーキは、真四角に近い形をしたニューメキシコ準州の中央部から、北西へ七十マイルほどのぼったところに、位置している。そこから、さらに進路を北東にとって約五十マイル行くと、州都のサンタフェがある。

ラスベガスは、そのサンタフェから東へ四十マイルほど離れた、やはりスペインに縁のある名前の町だ。そもそも、ニューメキシコ準州はスペイン人が最初に開拓し、その後メキシコの支配下にはいった土地柄だから、その影響が強く残っているのだった。

ラモンが示した地点の周辺に、町らしい町は一つもない。ただ、東のテキサス州へ向けて延びる駅馬車のルートが、書き込んであるだけだった。問題の地点は、その駅馬車ルートとペコス川がちょうど交差するあたり、とだいたいの見当がつく。

ペコス川はリオ・グランデとともに、ニューメキシコを南北に縦断する二大河川の一つで、二つの流れはテキサス州とメキシコの国境付近で、合流する。

いずれにせよ、ラモンがサグワロに追いついてから、すでに丸一日近く過ぎているので、コマンチとの差はさらに広がったはずだ。

ストーンが、地図を指で叩いた。

「コマンチは、ペコス川を渡ったのか」

「ええ。わたしがサグワロに追いついたとき、ちょうど川を渡るところでした。というか、渡りながら魚を獲《と》っていました。彼らは、あまり好んで魚を食べる方じゃありませんが、やはり食糧が不足してるんでしょう」

「渡ったあと、どうした」

「進路を北にとりました」

ストーンは、顎をなでた。

「サンタフェとラスベガスの間には、長大なロッキー山脈の一部をなす、サングレ・デ・クリスト山脈が、せり出している。コマンチはそれを避けて、ラスベガスの東側の平原に出るつもりだろう」

ラモンがうなずく。

「わたしも、そう思います。だいぶ前、テキサスのサンアンジェロから牛を追って、ワイオミングのシャイアンまで、旅をしたことがあります。サンアンジェロから真西へ向かって、ペコス川を越えたところでニューメキシコにはいり、川沿いに北上するんです。さらに、ペコス川をはずれたあとカナディアン川を渡り、川沿いに北上してコロラドを縦断しました。州境を越えてワイオミングにはいると、すぐにシャイアンの町です」

　ストーンが、あとを引き取った。

「チャールズ・グッドナイトが開いた牛の輸送路、いわゆるグッドナイト・トレイルだな」

「そうです。コマンチも、そのルートに沿って北上するつもりでしょう。かなり遠回りにはなりますが、ロッキー山脈を縦断するよりはるかに楽ですし、水と食糧の補給も比較的簡単です」

　ストーンはエドナ、ジャスティ、わたしを順に見ながら、説明を続ける。

「ラスベガスから、コロラドとの州境にあるラトン峠の先までは、およそ半世紀前に開かれた交易ルート、サンタフェ・トレイルもある。山道でかなりきついが、コマンチについて行くためには、そこをたどるしかないだろう」

　エドナが、指を立てる。

「わたしはだいじょうぶよ」

　ウォレンも口を出した。

「ぼくだって」

「コマンチが、グッドナイト・トレイルを西へそれてラトン峠へ回る、という可能性はないかしら」

　わたしの質問に、ジャスティは地図をのぞきながら、もっともらしく応じた。

「コマンチはラトン峠を避ける、とおれは思う。まっすぐ、グッドナイト・トレイルの平原を行けば、生き残りのバファローと出くわすことだって、ないわけじゃない。そうすれば、食糧も確保できるしな」

ストーンが、感心したようにジャスティを見る。

「わたしも同じ意見だ、ジャスティ。だいぶコマンチのことが、分かってきたようだな」

珍しくほめられたので、ジャスティはとまどったようだった。

「おれだって、ただみんなのあとをついて行くだけじゃないですよ、ミスタ・ストーン」

「分かってるさ。ところで、わたしのことをミスタ・ストーンと呼ぶのは、これっきりにしてくれ。ただのトム、でいいよ」

ジャスティは、自分がストーンから正式に仲間として受け入れられた、と悟ったらしい。

「オーケー、トム」

そう応じた声が、はずんでいた。わたしも、うれしくなった。

エドナが、口を開く。

「ところでわたしたち、どのあたりでコマンチに追いつけるの」

「今言ったとおり、サンタフェとラスベガスの間の山道をたどって、ラトン峠を目指します。かなりの強行軍になるし、それほど簡単にコマンチに追いつけるとは言いませんが、一日分くらいの差は取りもどせると思う。それでも最短で二週間、へたをすれば三週間はかかるもの、と覚悟してください」

ストーンの返事に、エドナは落胆を隠さなかった。

それから、自分を元気づけるように言う。

「サグワロのあとを、うまく追跡できるといいけれど」

わたしは、エドナを見た。

「だいじょうぶ。サグワロには以前、インディアンがあとから来る仲間のために残す、いろいろな目印の作り方を教えておいたから、心配はいりません。ラトン峠を越えて、グッドナイト・トレイルに進路を移したら、すぐにそれを探します」

ラモンが、エドナを安心させるように、力強くうなずく。

「そのとおり。わたしが追ったときも、サグワロは石を重ねたり草を結んだり、木の幹に刻みをつけたりして、ちゃんと目印を残していました。だいじょうぶ、見失うことはありません」

わたしたちは、その日の午後ホテルの部屋を借りてバスを使い、体を休めた。

コマンチに射られた左肩の矢傷は、万能薬のローズバッド軟膏が効いたらしく、ほとんど治ってしまった。

久しぶりに新聞を読もうと、一人でロビーにおりる。

ホテルに保管された、アルバカーキ・スター紙の半年分の綴《つづ》りを借りて、ざっと目を通した。

　途中で、おりて来たジャスティが隣のソファにすわり込み、わたしにおもしろそうな記事を読んでくれ、と注文をつける。

　ジャスティは、自分の名前くらいは書けるらしいが、読み書きが苦手のようだった。わたしが新聞を読むときは、分かるように声を出して読んでくれ、と言う。

　はっきり口にはしないが、ジャスティの興味は殺人や強盗事件の報道にあり、解決した場合は犯人の素性や経歴、未解決の場合は目撃者による犯人情報などを、しつこく知りたがった。

　むろん、自分の両親を殺した犯人につながる手がかりを得たい、という藁をもつかむような気持ちが、そうさせるに違いないのだ。

　もっとも、ジャスティの注文に応じるだけでは気が滅入るので、ときどきなんの関係もないニュースも読み上げる。

「この三月に、アリグザンダー・グレアム・ベルという人がテレフォンの特許を、取ったんですって」

「なんだい、そのテレフォンってのは」

「この記事によると、遠くで話す人の声が耳元で聞こえる、便利な道具らしいわ」

「ははあ。よっぽど声のでかいやつを雇って、かわりにどならせるに違いねえな」

ジャスティは、そうに決まっていると言わぬばかりに、一人でうなずく。

そんなはずはないと思ったが、わたしにもその仕組みは分からなかった。なんでも、モールス符号のかわりに人間の声がそのまま、電線を伝って相手に届くらしい。それがほんとうなら、すごい発明だ。

四月上旬の新聞。

「ベースボールが、公式戦を行なったって書いてあるわ」

「ベースボール。なんのことだい」

「さあ。ナショナル・リーグの、初めての公式戦ですって。ボールを使ったスポーツみたいね」

添えられた写真を見ると、顔に格子《こうし》のついたマスクをかぶってすわる男の斜め前に、別の男が先の太い棒を構えて立つ姿がある。何をしようとしているのか分からない。

ジャスティは、おもしろくなさそうに言った。

「ほかに何か、おもしろい事件がらみのニュースは、ないのか」

ベースボールの写真の下に、カンザス州ウィチタのワイアット・アープという保安官補が、選挙を控えた対立陣営の保安官候補者を殴り、市から解雇されたという記事が載っていた。

それを読んで聞かせると、ジャスティは興味を引かれたように、体を起こした。

「ワイアット・アープなら、おれもウィチタで会ったことがある。一年ほど前だがな。そのときアープは、すでに保安官補になっていた。妙に行ないすました、それでいて横柄《おうへい》な野郎だった。いつもは冷静なのに、かっとなったときは徹底的に相手を叩きのめす、恐ろしい男さ。その記事の男を殴ったときも、きっとそうだったんだろうな」

ワイアット・アープと、何年かのちに関わりを持つことになろうとは、そのときは想像もしなかった。

食糧、水などを補給してアルバカーキを出発したのは、翌朝十時のことだった。

27

わたしたちは、アルバカーキから駅馬車のルートに沿って、東へ向かった。

その日は、午後から雷を伴った猛烈な雨が降り、あまり距離が稼げなかった。

雨は、ようやく日暮れ近くになってやんだが、草原も砂地も水浸しになった。たまたま、小さな岩山の裾に乾いたままの洞穴を見つけ、そこで一晩過ごすことにする。

翌朝は、日の出とともに出発した。

その日トム・B・ストーンは、三日前ラモン・サンタマリアがサグワロに追いついた、という地点のだいぶ手前と思われる草原の岩場で、日暮れ前に早ばやと野営を決めた。

そのかわり、翌日はまだ日がのぼり切らぬうちにキャンプを畳み、進路を北へ変えた。食糧や水の補給のため、ラスベガスの町に一時間ほど立ち寄っただけで、そのまま北上を続ける。休憩時間を短縮する、かなりの強行軍になった。

その間、ジャスティ・キッドはウォレンに拳銃の撃ち方や、ナイフの使い方を教えた。

例の『トム・ソーヤーの冒険』は、おもしろくてとうに読み終わってしまったが、ウォレンにせがまれてさわりの部分だけ、何度も読み聞かせるはめになった。

四日目の昼に、東側にそびえるターキー山塊の麓に設営された、ユニオン砦という大きな騎兵隊の駐屯地に、たどり着いた。

その砦も、主力部隊が北部のインディアン討伐に駆り出され、大きさのわりに留守部隊の数は多くない。しかし、騎兵連隊のほかに歩兵大隊、砲兵大隊がいて、陣容としては頼もしいものがあった。

隊長のアンドルー・フェントン将軍は、丹念に刈り込んだ銀色の頰髭《ほおひげ》をしごくのが癖の、威風堂々たる軍人だった。

フェントン将軍は、ストーンやエドナからだいたいの事情を聞くと、その朝砦へもどったパトロール部隊の指揮官、フランク・ハケット少尉を呼んだ。

ハケット少尉は、丸顔に口髭を生やした愛嬌《あいきょう》のある男で、興味のある情報をもたらした。

「昨日の午後、ここから北東へ二十マイルほどの地点で、鉄道会社の調査隊と遭遇したのです。この二月下旬に、カンザスからコロラドのエル・プエブロまで延びて来た、アチスン・トペカ鉄道会社の連中でした。彼らはその路線を南下させて、ニューメキシコのサンタフェまで延長するため、調査に来ていると言いました。彼らの話によると、同じ日の早朝カナディアン川の西側でキャンプを畳んでいるとき、妙な格好をしたインディアンのような男と出会った、ということでした」

「妙な格好とは」

ストーンが聞き返すと、ハケット少尉はちょっと考えた。

「黒い革のベストを着て、黒いテンガロンハットをかぶった、どちらかといえば小柄な男だったそうです。背中に、サーベルらしきものを背負っていた、とか」

ストーンは、わたしを見てうなずいた。

「サグワロだな」

わたしもうなずき、少尉に問いかけた。

「その人は、わたしたちの仲間のサグワロ、という日本人です。鉄道会社の人たちは、彼と何か話をしたようですか」

日本人と聞いて、少尉はちょっととまどった。

「ええ。かなり、癖の強い英語だったらしいですが、話は通じたようです。川の東側に、北上中のコマンチのゲリラ部隊が、前夜キャンプを張っていた。もう出発したはずだが、念のため気をつけるように言われた、とのことでした。わたしは下士官とも相談した結果、だいぶ時間があいてしまったこともあり、またこちらは一分隊だけの少人数編制でしたから、追跡をあきらめました。そのかわり、帰営したあとでコロラドのラス・アニマス郡の各砦に、警戒するよう電信で知らせました」

ストーンが、ラモンに目を向ける。

「トライスター一味の奇襲で、コマンチは何人くらいやられたんだったかな」

「やられたのは、年のいった者と女子供がほとんどでしたから、戦力的にはさほど響かないでしょう。戦士の数は、まだ二十五名くらい残っています」

ストーンは、眉根を寄せた。

「今度は向こうも警戒しているから、奇襲戦法は通じないだろう。こちらも人を雇って、力と力で行くしか方法はないな」

エドナが、割ってはいる。

「真正面からの戦いになったら、エミリの命が危なくなるわ。ほかに、何か手立てはないの」

「雇った連中が、コマンチの注意を引きつける間に、わたしたちが責任をもって、エミリを救い出します」

「でも、どこの馬の骨とも分からない無法者を雇うのは、危険すぎないかしら。それならば、いっそトライスター牧場の人たちの手を借りた方が、ましなような気がするけれど」

　それを聞くと、黙っていられなくなった。

「それでもし、エミリを助け出すことができたとしても、トライスターと結婚しなければならなくなりますよ、エドナ」

　エドナは、わたしを見た。

「彼も、自分を愛してもいない女と結婚する気は、起こらないと思うわ」

「でも、彼が報奨金だけでおとなしく引っ込むとは、とうてい考えられないわ」

「その場合は、彼に牧場を引き渡すつもりよ。牧場さえ手にはいれば、わたしのことはあきらめるはずだわ」

　わたしは、エドナの言葉が信じられず、顔を見直した。

「本気なの、エドナ。亡くなったご主人と一緒に、苦労してあそこまで大きく育てた牧場を、そんなに簡単に手放していいんですか」

「エミリの命には、代えられないわ」

　きっぱり言うエドナに、わたしは口をつぐむしかなかった。

　ラモンが、珍しく抗議する。

「奥さん。おれは、トライスターの下で働く気は、ありませんよ。牧童頭のハリーも、ほかのカウボーイたちも、同じだと思います」

エドナは唇を引き締め、複雑な表情をした。

「お金で解決できるように、最大限の努力はするつもりよ」

ストーンが口を開く。

「トライスターはアリゾナの牧場から、新手の応援を呼び寄せると言いましたが、日にちがかかりすぎる。それを待っていたのでは、コマンチはもちろんわたしたちにも、追いつけないでしょう」

エドナはいらだちを隠さず、ストーンにほとんど食ってかかった。

「それじゃ、どうしろと言うの」

「前にも言いましたが、コマンチを視野に収めるまで追いついたら、わたしなりラモンなりがひそかに彼らを追い越し、行く手に控えるどこかの町へ先乗りして、人手を集めるんです。待ち伏せ隊と後続部隊が、協力してエミリを奪回します」

ラモンが、ぴんと人差し指を立てた。

「コマンチを、挟み撃ちにするわけですね」

「そうだ。待ち伏せ隊の攻撃を受けて、コマンチが右往左往する間に後続部隊が飛び込み、エミリを救い出す。たとえ、エミリがいやがったり暴れたりしても、とにかく連れもどすんだ」

ラモンが、ストーンにうなずきかける。

「人手を集めて、コマンチを待ち伏せする役は、おれが務めましょう。エミリの救出は、お任せします」

ストーンは、了解を求めるようにエドナを見た。

エドナが、肩をすくめる。

「いいわ。とにかく、コマンチに追いつくのが先決ね」

ハケット少尉が、そばから言う。

「その時点で、近くに砦があるようでしたら、応援を求めてください。事前に、状況を電信で伝えて、協力を要請しておきます」

ストーンは地図を取り出し、テーブルに広げた。

「ちなみに、鉄道会社の調査隊がわたしたちの仲間と出会ったのは、どのあたりだと言っていましたか」

少尉は地図の上にかがみ込み、人差し指を走らせた。

「わたしの部隊が、調査隊と出くわしたのがここですから、彼らがそのサグワロなる男と遭遇したのは、このあたりでしょう」

少尉が示したのは、ユニオン砦から北東へ三十ないし三十五マイル、葉脈のような支流が集まるカナディアン川の、西側の河岸だった。

コマンチは、それを越えた東側にキャンプを張り、昨日の朝夜が明けるとともに川に沿って、北上を開始したと思われる。そこからコロラドとの州境まで、およそ五十マイルほどの距離だった。

ストーンによれば、わたしたちはコマンチのルートより十数マイル西の、ラトン峠を越えてコロラドにはいることになる。ユニオン砦から峠まで、ざっと八十マイルはある。

今ごろ、コマンチの一行はすでにコロラド準州に、はいっているに違いない。のんびりしている暇はない。

砦の食堂で、タマネギと豆ばかりの昼食を振る舞われたあと、わたしたちは出発した。

ストーンの説明によると、サンタフェ・トレイルは牛の輸送路ではなく、東部と西部をつなぐ交易ルートだそうだ。

東部の商人が最初はロバに、やがては大型のワゴンに衣類、糸や針などの縫製用具、手《て》斧《おの》、釘《くぎ》にシャベル、その他開拓生活に必要な日用雑貨を積んで、西部に運び込んだ。そして帰りには、逆に西部の特産品である毛皮、革製品や木工品を東部に持ち帰った、という。

ミズーリ州オールドフランクリンに発し、カンザス州を横断するこのルートは、ダッジシティの先のシマロンで、二つに分かれる。コロラド準州の南東の隅をかすめ、斜めにニューメキシコ準州にはいるシマロン・カットオフ（近道）と、一度コロラドにはいってからラトン峠経由で南下する、マウンテン・ブランチ（間道）の二ルートだ。

わたしたちがたどるのは、そのうちのマウンテン・ブランチの方だった。

ほんとうに、大型の幌馬車が通れるのかと疑いたくなるほど、しだいに道が険しくなる。それでもわたしたちは、丸二日で州境に到達した。かなりの強行軍だったが、幸い好天に恵まれたので、なんとかやってのけることができた。

州境にまたがるラトン峠は、標高七千八百フィートを超える高さだ、とあとで聞かされた。そこまで登ると、気温も五度くらいは下がったように、涼しく感じられた。

峠を越えたあと、わたしたちは進路を東に変えて徐々に山地をくだり、グッドナイト・トレイルの走る平原に出た。

エドナとウォレン、それにわたしが湧き水のほとりで待機している間に、ストーン、ラモン、ジャスティが三方向に分かれて、サグワロの残した目印を探しに行った。見つかっても見つからなくても、三十分でもどるという約束だった。

全員の水筒を満たし、馬にも水を飲ませているところへ、ジャスティがもどって来た。まだ、二十分もたっていない。

ジャスティは、興奮した口調で言った。

「目印らしきものを見つけた。みんなに、確かめてもらいたい」

ストーンとラモンがもどるのを待ち、そろってジャスティのあとについて行く。

群生するセイジブラッシュ（ヤマヨモギ）の間に、差し渡し一フィート足らずの石があり、その上に一方がとがった小さな石が、置いてあった。とがった石の先は、真北を向いていた。

　ジャスティが言う。

「自然にこういう格好になったのか、サグワロがこんな風に石を置いたのか、どっちだろう」

　わたしは、石の上にかがみ込んだ。

　小さな方の石の脇に、細く光るものを見つけて、つまみ上げる。

「サグワロに間違いないわ。これは、彼がいつもベストの襟に刺している、吹き針よ」

　ストーンも、わたしの指先をのぞき込んで、うなずいた。

「そうだ、間違いない。これは、サグワロの目印だ。コマンチは、まっすぐ北上している」

「どれくらい前かしら」

　エドナが言うと、ラモンは黙って砂の上にひざまずき、ぱさぱさに乾いた泥のようなものを、つまんでほぐした。

「これは、サグワロがわざとここに残して行った馬糞ですよ、奥さん。この乾き具合からして、四十八時間ないし六十時間ほど前だ、と思います」

　エドナは額を押さえ、その場にしゃがみ込んだ。

「まだ二日分、あるいは二日半も、遅れているのね」

ストーンが、その肩に手を置く。

「悲観することはありませんよ、エドナ。ラトン峠を越えたからこそ、その程度の遅れですんだのです。これから、一日三時間をめどに差を詰めて行けば、十六日ないし二十日間で追いつく計算になる」

エドナは、すっくと立ち上がった。

「一日六時間詰めれば、八日から十日間ね」

ストーンは苦笑した。

「そんなにがんばったら、こちらがまいってしまう。しかし、やれるだけやってみましょう」

わたしたちは、ふたたび馬に乗った。

28

コロラド準州にはいり、北へ六十マイルほどのぼったころ。

サグワロの目印をみつけて、丸一日がたっていた。

トム・B・ストーンは、サドルバッグの中に西部の主な州、準州のおおまかな地図を持っており、それをときどき一行に示して進路を説明した。

コロラドの地図によると、わたしたちはほどなくパーガトワー川という、フランス風の名前がついた川にぶつかる。それに沿って北上すると、やがて東のカンザス州へ流れ込むアーカンソー川に、合流することになる。

その合流地点の近くに、ライオン砦という古い砦がある。ちょうど十年前に、キット・カースンという有名な開拓者兼スカウト(斥候)が、そこで死んだそうだ。

パーガトワー川を渡ったところで、山の端《は》に日が傾き始めた。

ストーンは、半マイルほど北に見える川沿いの岩場を、指さした。

「あの岩場の陰で、キャンプを張ろう」

わたしたちも馬も疲れ切り、並足でゆっくりと川沿いに進んだ。

岩場の百ヤードほど手前に来たとき、突然向こう側から立て続けに銃声が鳴り響き、かすかな悲鳴が聞こえた。

わたしたちは、叩き起こされた犬のように飛び上がり、いっせいに馬に拍車を入れた。

ストーンが、鞍上《あんじょう》で振り返る。

「エドナ。ウォレンと一緒に、あとから来てください。岩場には近づかないように」

そう言い捨て、真っ先に駆けて行く。

わたしもフィフィに鞭をくれ、ストーンのすぐあとに続いた。

ストーンは馬を駆りながら、鞍の革鞘からウィンチェスター銃を抜き取り、片手でくるりと回した。わたしにはできない芸当だ。

岩場の角を曲がると、そのさらに百ヤードほど先に馬に乗った人影が三つ、夕日を浴びてぐるぐる回る姿が見えた。

わたしたちに気づいたらしく、いきなりこちらを向いてライフルを乱射する。

ストーンは急停止し、馬から飛びおりて岩陰に飛び込んだ。わたしたちも、それにならう。

三人の人影は、馬に乗ったまま猛烈な勢いでライフルを撃ちまくり、こちらに撃ち返す余裕を与えない。

岩の隙間からのぞくと、相手は三人とも黒の帽子に灰色のロングコートを、着込んでいる。その体格や身のこなしから、男だということはすぐに察しがついた。しかし、いずれも目の部分だけ穴のあいた、白い袋のようなものをかぶっているせいで、人相はまったく分からない。

銃声がやんだので、わたしたちは岩陰から飛び出した。

三人の男たちは、ロングコートを鞍上にはためかせながら、早くも逃げ去っていくところだった。

ストーンは、追跡しようと馬に飛び乗ったジャスティ・キッドを、手を上げて押しとどめた。

「待て、ジャスティ。もう日が暮れるし、われわれにはよけいな追跡をして、時間をむだにする余裕はない」

「しかし、何も言わずにぶっ放すとは、とんでもないやつらだ。妙な覆面をしやがって、いったいだれだろう」

「あんな格好をするのは、駅馬車強盗か銀行強盗と相場が決まっている」

わたしは、ストーンに言った。

「こんな場所を、駅馬車が走っている様子はないし、見たところ銀行も店を出してないわよ」

ストーンは、めんどくさそうに手を振った。

「それじゃ、ただの山賊だろう」

そのとき、同じように馬に乗ったラモン・サンタマリアが、声をかけてきた。

「あそこに、だれか倒れているみたいですよ、ミスタ・ストーン」

ストーンは振り向き、三人の男たちがぐるぐる回っていた岩場のあたりに、目をこらした。

その視線の先を追うと、確かにだれかが倒れているようだった。

「よし、行ってみよう」

ストーンの一言で、わたしも馬に乗った。

エドナ・マキンリーとウォレンを待って、一緒にストーンたちのあとを追う。

追いついたときには、例の覆面三人組はとうに夕闇の中に、姿を消していた。

岩の陰に倒れていたのは、インディアンの若者だった。しかも、その外見や着ているものから判断して、コマンチのように見える。

わたしは馬をおり、若者のそばに膝をついた。ライフルで撃たれたらしく、右の二の腕と左の太ももから、出血している。

不思議なことに、意識がない。頭を打った様子もないのに、この程度の傷で意識を失うというのは、解《げ》せなかった。

ためしに額に手を当てると、すごい高熱だった。

意識がないのは、撃たれたためではなく病気のためらしい、と目星がつく。

馬をおりたストーンが、頭の上で言った。

「コマンチか」

「ええ。病気みたい。傷そのものは、たいしたことないけれど、すごい熱よ」

「おれたちが追ってる、ゲリラ部隊のやつかな」

「分からないわ」

そのとき、近くの様子を見回っていたラモンが、わたしたちを呼んだ。

「来てくれ。ここに、もう一人いるぞ」

わたしたちは、コマンチの若者のそばにエドナとウォレンを残し、ラモンのところへ行った。

ラモンの指さす岩陰を見ると、すでに五十を過ぎたと思われる女のコマンチが、すっかりおびえ切った様子で、うずくまっている。

敵意というより、不安と恐怖でいっぱいになった目で順繰りに、わたしたちを見上げる。

ストーンが、わたしに言った。

「手話で、何があったのか聞いてくれ」

わたしは、相手を安心させるためにスー族と暮らした経験があること、インディアンに敵意を持っていないことを伝え、まず女がコマンチ族かどうかを尋ねた。

女は、それで不安が消えたわけではないようだが、わたしの手話にいくらか落ち着きを取りもどし、自分が例のコマンチのゲリラ部隊の一員だ、ということを認めた。

名前を聞くと、ひな鳥の尾を意味するしぐさをしたので、チキンテールと呼ぶことにする。

チキンテールによれば、高熱のために意識を失っている若者は自分の息子で、名前はランニングディア（走る鹿）だという。

ランニングディアは、二日前から熱を出して馬に乗れなくなったため、母親ともども仲間に置き去りにされた。レッドイーグル、ブラックエルクに率いられたゲリラ部隊は、北部のシャイアン、スーなどの連合軍に合流するため、やはり北上を急いでいるらしい。

馬一頭を与えられたチキンテールは、トラボイ（馬に引かせるインディアンの運搬用具）に息子を乗せて、遅れながら仲間のあとを追うしかなかった。

そしてこの日、岩陰に野営しようと準備しているところへ、さっきの覆面三人組が突然平原のかなたから現れ、周囲をぐるぐる回りながら遊び半分のように、ランニングディアを標的がわりに撃った。もし、わたしたちが駆けつけなかったら、三人組は間違いなく息子を殺しただろう、とチキンテールは言った。

そこでわたしは、エミリのことを聞いてみた。

チキンテールは、確かに仲間うちにさらわれて来た白人の娘がいる、と認めた。ティヴォペ、と呼ばれているという。

ティヴォペとは、絵文字を書くという意味らしいから、娘はおそらく絵がうまいのだろう。

その話を聞くと、エドナは唇を震わせた。

「そうよ。エミリは、二つになるかならないうちに、絵を描くようになったわ。それも、赤ん坊とは思えないほど、うまいのよ。そのティヴォペこそ、エミリに間違いないわ」

チキンテールによると、ティヴォペはさらわれて来たあと、呪術師《じゅじゅつし》のアグリーベア（醜い熊《くま》）夫婦の養女になり、今も行をともにしている。アグリーベアは、レッドイーグルやブラックエルクに次いで重んじられ、娘のティヴォぺも養い親同様だいじにされる存在だ、という。

わたしたちは、チキンテールを連れてランニングディアのところへ、引き返した。

チキンテールは、ランニングディアが怪我をしているのを見て、叫び声を上げた。

傷口を洗ってから、例のローズバッド軟膏を塗り込み、繃帯《ほうたい》を巻いてやる。

日が暮れてきた。

ジャスティはあたりの様子を見回りに行き、ラモンは枯れ木を集めて火を起こす。

ストーンは馬の鞍をはずし、寝床を作り始めた。エドナとウォレンは、馬を岩陰に引いて行って、逃げないように脚をロープでつなぐ。

しばらくすると、ジャスティが別の馬を引きながら、もどって来た。

後ろに、トラボイを引きずっているところをみると、チキンテールの馬に違いなかった。

チキンテールは、手のひらを下にして両手を突き出し、それを下へ深く沈めた。心から感謝する、という意味だ。

エドナとラモンが、夕食の支度を始める。

ストーンが、わたしを見て言った。

「二人を、このままここへ残して行ってもいい、と思うかね」

わたしは、少し考えた。

「明日の朝、ランニングディアが平熱にもどっていればともかく、もし今のままだったら置いて行くわけにいかない、と思うわ」

ジャスティが口を開く。

「病人とばあさんを連れて、コマンチの追跡なんかできねえぞ。引き離されるばかりだ」

わたしは、ジャスティを睨んだ。

「こんなところへ置き去りにしたら、二人とも死んでしまうわよ」

エドナが、火のそばから声をかけてくる。

「この二人を人質にして、エミリと交換できないかしら」

ストーンは首を振った。

「コマンチはその話し合いに、応じないでしょう。置き去りにするくらいだから」

「だったら、二人を置いてコマンチの追跡を続けるしか、方法はないわね」

エドナが冷淡に言ったので、わたしは少しショックを受けた。

むろん、エドナにとってエミリが大切なことは分かるが、だからといって病気のコマンチとその母親を、この荒れ地に残して行きたくない。

「その場合は、わたしが残ってこの二人のめんどうを見るわ。助かる見通しがつくまで」

わたしが言うと、エドナは微笑んだ。

「そう言うと思ったわ。でも、そのときはわたしとウォレンも、あなたと一緒に残るつもりよ。追跡は、ミスタ・ストーンたちに任せるわ」

エドナが、そこまで考えているとは思わなかったので、誤解したことが恥ずかしかった。

ストーンが、思慮深い顔で言う。

「きみたちの、犠牲的精神はまことに美しいというべきだが、かりにさっきの悪党どもがもどって来たら、今度こそ皆殺しにされる恐れがある。そういう危険は、避けなければならん。このまま、二十五マイルほど北上すると、ライオン砦がある。二人をそこまで連れて行って、あとは砦の連中に任せようじゃないか。居留地へ連れもどされることになるが、この状態では彼らも文句を言うわけにいかんだろう」

わたしはその趣旨を、手話でチキンテールに伝えた。

チキンテールは不安に眉を曇らせたが、砦の兵士にランニングディアの治療をさせることと、丁重に居留地へ送り届けることを保証して、なんとか納得させた。

チキンテールは、コマンチの秘伝らしき薬草を息子に飲ませようとしたが、うまくいかなかった。結局、冷たい水で濡らした布を額に当てるくらいしか、手立てがなかった。

翌朝になっても、ランニングディアの熱は下がらなかった。

そうと分かると、ストーンはすぐに方針を決めた。

「わたしは、エドナとウォレン、それにジャスティと先発して、コマンチの追跡を続ける。ラモンとジェニファは、チキンテール母子をライオン砦へ連れて行き、事情を話して保護を求めるんだ。それから、わたしたちのあとを追ってくれ。目印は、残しておく」

　ストーンたちがいなくなったあと、ラモンとわたしはキャンプの後片付けをすませ、ライオン砦へ向けて出発した。

　チキンテールは、トラボイに寝かされた息子に直射日光が当たらないように、小さな日よけを組み立てた。むろん、馬を並足以上に速く走らせることはできないし、ときどき額の布も替えなければならないので、旅は遅々として進まなかった。

　それでも、その日の夕方六時過ぎには、目指すライオン砦に着いた。

　わたしたちは、守備隊長のトビアス・マクナマラ大佐に事情を話し、二人のコマンチ母子を託した。

　マクナマラ大佐は、ランニングディアをすぐに砦内の診療所に運び、軍医の診察を受けるように手配してくれた。

　しかし大佐は、わたしたちがさらわれたエミリを救出するため、コマンチのゲリラ部隊を追っていると聞いても、さして関心を示さなかった。管轄外のことには、手を出さぬ主義のようだった。

　すでに日暮れに近かったが、ラモンとわたしは砦にとどまることなく馬を駆り、日没寸前までストーンのあとを追った。

　翌朝は、東の空が白み始めると同時にキャンプを畳み、出発した。

やがて、わたしたちはサグワロが残したと思われる石の目印と、そばの砂地にストーンが小石で描いた、〈S〉の字を見つけた。砂をかぶっていないところをみると、それほど時間がたっておらず、せいぜい半日の遅れと思われた。

わたしたちは、勇んで馬を走らせた。

北へのぼるにつれて、左手にロッキー山脈の威容がしだいに迫り、標高が高くなっていくのが分かる。

ラモンが言った。

「あの岩山を過ぎたら、少し休みをとろう」

「そうね。おなかもすいてきたし」

岩山まで、およそ八十ヤードほどの距離に迫ったとき、突然ラモンの乗った馬が前のめりに倒れ込み、同時に銃声が聞こえた。

29

ラモン・サンタマリアは、砂の上に勢いよく投げ出された。

しかし、倒れながらもすばやく鞍からライフルを抜き取り、近くの岩陰に転がり込む。

わたしも鞍から飛びおり、ライフルを引き抜いた。

尻を叩いて、フィフィをその場から追い払い、隣の岩陰に身を隠す。

ラモンが、岩山の左手を銃口で示した。

「あのあたりに、硝煙が見えた。狙い撃ちされたようだ」

「これくらいの距離で的をはずすようじゃ、たいした腕の持ち主とはいえないわね。おかげで、助かったけれど」

口では平静を装ったものの、わたしは内心どきどきしていた。

二発目の弾は、飛んでこない。

「だれかしら、わたしたちを狙うなんて」

「分からない。コマンチの母子を襲った、例の三人組かもしれない」

ラモンはそう応じてから、わたしを見た。

「援護してくれ。岩山の左手から上にのぼって、相手を生け捕りにしてくる」

「無理しないでね。相手は、一人じゃないかもしれないし」

「だいじょうぶ。こういう修羅場には慣れてるんだ」

ラモンは頼もしげに笑い、いきなり岩陰から飛び出した。

待ってましたというように、岩山の上から銃声が起こる。ラモンの体の前で、ぱっと砂煙が立った。

わたしは身を乗り出し、岩山の上を目がけて猛烈な勢いで、ライフルを連射した。岩が派手に砕け散り、相手の銃撃がぴたりと止まる。

そのすきに、ラモンは岩山の麓まで一気に走り、相手の銃の死角にはいった。

わたしは、ガンベルトのループから銃弾を抜いて、撃った分だけライフルに装塡した。コルトSAAと共用の、口径〇・四四インチの銃弾だ。その点に限れば、七三年型のウィンチェスターの連発銃は、使い勝手がいい。

岩陰からのぞくと、ラモンは岩山の左側に張り出した岩棚に取りつき、よじのぼろうとしていた。上にだれがいるにせよ、ラモンの姿は見えないはずだ。

もし、だれかが顔をのぞかせたら狙い撃ちしようと、ライフルを肩に当てて待ち構える。じりじりするような静寂が、あたりを包んだ。岩山のはるか上空を、禿鷹が二羽悠々と舞っている。

そのとき、わたしは足元で何かがちらりと動いたのに、気がついた。

目を落とすと、砂についた右膝のわずか二インチ先に、はさみを高だかと掲げたサソリが見えた。

体から、すっと血の気が引く。たとえパンツの上からでも、サソリに刺されたらただではすまない。へたに動けば、飛びついてくるだろう。

わたしは息を詰め、汗ばんだ手でライフルを握り締めた。一か八か、やってみるしかない。

三つ数え、勢いよく横ざまに体を倒す。

同時に銃声が起こり、今までわたしがうずくまっていた場所に銃弾が炸裂《さくれつ》して、岩のかけらがあたりに飛び散った。

わたしは本能的に、転がったまま背後の岩陰で銃を構えている男目がけて、ライフルの引き金を引き絞った。

たぶん、まぐれだっただろう。男は一声叫んで、後ろに吹っ飛んだ。

わたしは、すばやく起き上がった。レバーを操作して、遊底から空薬莢《からやっきょう》をはじき出し、新しい弾を薬室に送り込む。

銃を構えたまま、慎重に倒れた男に近寄った。

灰色のロングコートを着て、目の部分だけ穴のあいた白い袋をかぶった、例の覆面三人組の一人だった。

弾は、狙ってもめったに当たらない心臓の真ん中を、撃ち抜いていた。

そこで初めて、体に震えがきた。

トム・B・ストーンはつねづね、いつかは殺さなければ自分が殺される状況にぶつかる、と言っていた。そのときが、今やってきたのだった。

初めて人を殺したことに、胸の痛みを感じなかったと言えば、嘘になる。しかし、これは正当防衛なのだ、と自分を納得させた。

この男は、わたしが岩山に気を取られているうちに、横手の草むらからこっそり忍び寄り、卑劣にも背後から撃とうとした。もしサソリに気づかなければ、わたしは一弾のもとに撃ち殺されていただろう。

いわばサソリが、わたしを助けてくれたのだ。

動悸《どうき》が収まるのを待ち、死んだ男のテンガロンハットを取りのけて、覆面を引きはがした。

名前は知らないが、髭面のその男には見覚えがあった。

エドナ・マキンリーは、ソコロの町で金を出して、救助隊員を何人か雇った。わたしが撃った相手は、その中にいた男の一人だった。

あの救助隊は、トライスター牧場の男たちの遺体を、町まで運んだだけだ。そのあと金を受け取り、解散したはずではなかったか。

その救助隊の一員が、なぜ今ここにいるのだろう。

コマンチを見かけて、インディアンに対する憎しみのあまり、なぶりものにしようとしたのなら、なんとなく分かる気がする。しかし、ラモンやわたしまで狙ったのは、なぜだろうか。

そのとき、岩山の方で銃声が一発、鳴り響いた。

わたしは、サソリがどこかへ姿を消したのを確認し、岩陰から様子をうかがった。

それきり、銃声は聞こえてこない。

思い切って岩陰から飛び出し、岩山へ向かって一直線に走る。だれも撃ってこなかった。

わたしは岩棚に飛びつき、上の方に注意しながらよじのぼり始めた。

何度も、ラモンの名を呼んでみようかと思ったが、がまんした。かりに、ラモンが敵の手に落ちたとすれば、声を出して相手に自分の位置を知らせるのは、得策ではない。

それにしても、ラモンがわたしの名を呼ばないところをみると、何かまずい事態が発生したのかもしれない。ラモンは、わたしが敵の一人を撃った銃声を、聞いたはずだ。当然、無事かどうか知りたがっているに違いなく、普通なら呼びかけてくるだろう。

十ヤードほどのぼったとき、大きな岩が行く手に立ち塞がった。

その裾を、時計回りに忍び足で回って行くと、裏側に十フィート四方ほどの広さの、窪んだスペースがあった。

用心しながら、その窪みをのぞき込んだわたしは、どきんとして岩にしがみついた。窪みの中央にラモンが仰向けに倒れ、その胸が血に染まっているのが見えたのだ。

わたしはパニックに襲われ、われを忘れて窪みに駆け込もうとした。

そのとき、ふとストーンがいつも口にする教訓が、耳によみがえった。

「人が倒れているときは、まだ近くに敵がいる可能性がある。あわてて駆け寄るんじゃない」

はやる心を無理やり抑えつけて、あたりの様子をうかがう。

すると、岩山の下の方で馬が走り出す音がして、かすかな砂煙が視野をかすめた。

わたしは岩によじのぼり、岩山の反対側を見下ろした。

灰色のロングコートをひるがえしながら、男が一人馬に乗って東の方角へ駆け去る姿が、目に留まった。テンガロンハットが頭からはずれ、肩のあたりで右に左に揺れている。男は、例の白い袋のような覆面をむき出しにしたまま、平原のかなたへ逃げ去って行った。三人組のうちの、二人目に違いない。最後の一人は、見たかぎりではどこにもいなかった。

窪みにはいり、ラモンのそばに膝をつく。

「ラモン、ラモン。しっかりして、ラモン」

しかしラモンは、すでに息がなかった。わたしが、下で撃ち殺した男と同じように一発で胸を撃たれ、即死したようだった。

わたしは長い間、呆然自失したままラモンの遺体を、見つめていた。

ラモンが死ぬなど、小指の先ほども考えたことがなかったから、大きなショックだった。ストーンやエドナに、この始末をどう説明したらいいか、途方に暮れてしまう。

おそらく、十五分くらいはそうしていた、と思う。

ようやくわれに返り、あたりを調べて回った。残る一人は、どうやらこの場にいなかったらしく、人の気配はまったくない。

窪みの土と砂が、ずいぶん乱れているところからみると、そこでなんらかの争いがあったことは、容易に想像がついた。

少し離れたところに、ラモンのライフルが落ちている。拳銃は、腰のホルスターに収まったままで、抜かれた様子はない。

ラモンは、別に早撃ちというわけではなかったが、拳銃を抜きもせずに撃ち殺されるほど、腕の悪い男ではなかった。もっとも相手がよほどの早撃ち、たとえばレナード・ワトスンのような男なら、話は別かもしれない。

ふと気がつくと、ラモンの左手が白い布切れのようなものを、握り締めている。あまり強く握っているので、抜き取るのに苦労した。広げてみると、白い布のどこかを引きちぎったような、縦横四インチほどの切れ端だった。

どうやら、例の白覆面の一部らしい、と見当がつく。争いのさなかに、ラモンは正体を確かめるために、覆面をはぎ取ろうとしたのだろう。そのとき、端を引きちぎったらしい。

何かの証拠になるかもしれないと思い、それをポケットにしまった。

考えを巡らす。

トライスターは、トゥサンから来る新手の捜索隊を待っていたのでは、コマンチに追いつけない、と悟ったのではないか。そこで、ソコロの町の男たちをあらためて金で雇い、別の追跡隊を組織したのかもしれない。その方が、時間のむだにならない。

そう考えれば、わたしに撃たれたのがソコロの男だったことに、なんの不審もなくなる。

おそらく、ラモンを撃ち殺して逃げたもう一人の男も、追跡隊の一員だろう。

それにしても、なぜあのような覆面で顔を隠しているのか、理由が分からなかった。

コマンチを虐殺するつもりで、身元を知られないように変装しているのだろうか。

あるいは、エミリ奪回の手柄を独り占めしようと、エドナを取り巻くわたしたち追跡隊を一人ずつ、始末していくつもりなのだろうか。

考えると、頭が痛くなってくる。

それだけでなく、わたしはラモンの遺体をどうすべきかで、だいぶ悩んだ。

ラモンの馬は撃たれたが、死んだソコロの男の馬がどこか近くにいるはずだから、運ぶことはできるだろう。しかし、遺体をくくりつけた馬と一緒の旅では、ストーンたちに追いつくのに時間がかかる。また時節がら、腐敗もかなりの速度で進むに違いない。

わたしは、ラモンの遺体をその場に埋葬する決心をして、窪みの中央に横たえた。

胸で手を組ませ、首にかかったペンダントを形見として、取りのける。ガンベルトと拳銃も、取りはずした。

それから、ラモンの遺体が隠れるまで土と砂をかけ、拾い集めた石をその上に載せる。

木の枝を二本組み合わせて、簡単な十字架も立ててやった。

こうしておけば、ラモンの遺体を禿鷹やコヨーテの群れから、ある程度守ることができる。

わたしは、ガンベルトと拳銃、それにライフルを抱えて、一度岩山をおりた。口笛を吹いてフィフィを呼び寄せ、ラモンの遺品を鞍にくくりつける。そのあと、サドルバッグからぼろぼろの聖書を取り出して、岩山にもどった。

牧師もいない、参列者一人だけの寂しい葬儀を終えて、岩山を出発したのはその日の夕方、四時過ぎのことだった。

30

ラモン・サンタマリアが死んだ。

トム・B・ストーンも、エドナ・マキンリーと息子のウォレンも、そしてジャスティ・キッドも、なかなかそれを信じようとしなかった。

無理もなかった。

わたしですら、あれから五日たった今も、ラモンの死を現実のものとして、受け入れることができずにいるのだ。

しかし、ラモンが死んだのは、事実だった。

わたしは、形見として持って来たペンダント、ガンベルトと拳銃、それにライフルを取り出して、ストーンたちに示した。

「わたしだって、ラモンが死んだことを認めたくないわ。でも、実際にラモンは死んだ。わたしが、この手で埋葬したんだもの。彼はもう、帰って来ないのよ」

また、新たな涙があふれてくる。

エドナは、ようやくそのことを実感したように、ウォレンを抱き締めた。

「メキシコのノガレスに、ラモンの家族がいるの。なんと言って、知らせたらいいのか」

そう言って、涙ぐむ。

ラモンになつき、何かとカウボーイの心得を教えられたウォレンも、さすがにしょんぼりしている。

つい三十分ほど前、わたしは平原にできた小さなオアシスのほとりで、キャンプを張る準備をしているストーンたちに、追いついたばかりだった。

月明かりを頼りに、一刻も早くラモンの死を知らせようと、夜もフィフィの脚が続くかぎり、飛ばして来た。おかげで思ったより早く、追いつくことができたのだ。

終始押し黙ったまま、わたしの話を注意深く聞いていたストーンが、やおらラモンの拳銃を取り上げて、銃口のにおいを嗅《か》ぐ。

装塡口を開き、シリンダーを一つずつ回して、弾を確認した。

眉をひそめて言う。

「五発とも、弾が残っている。撃った形跡がないな」

暴発を避けるため、六連発の拳銃に五発しか装塡しないのは、カウボーイの常識だ。

ジャスティが、気色ばんで口を開いた。

「それは、おかしいぞ。ラモンは、一発も撃ち返さずにやられるような、そんな腰抜けじゃねえはずだ」

わたしは、ラモンの死体を発見するまでの状況を、もう一度頭に思い浮かべた。

「ラモンは、岩山の上の敵と撃ち合うのに、拳銃よりもライフルの方が有利だ、と思ったんじゃないかしら」

ストーンは首を捻《ひね》った。

「動かないで撃ち合うならともかく、下からつかまえにのぼって行くとすれば、途中で使い勝手のいい拳銃に、持ち替えるのが普通だ」

「ジェニファにやられたやつが、ソコロの町で奥さんに雇われた男の一人だとすりゃ、トライスターが背後にいるのかもしれねえな」

ジャスティの言葉に、わたしもうなずく。

「わたしも、それを疑ってるの。トゥサンから、新手の応援を呼び寄せる暇は、どう考えてもないわ。あの覆面三人組は、トライスターに雇われたソコロの町の男たちなのよ」

エドナが割り込んだ。

「かりにそうだとしても、彼らにわたしたちを狙う理由はないでしょう。目標はあくまで、エミリをさらったコマンチのはずよ」

ふと気がついて、わたしはベストのポケットに手を入れ、白い布の切れ端を取り出した。

「死んだラモンが、これを手に握り締めていたの。たぶん、犯人がかぶっていた覆面の一部だ、と思うわ。ラモンは、相手を生きたまま捕らえるために、格闘に持ち込んだのよ。だから、拳銃を使わなかったんだわ」

ストーンはそれを手に取り、じっくり調べた。

「ラモンは、格闘の最中に相手の覆面をはぎ取って、顔を見ようとしたに違いない。そのとき、ちぎれたんだろうな」

ジャスティが、興奮した面持ちで乗り出す。

「ラモンはきっと、相手の顔を見たんだ。見られたやつはやばいと思って、ラモンを殺したに違いねえぞ」

もっともな意見だ。

「そうよ。犯人は、ラモンの知っている男よ。ソコロの男たちだけじゃなくて、トライスターの手下もまじっていたんだわ」

わたしがまくし立てると、エドナは眉をひそめた。

「もしかして、レナード・ワトスンのことを言っているの、ジェニファ」

わたしは、エドナを見た。

「ええ。例えば、だけど」

というより、ワトスンしかいない。

エドナは、自信なさそうに肩をすくめた。

「トライスターも、ワトスンにそんなことをさせるほど、悪い人じゃないと思うわ」

「ワトスンが、トライスターに黙って自分だけの判断で行動した、ということも考えられるわ」

わたしが反論すると、ジャスティもうなずいた。

「そうだ、それに違いねえ。あいつは、自分たちの手でエミリを助け出して、奥さんをトライスターと結婚させようと、必死になってるんだ。そのために、邪魔なラモンやジェニファを、始末しにかかったのさ。トムやおれだって、いつ狙われるか分からねえぞ。あいつはおれたちに、含むところがあるからな」

ストーンは両手を上げて、いきり立つジャスティをなだめた。

「まあ待て、ジャスティ。はっきりした証拠もないのに、勝手に判決をくだしてはいかん。その条件に当てはまるのは、別にトライスターやワトスンだけじゃない。だれだって、人を襲うときには顔を見られたくない、と思うものだ。何もここで、結論を急ぐことはない。いずれ、明らかになるだろう」

少しの間、沈黙が続く。

エドナが、ぽつりと言った。

「とんだ誕生日になったものね」

ジャスティが、きょとんとする。

「誕生日って、だれのですか」

エドナが答えずにいると、ストーンがきまずそうに口を開いた。

「そうか。今日は五月二十四日、エミリの十四歳の誕生日だったんですね、エドナ」

それを聞いて、わたしもそのことを思い出した。

エドナが下を向き、ため息をついて言う。

「ええ。でも、ラモンがこんなことになって、それどころじゃなくなったわ」

わたしは、気を取り直した。

「エミリを取り返すことが、ラモンへの何よりの餞《はなむけ》だわ。がんばりましょう」

ストーンがうなずく。

「そうだ。ラモンは、わたしたちの心の中に、生きてるんだ」

その一言で、いくらか気が晴れた。

ストーンの地図によると、現在地はコロラド準州の州都デンヴァーの南東約四十マイル、また保養地のコロラドスプリングズから見れば、北東へ同じく四十マイルほどの位置になる。

　この地点で、ストーンはオアシスのほとりに生えた木の幹に、サグワロが残した目印を発見したのだ。

　わたしが確認すると、真南に面した側の表皮が四角く切り取られ、地肌をさらしていた。

　それは、まっすぐ北へ向かえ、という意味だった。地肌の色や乾き具合からすると、二日より以前につけられた印ではない、と思われた。

　少しずつだが、着実に差を縮めている。

　翌日、それがはっきりした。

　出発してから、一時間としないうちに行く手の草原で、一頭のバファローの残骸《ざんがい》を発見した。

　おそらく、群れからはぐれて孤立したバファローだろうが、コマンチがその幸運を見逃すはずはない。

　戦士たちは久しぶりに空腹を満たし、長旅に必要な栄養を補給するとともに、保存用の干し肉も作ったはずだ。

　毛皮は服や寝具、防寒具になり、骨も角もいろいろな道具や武器を作るのに、役立つ。腱《けん》は糸に使えるし、蹄でさえ煮詰めれば、矢羽根を接着する膠《にかわ》になる。

　バファローは、どこを取っても役に立たない部分など、一つもないのだ。

距離がいくらか縮まったのは、コマンチがその作業に時間を費やしたためだった。バファローの何百ヤードか手前で、刃物できれいに解体処理された野ウサギの残骸も、見つかった。その肉は間違いなく、サグワロの胃袋に収まったものと思われる。

わたしたちは、デンヴァーの東三十マイルの地点を通り過ぎ、五月の末にグリーリーという、小さな町にはいった。

エドナやウォレンばかりでなく、ストーンとジャスティ、そしてむろんわたしも疲労がたまっており、休養をとる必要があった。真っ先にバスを使い、体の汚れを落とした。買い物は翌日に回し、ホテルのレストランで腹ごしらえをしてから、ストーンとジャスティ、わたしの三人で町のサルーンへ繰り出した。

ストーンは酒を飲まないが、情報収集にはサルーンがいちばんだと言って、カウンターでコーヒーを注文した。ジャスティとわたしは、一人前にビールを頼んだ。

サルーンでは、半分眠ったようなピアノ弾きが、ほんの一握りの酔っ払い客を相手に、もの寂しい曲を弾いているだけだった。活気というものが、まるで感じられない。

わたしは、こうしている間にも苛酷な追跡を続行中のサグワロに、負い目を感じないではいられなかった。おそらくストーン、ジャスティも同じ思いだろう。

これといった収穫もなく、一杯ずつ飲んで引き上げようとしたとき、突然外の通りに馬の蹄の集まる気配がして、にぎやかな人声が聞こえた。

板張り歩道が鳴り、ほこりだらけの軍服を着た騎兵隊員が数人、どやどやとサルーンにはいって来る。

隊員たちは、空いたカウンターにずらりと長靴を連ねて、ウイスキーを注文した。

足を止め、その様子を見ていたストーンが、士官らしい隊員に声をかける。

「失礼。わたしはストーンという者だが、どちらの砦から来られたのですか」

振り向いた隊員は、帽子をずり上げてうさん臭そうに、ストーンを見返した。

「コリンズ砦だが」

「コリンズ砦。どのあたりにあるのですか」

「この町の北東、二十五マイルの地点だ。われわれは、パトロールを終えて砦へ帰る途中、軽く骨休めをしに寄っただけだ」

横柄な口調にいやな顔もせず、ストーンは愛想のよい笑いを浮かべた。

「もちろん、あなたがたにも息抜きが必要ですよ。ええと、あなたは」

隊員は、バーテンがグラスに注いだウイスキーを、一息に飲んで応じた。

「エイキンズ少尉だ。何か用かね、ミスタ・ストーン」

エイキンズ少尉、と名乗った男は騎兵隊員にしては小柄で、五フィート八インチほどしかなかった。がっちりした体格のストーンに、気後れしていないことを示そうとするように、ことさら胸を張る。鼻の大きい、目と耳の小さい、二十代後半の男だ。

「ちょっと事情があって、わたしたちは現在北上中のコマンチのゲリラ部隊を、追跡しているところなのです」

それを聞くと、少尉の目に好奇の色が浮かんだ。

「コマンチの、ゲリラ部隊だと」

「そうです。パトロール中に、それらしき連中を見かけませんでしたか。人数は、三十人かそこらだ、と思いますが」

少尉は、唇を引き締めた。

「いや、見かけなかったな。見かけていたら、こんなところで酒なんか飲んでいない」

ストーンは、もっともだというように、うなずいた。

「そうでしょうな、少尉」

「そのコマンチたちは、どのあたりをどこへ向かって、北上しつつあるのかね」

「この町の東側、おそらく近くても三十マイル以上離れた地点を、ワイオミングからモンタナ方面へ向かった、と思われます」

「いつのことだ」

「はっきりとは分かりませんが、おそらく二日ほど前です」

エイキンズ少尉の目から、急速に好奇心が失《う》せるのが分かる。

「二日前か。すると、もう今ごろはとうにワイオミングへ、はいってしまったな。ここから州境までは、せいぜい五十マイルほどしかない」

ストーンは、肩をすくめた。

「あまり、興味がないようですな」

「ワイオミングにはいったら、インディアンの扱いはララミー砦の管轄になる。もっとも、ララミーの連中も北部のシャイアン、スーの連合軍に目が向いているから、小人数のコマンチの部隊などに、興味は示さないだろう」

わたしたちは、ホテルにもどった。

ウォレンを除く全員が、ストーンの部屋に集まって地図を広げ、今後の進路を検討する。

このまま五十マイルほど北上すると、コロラド準州からワイオミング準州にはいる。州境を越えてすぐ、シャイアンの町がある。むろん、シャイアン族にちなんでつけられた名前で、ユニオン・パシフィック鉄道の開通とともに、一八六七年に建設された新しい町だった。

コマンチは、当然シャイアンやその近郊を避け、どこかで鉄道の線路を横切って、北上を続けるはずだ。

そのまままっすぐのぼると、ノースプラット川とララミー川が合流する地点で、ララミー砦にぶつかる。さらに、ララミー砦の北西五、六十マイルの地点には、フェターマン砦がある。

コマンチは、両方の砦のどちらからも離れた中間地点で、ノースプラット川を渡るだろう。

この二つの砦で確かめれば、今現在シャイアンとスーの連合軍が、どのあたりに集結しているのか、分かるに違いない。

そうすれば、おのずとコマンチのゲリラ部隊の行く先も、明らかになる。

それが、ストーンの意見だった。

その夜は、久しぶりにふかふかのベッドで、ぐっすり眠った。

31

グリーリーを出て二日目、六月にはいった最初の日の午後。

わたしたちは、ユニオン・パシフィック鉄道の線路に達した。

枕木《まくらぎ》に載った二本のレールが、だだっ広い草原を東西にどこまでも延び、その先には空があるだけだった。

わたしたちは、コマンチやサグワロが残したかもしれない、新たな痕跡《こんせき》や目印を見つけようとして、線路や線路沿いの砂地を探し回った。

そのさなか、風に乗ってどこからか、甲高い笛かラッパを吹くような音が、耳に届いた。

トム・B・ストーンが、わたしたちを呼び集める。

「汽笛だ。アイアンホース（蒸気機関車）が、やって来る。のべつ走ってるわけじゃないから、出くわす機会もそうはないぞ。じっくり、見物しようじゃないか」

わたしは、線路を見るのさえそのときが初めてだったので、アイアンホースと聞いて胸が躍った。

汽笛は断続的に、何度か繰り返された。やがて、西の草原のかなたに立ちのぼる煙が見え、足元にかすかな振動が伝わった。

ほどなく、機関車の真っ黒な車体が遠い地平線に姿を現し、近づくにつれて大地がごうごうと揺れ始めた。

わたしの心臓は、あばらの中をその十倍くらい激しい勢いで、跳びはねた。

わたしたちはそれぞれ、線路から二十フィートほど離れた場所に退避し、機関車の通過を待った。機関車は、巨大なドラム缶に似た異様な鉄の塊で、先頭の裾に扇形の柵がついていた。あとで聞くと、牛の群れなどが線路をふさいだ場合に、徐行しながら傷つけないように、押しのけるためのものらしい。

わたしは、機関車が吐き出す煙と蒸気と騒音に恐れをなし、フィフィの手綱を引いてさらに十フィートほど、後ろに下がった。

機関車は、三両の客車と裸の貨車一両を後ろに引き連れて、すさまじい轟音《ごうおん》とともにそばを走り抜けた。

ストーンはもちろん、ジャスティ・キッドもエドナ、ウォレンのマキンリー親子も平気の平左で、窓から手を振る乗客たちに、帽子を振り返した。

わたしは体中に、汗をかいていた。

列車が去ったあと、線路沿いに東へ探索に行ったジャスティが、目印を発見したと報告にもどって来た。

ジャスティが見つけたのは、線路の枕木に刃物で彫りつけられた、矢印だった。矢印の先に、例の吹き針が一本突き立てられていたから、サグワロの目印に違いない。示された方角は、やや西寄りの北だった。

その周辺の砂地を調べると、多くの馬が線路を越えて北へ向かった蹄の跡が、残っていた。蹄鉄《ていてつ》をつけていないので、コマンチの馬だとすぐに察しがついた。

ストーンは、砂地に残る馬糞を指でもみほぐしたりしたあと、だれにともなく言った。

「二十時間から、三十時間前のようだ」

エドナが、念を押す。

「一日前後、ということね」

「そうです」

「二週間前には、二日から二日半の差があったわ。それが、半分くらいに縮まったわけね」

「そういうことになる。予定より早いとはいえないが、まずまずのペースでしょう。途中、置き去りのコマンチを助けたりして、よけいな時間を食ったわりには、がんばった方だ」

エドナはうなずいた。

「ええ。焦っても、しかたがないわね。一日かそこらの差なら、今のペースで進んでも、あと十日か二週間で、追いつく勘定になるし」

だいぶ、冷静になったようだ。

ストーンは、馬に乗った。

「とりあえず、ララミー砦へ直行しましょう」

北へ向かうにしたがって、川や干上がった河床が増える。それらはみな、ノースプラット川に流れ込む支流だ。

旅の間、だれもが無口だった。

サグワロとは、もう一か月以上も会っていない。無事でいることは、ときどき行き当たる目印でそれと分かるが、顔を見られないのは寂しかった。

それに、死んだラモン・サンタマリアのこともある。ラモンのことには、だれも触れようとしなかった。まるで、最初から追跡隊に加わっていなかった、とでもいうようだ。

わたしはといえば、いまだにラモンが死んだという実感がわかなかった。思いもかけないときに、服のほこりをはたきながらひょっこり姿を現しても、別に驚かなかっただろう。そうでなくても、ときどきわけもなく後ろを振り返ったり、岩陰をのぞいたりする自分に気づいて、落ち込むのだった。

それにしても、あの白覆面をかぶった三人の殺し屋は、何者だろう。わたしが撃った相手は、ソコロで臨時に雇った町の男たちの一人だったが、あとの二人が分からない。ストーンは慎重な考えだが、わたしもジャスティも間違いなく、その中にレナード・ワトスンがいる、と確信していた。

相手がだれにせよ、ラモンのかたきは討たなければならない。口には出さないが、みんなきっとそう思っているはずだ。

途中でウォレンが熱を出し、少し行程を緩めなければならなかったので、ララミー砦にたどり着くまでに、三日かかってしまった。

ララミー砦は四十年以上も前、有名なオレゴン・トレイルの毛皮交易所として、建設されたものだそうだ。十数年後に陸軍の砦として接収され、インディアン対策の重要な拠点になった、という。

今までに訪れたどこの砦よりも大きく、それ自体が小さな町のようだった。

パレード用の広場は縦五百フィート、横三百フィートほどもあり、その周囲に司令官を含む将校士官の官舎、一般兵舎、食堂、礼拝所、図書館、印刷所などが、建ち並ぶ。少し離れて、売店や兵站部《へいたんぶ》、穀物蔵、厩舎などがあり、さらに診療所まで併設されているのには、驚かされた。また、妻帯している士官のための宿舎も、橋を渡った川向こうにあった。

わたしたちは、北側の丘陵の麓に位置する丸太造りの客用宿舎に、泊めてもらうことになった。

エドナは、さっそくウォレンを診療所へ連れて行き、軍医の診察を受けさせた。幸い悪い病気ではなく、単なる疲労からくる発熱のようだった。

司令官のヒュバート・マンデル大佐は、わたしたちのアテンド役として中隊長の一人、ケヴィン・フラナガン大尉《たいい》をつけてくれた。まだ三十前後の、背の高いハンサムな軍人だ。

食堂で夕食をとり、エドナとウォレンを宿舎に送り返したあと、ストーンはわたしとジャスティを引き連れて、フラナガン大尉の官舎に行った。エドナも同行したい様子だったが、ウォレンを一人置いていくわけにもいかず、しぶしぶ宿舎に残った。

大尉は、副官にコーヒーにクッキーまで用意させて、わたしたちを歓待した。この砦には、およそ町で買えるものはなんでも揃っている、ということだった。

ストーンが、いきさつを話して協力を求めると、大尉は同情の色を浮かべて言った。

「お気の毒ですが、娘さんを取りもどすには時期的にも場所的にも、今がいちばんむずかしい状況ですね」

ストーンは表情を変えず、事務的な口調で聞き返した。

「と言いますと」

「今年二月一日以降に、居留地の外で発見されたインディアンは、合衆国に対する敵対者とみなされ、強制的に収容されることになりましたが、それはご存じでしょうね」

「知っています」

コマンチのゲリラ部隊も、その政令が原因で反旗をひるがえしたのだ。

「それに反発するシャイアン、スーの連合軍が現在モンタナ準州の、イエローストン川の南側に集結しています。ことにスーは、ハンクパパをはじめオグララ、サンサーク、ブルーレ、ミネコンジョなど、主だった部族のほとんどが結集している、とみられます。ほかにアラパホなど、シャイアンとスー以外の部族も、少数ながら加わっているようです。そこへ、コマンチのゲリラが加わるのかどうか、わたしにもはっきりしたことは言えません。もっとも、敵の敵は味方という考え方からすれば、ありえないことではない。コマンチも、シャイアンやスーと同様に、白人と仲のよいクロウやショショネと、対立していますから」

話の焦点がぼけてきた。

それに気づいたストーンが、それとなく軌道を修正する。

「要するに、エミリの救出はむずかしい、とおっしゃるんですか。むろん、わたしも簡単に取りもどせる、とは思っていませんが」

大尉がうなずく。

「もし、コマンチがその連合軍の中にもぐり込んだら、こちらからは接触が不可能になります。彼らのキャンプに忍び込んで助け出す、などという考えは捨てなければならない。彼らの警戒態勢も、いちだんと厳しくなるはずですからね。そもそも、連合軍があの入り組んだ起伏の多い土地の、どこにキャンプを張るのかを予測することすら、容易な仕事ではない。まして、そこにまじったコマンチのキャンプを特定するのは、干し草の中の針を探すようなものだ」

ストーンが、わたしを親指で示す。

「ジェニファは、幼いときに南軍の残党に両親を殺されたため、スー族の間で暮らした経験があります。キャンプを探すのに、少しはその知識が役に立つかもしれない」

それを聞くと、フラナガン大尉は驚いたように顔を引き締めて、わたしを見た。

「ほう、それはそれは。どのあたりで、暮らしたのかな」

わたしは、壁にかかったワイオミングの地図を、指さした。

「この準州の西を流れる、グリーンリバーという川に沿った、彼らのキャンプ地で」

「さらわれたのかね、スーに」

「いいえ。両親が死んだあと、子守をしていたハンクパパ・スーの女性に連れられて、ワイオミングに移って来たんです。一緒に暮らしたのは、六歳から十歳までの四年足らずでした」

大尉の眉が、わずかに曇る。

「ハンクパパ・スーか。ゴールや、シッティングブルのいる部族だな」

ゴールもシッティングブルも、よく知られたスーの族長だ。

大尉のうさん臭そうな口調に、わたしはわけもなくむっとした。

「シッティングブルは、偉大な族長でした。今でも、そうだと思います。白人でも、あんな人はめったにいないわ」

大尉はいやな顔をして、取ってつけたように話を変えた。

「彼らのキャンプから、どうやって逃げ出したのかね、お嬢さん」

「逃げ出したわけじゃありません。キャンプが、合衆国第二騎兵隊の奇襲にあって全滅したために、あなたたちの捕虜になったんです」

大尉は、顎を引いた。

「捕虜じゃなくて、われわれに助け出されたわけだろう」

「そうとも言うわ」

ストーンが、険悪になりそうな雰囲気を感じたらしく、咳払いをして割り込んだ。

「話をもどしましょう。要するに、大尉としてはエミリを助け出す手伝いはできない、ということですね」

Quana Parker, the great Comanche chief

大尉は唇を引き締め、慎重な口調で応じた。

「したくてもできない、というのが実情です。砦の主力は、モンタナの方へ駆り出されていますし、残留部隊はそれ以外のインディアンの対応で、忙しい。むろん、パトロール中にコマンチと遭遇すれば、娘さんの奪回に全力を尽くします。しかし、あなたたちと一緒に彼らを追ったり探したりする、そういう余裕ははっきり言って、ありません。砦内の兵士に、この件を心に留めておくよう、周知徹底させますよ。北部のほかの砦にも、電報を打って注意を呼びかけましょう。今のわたしにできることは、それくらいです」

32

翌六月五日の朝。

わたしたちはまだ暗いうちに起き出して、日の出とともにララミー砦をあとにした。

エドナ・マキンリーは、前夜のうちにトム・B・ストーンから、騎兵隊の積極的協力が得られないと聞き、だいぶ気を落としていた。それでもウォレンの手前、そんなそぶりはおくびにも出さず、元気に振る舞った。

わたしたちは、ノースプラット川に沿って北西に向かった。

そのまままっすぐ行くと、上流のフェターマン砦にいたる。コマンチの部隊が、その中間地点のどこかで川を渡ったとすれば、なんらかの痕跡が見つかるに違いない。少なくとも、サグワロが目印を残したはずだ。

砦から十マイルほどの地点に達したあと、わたしたちは地面や立ち木に注意を向けるため、馬の速度を緩めた。妙な具合に転がった石や、ねじれた草などを目にするたびに、馬をおりて調べなければならない。

やっと、行程の五分の二あたりまで来たとき、日が傾き始めた。

この季節は、午前五時半ごろ日がのぼり、午後八時半ごろ日が沈む。休憩時間を入れても、たっぷり十五時間は旅をした勘定だが、その間コマンチらしき馬の蹄のあとも、サグワロの目印も見つからなかった。

暗くなると、目印を見落とす恐れがあるので、それ以上は進めない。川のほとりの、群生するジュニパー（セイヨウネズ）の林の中で、キャンプを張った。

だいぶ北に来たので、昼と夜の温度差が大きくなった。夜は十度近くまで温度が下がり、毛布にくるまっても寒いくらいだ。

夜中に、寒さで目が覚めた。

焚き火が、消えかかっている。わたしは、そばに転がった枯れ木を何本か足して、もう一度火を起こした。

そのとき、焚き火の向こうに寝ているジャスティ・キッドが、毛布の下でもぞもぞと動いた。別に、目を覚ましたわけではないらしく、すぐにまた動かなくなる。

ふと、ジャスティの隣に寝ているはずのストーンの姿が、見えないことに気づいた。鞍を寝かせて作った寝床に、丸めた毛布が置いてあるだけだ。

何げなく、横を見る。

ウォレンはすやすやと眠っていたが、その向こう側に作られたエドナの寝床が、やはりからっぽだった。

急に胸が、どきどきしてくる。

たとえ、用を足しに起きたのだとしても、二人一緒に行くことはないはずだ。あるいは、エドナが一人で行くのを怖がって、ストーンに付き添いを頼んだのかもしれない。いや、付き添いを頼むならストーンではなく、女のわたしに頼むのが筋だろう。

あれこれ考えるうちに、わたしも用を足したくなった。朝まで待とうと思ったが、がまんしようとすればするほど、切羽詰まってくる。

とうとうこらえられなくなり、わたしはそっと寝床を抜け出した。

だれにせよ、用を足すなら川のほとり、と決まっている。

しかし、わたしはさんざん迷ったあげく、二人が林の奥にはいったと決めて、川の方に向かった。おとななのだから、二人が何をしようと勝手だ。

そう思いながらも、内心平静ではいられなかった。二人の間に何かある、いや、何かが起こりうると考えたことは、これまで一度もない。

事実がどうあれ、その可能性にまったく思いが及ばなかったのは、わたしがそうした事情にうとい、子供だったからではない。この追跡行を純粋の仕事、と考えていたからだ。

男と女が何をするか、十七歳のわたしに分からなかったといえば、嘘になる。

それどころか、わたしを引き取って育てたジェイク・ラクスマンから、無理やりとはいえ男女の営みを教えられた身には、十分想像をたくましくする余地があった。

星明かりに、かすかな音を立ててゆったりと流れる、川面《かわも》が見える。

すぐ横手に、てっぺんにセイジブラッシュ（ヤマヨモギ）が生えた、ハリネズミのような形の岩がある。

その向こう側へ回ろうとして、わたしは思わず足を止めた。声が聞こえたのだ。

「だめ。そこはだめ」

押し殺した、エドナの声だった。

くぐもった、よく聞き取れない別の声が、それに応じる。ストーンに違いなかった。ストーン以外に、だれがいるだろうか。

またエドナの声。

「今はだめ。エミリを取りもどすまでは、だめ。お願い、やめて。だめだったら」

足が震えて、その場にうずくまる。

エドナはしきりに〈だめ〉を繰り返したが、本心からいやだという風には聞こえなかった。今まで一度も耳にしたことのない、しかもどこから出るのかと首を捻りたくなるほどの、甘い声だった。

わたしは唾をのみ、岩肌にしがみついた。心臓が、破裂しそうだった。川ではなく、林の奥へ行けばよかった、と思う。

そのとき、足元で軽く石ころがはねた。

驚いて振り向くと、すぐ後ろのエニシダの茂みの陰から、白い顔がのぞいている。

ジャスティだった。

ジャスティは人差し指を曲げ、こっちへ来いと合図した。

音を立てたくなかったので、膝をがくがくさせながら半分這うようにして、そばに行く。

ジャスティは、わたしの額をこづいた。

「邪魔するんじゃねえ、子供のくせに」

むっとして、ささやき返す。

「邪魔なんか、してないわ。わたしはただ、おしっこしようと思って」

「小便なら、林の奥へ行ってやれ」

「用を足すのは、川と決まってるでしょ」

「いいから、ここを離れるんだ」

ジャスティは、わたしの手をつかんで引っ張った。

木立をくぐり、焚き火のそばをそのまま抜けて、林の奥にはいる。

火が見えなくならないうちに、ジャスティはわたしを押しやった。

「さっさと、すましちまいな。おれがここで、見張っててやるから」

「あなたがいたら、できないわ」

「それじゃ、おれは焚き火にもどるさ」

あっさり、体の向きを変える気配がしたので、あわてて呼び止める。

「待ってよ。やっぱり、近くにいて」

「分かったよ。クソをするなら、ここに手ごろな葉っぱがあるぞ」

「おしっこだってば」

静かに用を足そうとしたが、一度ほとばしりだすととまらない。最後には居直って、思う存分音を立ててやった。

ベルトを締め、ジャスティのそばにもどる。

「トムとエドナのこと、知ってたの」

遠い焚き火の明かりを受けて、ジャスティの頬が赤く染まった。

「知るわけねえだろ。まあ、そうなっても不思議はねえ、とは思ったが」

わたしは、ジャスティにすり寄った。

今、ジャスティがいきなりキスしてきたとしても、わたしはこばまなかっただろう。もししてこなければ、自分からしてもいいと思ったほどだ。

「二人とも、そういうことには関心がない、と思ったのに」

わたしの声は、妙にかすれていた。

「それは、おまえが子供だからさ」

「何よ、自分だって子供のくせに」

「ばか言え。おれはもう、子供じゃねえよ」

そう言いながら、ジャスティはわたしから離れようとした。

その手を、ぐいとつかむ。

「だったら、わたしにキスしてごらんなさいよ」

ぎくり、とするのが手から手に伝わり、わたしもかっと頰が熱くなった。

ジャスティは、怒ったように言った。

「子供は、相手にしねえよ」

「わたしだって、もう子供じゃないわ」

気まずい沈黙が流れる。

ジャスティは、咳払いをした。

「誘いをかける女には気をつけろ、と言われたんだ」

「だれに」

わずかに間があく。

「死んだラモンによ」

ラモン・サンタマリアの名前を出されて、わたしはたちまちしゅんとなった。

ジャスティが、急いで付け加える。

「ラモンは、いいカウボーイだった。それ以上に、いいやつだった。おれは、ラモンからもっといろいろと、教えてもらいてえことがあったんだ」

そのしんみりした口調に、わたしはジャスティの手を離した。

ジャスティが、わたしの頭を冷やそうとしてラモンの話を持ち出したのなら、その狙いはてきめんに当たった。

「そうね。そのラモンを死なせてしまって、わたしもやり切れない気持ちだわ」

ジャスティの手が、肩に置かれる。

「おまえのせいじゃねえ。ラモンを殺したのは、たぶんワトスンか、どっちにしてもトライスターの手下だ。かたきはきっと、このおれがとってやる」

わたしは、そっとため息をついた。

「ええ。そろそろ、寝ましょうよ」

わたしたちは焚き火にもどり、もとのように毛布にくるまった。

やがて、ストーンとエドナがもどって来たが、もちろん寝たふりをした。

33

翌朝。

わたしたちは、何ごともなかったように朝食をすませ、何ごともなかったように後片付けをして、出発した。

トム・B・ストーンは、いつもとまったく変わらなかった。エドナ・マキンリーは心なしか、寝不足のように見えた。

前日と同じように、コマンチとサグワロの残した痕跡を探しながら、ノースプラット川の上流に向かう。

昼過ぎ、ララミー砦とフェターマン砦のほぼ中間、と思われる地点に差しかかったとき、ウォレンが川向こうの空を指さした。

「ねえ、見てよ。あんなに、鳥が飛んでるよ」

ストーンが、双眼鏡を取り出してのぞく。

眉根を寄せて言った。

「ノスリだ。死んだか、死にかけた動物がいるらしいな」

ジャスティ・キッドが口を挟む。

「人間かもしれねえな」

エドナが、きっとなる。

「縁起でもないことを言わないで、ジャスティ」

ストーンは、首を振った。

「人間でない、とは言い切れないな、確かに」

わたしたちは、弧を描いて空を舞うノスリに注意を払いながら、さらに馬を先へ進めた。

目印を見つけたのは、またジャスティだった。

進路と平行に、きちんと並べられた長さ二ヤードほどの小石の列が、途中で右へ直角に折れている。その先端は、矢印になっていた。

ストーンは馬をおり、地面の様子を調べた。

体を起こして言う。

「このあたりで、コマンチは川を渡ったらしい」

「でも、鉄道の線路を越えたときと違って、馬の蹄の跡がないわ」

エドナの指摘に、ストーンは腕組みをした。

「エニシダや、セイジブラッシュの枝を束にして、最後尾の馬に結びつける。そうすると、枝が足跡を消してくれるんです」

その手は、スーもしばしば使った。

「なぜ急に、足跡を消す気になったのかしら」

わたしが聞くと、ストーンは少し考えた。

「サグワロが、あとを追って来たことに気づいて、まく気になったのかもしれん」

その声に、わずかな不安が感じ取れた。

対岸に目を向けると、その付近はちょうどノスリの群れが空を舞う、真下に当たっていた。

流れの音が、ひときわ高く聞こえるようになったのは、そのあたりが浅瀬に変わった証拠だ。コマンチも、そこを選んで渡ったのだろう。

灌木の茂みを縫って、一段低くなった河岸におりた。

対岸は、背後がすぐ小高い丘になっており、裾の周囲や中腹に飛びとびに並んだ、ごつい岩が見える。

ストーンを先頭に、流れの中に馬を乗り入れた。

やはり水深は浅く、深いところでもフィフィの膝くらいまでしかない。

無事に渡り切ったあと、新たなサグワロの目印を探そうとすると、ストーンが言った。

「あのノスリが、どうも気になる。丘の上に、何かあるのかもしれん。コマンチが解体した獲物なら、ノスリものんびり様子をうかがったりせずに、さっさと食い荒らしているはずだ」

「おれが、見てきましょうか」

ジャスティが言うと、ストーンは首を振った。

「いや、きみはエドナとウォレンと、ここに残れ。わたしとジェニファで、様子を見てくる」

ジャスティは妙な顔をしたが、それ以上は何も言わなかった。

ストーンとわたしは、馬をおりた。

念のため水筒を持ち、三人を残して丘に向かう。岩を避けながら、ところどころエニシダの生えた斜面を、のぼり始めた。

対岸から目で見たよりも、はるかに勾配のきつい斜面だった。じりじり照りつける太陽に、たちまち息が切れてくる。

のぼりながら、ストーンがなんの前触れもなく、口を開いた。

「ゆうべ、岩の陰で立ち聞きしていたな」

わたしは足を滑らせ、あわててエニシダの枝にしがみついた。

助け起こそうとする、ストーンの手を払いのける。

「立ち聞きなんか、してないわ。用を足そうと思って、川に行っただけよ」

「どちらにしても、話を聞いたのだろう」

「あれが、話ならね」

わたしはそう応じて、立ち上がった。

ストーンの先に立って、またのぼり始める。

ストーンが、あとに続きながら言った。

「わたしも、用を足すつもりで、川へ行ったんだ。そうしたら、エドナがあとからついて来たのさ」

「へえ。ずいぶん、人気があるのね」

わたしはほとんど後ろ足で、ストーンに砂をかけてやりたい気分だった。

「これには、いろいろ事情がある」

男が、何か後ろめたいときに使うセリフは、だいたい決まっている。

「そうでしょうとも。きっと、子供には分からない事情がね」

「きみを、子供とは思ってないよ。少なくとも、この一か月は」

つまり、エミリ奪還の追跡行に出てから、ということだ。

「ありがとう、トム。でも、公私のけじめは、ちゃんとつけてね」

わたしは、おとならしいことを言ったつもりで、ストーンを見返った。

ストーンが、のぼりながら笑いを含んだ目で、わたしを見上げる。

「公私混同は、してないつもりだ。ゆうべの一件も、仕事の一部だった」

わたしは足を止め、下から姿を見られないように、岩の陰に身を寄せた。

「どうして、あれが仕事なの」

ストーンは、一休みするような思い入れで、額の汗をぬぐった。

「エドナは、だいぶ弱気になっている。エミリを助け出すためなら、トライスターの手を借りることも、いとわないだろう。もし、それでエミリが手元にもどったら、エドナはトライスターの結婚申し込みを、甘んじて受け入れるに違いない。それを防ぐためには、エドナの目を覚まさせる必要がある。自分の身近に、異性として関心を抱いてくれる男がいる、と気づくだけでも違うはずだ」

わたしは、ストーンの顔をつくづくと見た。

「ほうっておけばいいじゃないの。どうせ、エドナの人生なんだから」

ストーンは、意外なことを聞くというように、顎を引いた。

「きみは、それでいいと思うのかね」

「よくはないけど、しかたがないわ。それを防ぐただ一つの道は、わたしたちがトライスター一味より先に、エミリを助け出すことよ。まさか、忘れてはいないでしょうね」

ストーンは、目をぱちぱちとさせた。

「ああ、もちろん、忘れてなんかいない」

「だいいち、好きでもないのに関心を持つふりをするのは、エドナに対して失礼極まりないし、ある意味では残酷なことだわ。もしエドナが、あなたの関心に応じようという気になったら、どうするつもり」

問い詰めると、ストーンは帽子の縁を押し上げた。

「エドナは、わたしに関心を抱いたりしないよ」

「でも、ゆうべわたしが耳にしたかぎりでは、そうでもなかったわ」

ストーンは、珍しくどぎまぎした。

「あれはただ、急なことにうろたえただけさ」

「そうかしら。エドナが、偶然あなたのあとを追って川に行った、と思うの」

「話がしたかったのだろう。むろん、きみが耳にしたような話じゃなくて、だが」

わたしは、水筒から水を一口飲んで、蓋を締めた。

「隠さなくてもいいわ。あなたは、エドナが好きなんでしょう、トム」

ストーンは、少しの間わたしを見つめていたが、急に怒ったようにそっぽを向いて、さっさと丘をのぼり始めた。

図星をつかれたのかもしれない。

そう思うと、かえってわたしの方がどぎまぎした。

ふと気がつくと、空を舞うノスリの群れが、だいぶ近くなった。

頂上の少し手前に、大きな岩がせり出している。

ストーンは、その横手へ迂回しようとして、突然足を止めた。岩陰の緩やかな斜面に、何か見つけたらしい。

「どうしたの」

のぞこうとすると、ストーンは驚くほど強い力でわたしを抱き止め、後ろへ押しもどした。

「だめだ。そこにいろ」

しかし、すでに遅かった。

わたしは、そこに上半身はだかの男が手足を広げ、仰向きに横たわる姿を見た。四隅に打ち込まれた杭《くい》に、手足を革紐で縛りつけられていた。

顔が真っ黒で、しかも妙に濡れたような光を放っており、しかもそれがざわざわと動く。

わたしは、ほとんど吐きそうになった。

男の顔をおおっているのは、無数の小さなアリだったのだ。

ストーンは、わたしの手から水筒を奪い取るなり、男のそばにひざまずいた。

蓋をはずし、水を男の顔の上にぶちまけながら、もう一方の手でアリをこすり落とす。

赤く腫《は》れ上がった顔が、ストーンの手の下から現れた。

最初は、あまりに容貌《ようぼう》が変わったために、だれだか分からなかった。

次の瞬間、われを忘れて叫んだ。

「サグワロ」

そうだ。それはサグワロの、変わり果てた姿だったのだ。

わたしはその場にくずおれ、なすすべもなく名を呼び続けた。あまりのショックに、どうすればいいのか分からず、おろおろするばかりだった。

ストーンがナイフを抜き、サグワロの手足を縛った革紐を断ち切る姿が、幻のように浮かんでは消える。

ストーンは、上着を脱ぎ捨ててわたしに投げつけ、大声でどなった。

「頭の方に回って、これでシェードを作れ」

それでわれに返り、わたしは泣きながら上着を広げると、サグワロの頭の方に回った。

両腕と肩を使って、サグワロの顔に日が当たらないように、シェードを作る。

ストーンは、サグワロの上半身を慎重に抱え起こし、その唇に水筒を当てた。水は、腫れ上がった唇になかなかはいらず、ほとんど顎の方へ流れた。

ストーンが、片手で口の周囲に残るアリを払い落とし、無理やりサグワロの口をこじあける。

サグワロは、むさぼるように水を飲んだ。

甘い匂《にお》いがする。蜂蜜《はちみつ》の匂いだった。

スーと一緒に暮らした間に、二度ほど見たことがある。

捕虜の手足を、濡れた革紐できつく四隅の杭に縛りつけ、顔にはたっぷりと蜂蜜を塗って、太陽の下にさらすのだ。

熱で湿気が乾き始めると、革紐が縮んで皮膚に食い込む。それだけでも耐えがたいのに、蜂蜜を求めてアリが顔に群がり、皮膚を食い破りにかかる。時間のかかる、残酷な殺し方だ。苦しみが長く続く分、インディアンが用いるもっとも厳しい処刑方法の一つ、といってよい。

サグワロが、何か言おうとして口を動かしたが、声が出ない様子だった。

「しゃべるんじゃない、サグワロ。よくがんばったな、もうだいじょうぶだぞ」

ストーンが、力強い声で励ます。

サグワロは、かすかにうなずいた。朦朧《もうろう》としてはいるが、なんとか意識はあるようだ。なぜ、サグワロがこんな目にあうはめになったのか、すぐにも知りたかった。しかし、今はそれどころではない。

ストーンが言う。

「先に下へおりて、トラボイを作ってくれ。サグワロは、わたしが引き受ける」

わたしは泣きながら、斜面を滑りおりた。

ラモンを死なせ、サグワロまで危うく失いかけたわたしたちは、この先いったいどうなるのだろうか。

34

サグワロは、不死身の男だった。

あとで分かったことだが、発見されるまでサグワロはおよそ二十六時間も、放置されていたのだ。

その間、灼熱《しゃくねつ》の太陽の下で十数時間も過ごし、夜は夜で厳しい冷え込みを耐え忍んだ。不幸中の幸いは、アリが顔の蜂蜜に群がり始めたのが、発見の一時間ほど前だったことだ。もし、もっと早くアリに嗅ぎつけられていたら、修復不可能な顔になっていただろう。

丘からかつぎ下ろしたサグワロを、わたしたちはよってたかって丸裸にすると、体を半分川の浅瀬に浸して、熱を冷ました。むろん、頭から爪先まで丹念に手で汚れをぬぐい、アリを一匹残らず洗い流した。

気温が下がる夕方まで待ち、サグワロをシェードつきのトラボイに乗せて、出発した。トラボイを引くのは、もちろん馬力のあるわたしのフィフィだ。

ほんとうなら、もう少しサグワロを休ませてやりたいところだが、あまり時間が残されていない。それに、フェターマン砦に行けば軍医もいるはずで、サグワロを診《み》てもらうことができる。

ララミー砦から四十マイル、フェターマン砦まで二十マイルほどの地点に来たところで、日が暮れた。

また川沿いに、キャンプを張る。

サグワロを、鞍で形を整えたベッドに横たえ、そばで焚き火をした。六月にはいって、気温はだいぶ上がったものの、夜はまだかなり冷え込む。

わたしは、サグワロの体力をいくらかでも回復させようと、腕によりをかけて干し肉と豆のスープを、作ってやった。

サグワロの話によると、コマンチにつかまった経緯はこうだ。

用心して尾行したつもりだが、何日も続けてゲリラ部隊のあとを追ううちに、やはり気づかれてしまったらしい。コマンチは、わたしたちと同じノースプラット川の浅瀬で、川を渡った。それを確認したあと、サグワロも続いて渡河した。

山裾を回り、視野から消えたゲリラ部隊を追おうとしたとき、岩陰に隠れていたコマンチの戦士が二人、左右から同時に飛びかかってきた。

カタナを抜く間も、また吹き針を含む間もないまま、サグワロは馬から引きずり下ろされた。

あとは、わたしたちが見たとおりだった。二人のコマンチは、サグワロの手足を四隅の杭に縛りつけ、顔にたっぷり蜂蜜を塗りたくって、置き去りにしたのだ。

「その場で殺されなかったのが、せめてもの救いだった。あとから来るあんたたちへの、みせしめにするつもりだったんだろう」

サグワロが言うと、トム・B・ストーンは首を振った。

「いや、見せしめなら殺して心臓をえぐり出し、頭の皮をはいだはずだ。彼らが、なぜそうしなかったのか、わたしにも分からない。あるいは、あんたを他の部族のインディアンと思って、罪一等を減じたのかもしれんな」

エドナ・マキンリーが、眉をひそめて言う。

「頭の皮をはぐなんて、よくそんな残酷なことができるものだわ」

わたしは、エドナを見た。

「頭の皮をはぐことを教えたのは、アメリカに渡って来たスペイン人よ。インディアンは、ただそれをまねしただけ」

エドナは肩をすくめ、口を閉じた。

わたしには、死んだ人間の心臓をえぐって頭皮をはぐより、灼熱の太陽とアリで生殺しにする方が、よほど残酷のように思える。はるかに、苦しみが長いからだ。

サグワロが、思い出したように聞く。

「ところで、ラモンはどうした。とうにあんたたちと、アルバカーキで落ち合ったはずだが、姿が見えないようだな」

わたしはもちろん、そこにいるみんなもそれを聞かれたらどうしようか、とはらはらしていたに違いない。その証拠に、だれも答えなかった。

ジャスティ・キッドを見ると、あらぬ方へ顔をそむけてしまう。ストーンも同様だった。

「どうしたんだ。ラモンに、何かあったのか」

サグワロの声に、不安の色がにじむ。

わたしたちは、まだ黙ったままでいた。

すると、ウォレンがおずおずと口を開いた。

「ラモンは、死んじゃったんだよ」

「なんだと」

サグワロは、思わず上体を起こそうとしてうめき声を上げ、腫れ上がった顔をしかめた。

さらに、そのしかめ面《つら》が今度は顔の傷に響いたとみえ、そのままばたりと手足を投げ出す。

わたしはサグワロの顔に、ローズバッド軟膏を塗り直した。バンダナを、冷たい水に浸してぎゅっと絞り、額の上に載せてやる。

サグワロは息をつき、途切れとぎれに言った。

「ラモンが死んだとは、いったいどういうことなんだ、トム」

ストーンは、咳払いをした。

「それについては、ジェニファから話してもらった方が、いいだろう」

わたしはストーンを睨んだが、ストーンは爪のささくれを調べるふりをして、それ以上何も言わない。

考えてみれば、ストーンの言うとおりだと思い直して、しかたなくその役を引き受けた。わたしが話す間、サグワロは一言も口を挟まずに、耳を傾けていた。

聞き終わると、半分ふさがった目から涙がこぼれ落ち、耳まで伝った。

「すると四週間前に、ペコス川のほとりでラモンと別れたのが、最後になったんだな」

サグワロは、そのときのことを思い出そうとするように、唇をなめた。腫れたまぶたが、内側に何か生き物でもいるように、ぴくぴくと動く。

サグワロは言った。

「奥さん。ラモンの仇《あだ》は、きっとこのおれが討ちますよ。ワトスンのように、生かしておくとためにならないやつは、おれが引導を渡してやる」

エドナが、サグワロの顔をのぞき込む。

「犯人がワトスンだと、まだ決まってはいないのよ。ジェニファだって、相手の顔を見たわけじゃないんだから」

ジャスティが、横から口を出した。

「ワトスンに決まってますよ、奥さん。そして、そのワトスンに命令をくだしたのは、トライスターのやつなんだ」

ストーンが、人差し指を立てる。

「ミスタ・トライスターのことを、悪く言ってはいかん。成り行き次第では、エドナのご主人になるかもしれない人だからな」

一瞬、あたりがしんとなった。

エドナの顔に、血がのぼるのが分かる。

「そういう事態にならないように、あなたにはせいぜいがんばってほしいものだわ」

言い捨てるなり、ウォレンの腕をつかんで自分たちの寝床へ、さっさと引き上げた。

「なんてことを言うの、トム」

わたしがとがめると、ストーンはくるりと瞳を回した。

「そうならないように、きみたちにもせいぜいがんばってもらいたいな」

エドナの口まねをして、軽くウインクする。

わたしはあきれて、立ち上がった。

「もう寝るわ。あしたの朝は、明るくなったらすぐに出発よ。夕方までには、フェターマン砦に着きたいし、そのためには早く寝て早く起きなくちゃ」

そう宣言して、エドナのあとを追う。

翌朝。

出発するとき、サグワロはトラボイで運ばれることを拒否し、馬に乗って行くと言い張った。自分のせいで、コマンチ追跡が遅れることに責任を感じて、無理をする気になったようだ。

しかし、かならずしもやせがまんをしている、という様子ではない。サグワロの回復力は驚くほど早く、顔と手首、足首の腫れはそれぞれ残っているものの、体の動きはずっとよくなった。少なくとも、立って歩くことはできた。

ストーンは、長時間ぶっ続けでなければ馬にも乗れるだろう、と結論を出した。ところが、肝腎の馬がいない。コマンチに、奪われてしまったのだ。

いや、馬だけではない。

サグワロは、身に着けていたズボン以外のすべてのもの、つまり黒い帽子に黒革のベスト、つなぎのシャツに靴下、それにだいじなカタナまで、取り上げられてしまった。ことにカタナは、サグワロにとって命と同じくらいだいじなものだったから、だいぶこたえたようだ。

ブーツの代わりは、ストーンが持っていた予備のモカシンで、なんとかなった。シャツは、ジャスティが提供した。

ロバは、大量の荷物を背負っているので、乗るわけにいかない。

結局、サグワロはウォレンの馬を使い、ウォレンは体重の軽いわたしと一緒に、フィフィに乗ることになった。フェターマン砦に着けば、馬もほかのものも手にはいるだろう。

わたしたちは、ノースプラット川の左岸に沿って、上流へ向かった。コマンチも、ほぼ同じ道筋をたどったらしい。木の枝を引きずり、蹄の跡を消す工夫はしたようだが、ところどころに馬糞が落ちていた。

その乾き具合から、依然として一日から一日半の差があることが、確かめられた。サグワロのために、速度を落とさざるをえなかったことを思えば、もっと差が開いても不思議はなかったので、むしろほっとした。

やがて、コマンチのたどる進路が川筋を離れて、しだいに北へずれ始めた。

わたしたちは、一度馬を休めた。

このまま、コマンチのあとを追うのは簡単だが、サグワロを医者に診せる必要があるし、馬と食糧も補給しなければならない。それに、スーとシャイアンの連合軍が、どのあたりに集結しているのか、詳しい情報もほしい。

わたしたちは、当面コマンチの追跡をあきらめて、ふたたび川沿いに北西へ走り続けた。

日が西へ傾くころ、馬を休めて水を飲ませるため、十分ほど休憩した。いくらタフなイフィでも、ウォレンとわたしを二人乗せて走るのは、かなりきつい。

ストーンが言う。

「あと一マイルほど行くと、対岸にフェターマン砦が見えるはずだ。そこで浅瀬を見つけて、川を渡ることにする」

出発してほどなく、小高い丘の麓を迂回して川筋を曲がったとき、左手の対岸に砦の柵が見えた。その少し手前に、河床から岩がところどころ顔を出した、浅瀬がある。

「あそこを渡ろう」

ストーンの指示で、わたしたちは馬に拍車を入れた。

そのとき、どこからか別の蹄の音が低く響いてきて、突然右手の崖《がけ》の陰から騎兵隊の隊列が、姿を現した。

十人前後の分隊編制で、パトロール部隊のようだった。

先頭に立つ、分隊長らしい男がわたしたちに気づき、右手を上げて隊を止めた。

隊員を一人連れ、こちらに馬を飛ばして来る。

わたしたちも止まり、二人が近づくのを待った。

そばまで来ると、まだ三十前に見える若い将校が軽く敬礼して、先頭にいるストーンに話しかけた。

「フェターマン砦の、ミッチャム少尉です。あなたがたは」

「わたしは、ストーンといいます。これから、砦へ向かうところでした」

「それは、それは。どちらから、見えたのですか」

「アリゾナです。いろいろと、事情がありましてね」

ストーンは、エドナ以下の全員を一人ずつ紹介して、コマンチを追跡しているいきさつを、手短に説明した。

　最後に、付け加える。

「実は三日前、ララミー砦からフェターマン砦やほかの砦に、今お話ししたコマンチのゲリラ部隊の一件を、電信で知らせてもらったのです。ご承知でしたか」

　ミッチャム少尉は、首を振った。

「いや。三日前といえば、すでにパトロールに出たあとでしたので、自分は承知していません。ただ昨日の午後、ここから北へ三十マイルほどの地点をパトロール中、コマンチの一族と思われる小集団と、遭遇しました。あなたたちが追跡しているのは、その連中でしょうか」

　みんな色めき立ったが、ストーンは冷静に話を続けた。

「時間的にも位置的にも、それに間違いないと思います。彼らと、一戦交えたのですか」

「ええ。居留地外にいるインディアンを見れば、われわれは当然それなりの対応をします。非戦闘員を含めて、コマンチはざっと三十数名いました。とりあえず、居留地へもどるように警告したのですが、向こうがそれに従わずに攻撃してきたので、やむをえず応戦しました。コマンチの戦士は、二十数名とこちらより多かったので、苦戦は免れませんでした。ただ、向こうも徹底的に戦うつもりは、なかったようです。ひとしきり撃ち合ったあと、先に逃げた非戦闘員のあとを追って、北へ逃走しました。一マイルほど追撃しましたが、戦力的にかならずしも有利とはいえないため、深追いはしませんでした」

ストーンは鞍の上で背筋を伸ばし、少尉の後方にいる兵士たちを見た。

「あの輪の中に、捕虜がいるようですが」

わたしたちの視線を追って、少尉も隊員たちの方を振り向いた。

「ええ。一人だけ、セイジブッシュに飛び込んで逃げ遅れた戦士を、捕虜にしました」

少尉が合図すると、馬に乗った隊員たちが少し列を緩め、護送していた馬上のコマンチの戦士を、見えるようにした。

そのコマンチは、なぜか黒いテンガロンハットを、頭に載せていた。

背後で、サグワロがののしる。

「くそ。おれの顔に、蜂蜜を塗ったやつだ」

35

止める間もなく、サグワロはいきなり馬に拍車をくれ、隊列に向かって突進した。

「待て」

トム・B・ストーンが声をかけたが、サグワロは止まらなかった。

隊員たちが、あわててコマンチの戦士の前に馬を寄せ、サグワロを阻止しようとする。

サグワロは、はずみをつけて地上に飛びおりると、立ち塞がる隊員たちの馬の間をかいくぐって、バリケードの内側にもぐり込んだ。

コマンチの戦士を、鞍から引きずり下ろす。

ミッチャム少尉が、わたしたちに問いかける。

「どうしたんですか、あの男は。インディアンのように見えるが」

「インディアンじゃありません。日本人なんです」

わたしが応じると、少尉は目をむいた。

「日本人」

エドナ・マキンリーが、そばから口を出す。

「そうです。二日ほど前、あのコマンチにつかまって顔に蜂蜜を塗られ、手足を縛られた状態で日なたに放置されたのです。顔が腫れているのに、気がつきませんでしたか」

少尉はびっくりした顔で、また隊員たちの方を見返った。

「もともと、そういう顔かと思っていましたが、違ったのですか」

それを聞いたら、サグワロは怒り狂ったに違いない。

囲みが割れ、サグワロが右手で馬の手綱を引きながら、輪の中から出て来た。黒い帽子を取りもどし、左手には愛用のカタナと黒革のベストを、しっかり握り締めている。

どうやらコマンチの戦士は、サグワロの持ちものを戦利品として召し上げ、鞍ごと奪った馬に乗っていたらしい。

サグワロが、ミッチャム少尉に言う。

「これは、おれの馬だ。鞍もベストもカタナも、みんなおれのものだ。二日前、あのコマンチに奪われた」

ストーンが、そのとおりだというように、うなずいてみせる。

少尉は、途方に暮れた顔で言った。

「鞍とベストと、なんだって」

わたしは、横から口を出した。

「カタナ。サムライが持つ、日本のサーベルです」

サグワロは、馬の手綱をジャスティ・キッドに預け、ベストを着込んだ。

鞘から、すらりとカタナを引き抜き、まっすぐに立てて持つ。ひどくむずかしい顔をして、刃の部分を斜めにすかしながら、じっくりと見入った。

どうやら、どこにも異常がないと見極めがついたのか、サグワロは口元に満足そうな笑みを浮かべた。カタナを鞘に収め、いつものように革紐で背中に結わえつける。その動きはきびきびしており、つい一日前に半分死にかけていた人間とは、とても思えなかった。

よく分からないが、カタナはサグワロに精神的なエネルギーを与える、特別な力を秘めているらしい。

ともかく、カタナが無事にサグワロの手元にもどったのは、わたしにとってもうれしいことだった。

身じまいができると、サグワロはわたしの後ろからウォレンを抱き下ろし、今まで借りていた馬の鞍に、投げ上げた。

「ありがとうよ、ウォレン」

それから、コマンチから取り返した馬に悠々とまたがり、ストーンに声をかける。

「行こうか」

ストーンは苦笑して、ミッチャム少尉を見た。

「コマンチの処分は、そちらにお任せします。サグワロは、仕返しをする気がないらしいので」

少尉はうなずき、振り返って右手を上げた。

「砦にもどるぞ。出発」

わたしたちは、隊列のしんがりについて馬を進め、浅瀬を対岸へ渡った。

フェターマン砦は、ララミー砦ほど大きな規模ではなかったが、それでもかなりの広さと施設を備えていた。

そのわりに、砦に詰めている兵士の数が少ないのは、主力部隊が北のモンタナ方面に集結したスー、シャイアンの連合軍との戦いに、駆り出されたためだった。

おかげで兵舎にも空き室が多く、わたしたちが泊まる余裕は十分にあった。

ストーンは真っ先に、いやがるサグワロを診療所に送り込んだ。元気そうに見えても、まだ完全に回復したとは言い切れないから、それは正しい処置だったと思う。

そのあと、ウォレンをのぞく全員が留守部隊の隊長、イザイア・スコッツデイル少佐に招かれて、一緒に夕食の席に着いた。

スコッツデイル少佐は四十がらみの、巨大なサボテンに目鼻をつけたような、異形の偉丈夫だった。がらがら声で、熊が吼《ほ》えるようにしゃべり立てるので、初めて会う者は喧嘩を吹っかけられたのか、と勘違いするかもしれない。

少佐は、エドナを見て言った。

「ララミー砦から、お嬢さんをさらったコマンチのゲリラ部隊について、確かに報告を受けております。聞けば、昨日の午後ミッチャム少尉のパトロール部隊が、彼らと遭遇して小競り合いになったそうだが、追尾できずにそのまま逃走を許したのは、残念でした。なにしろ、こちらも主力が北の方へ遠征中なので、あまりむちゃができないのです」

エドナが、辛抱強い笑みを浮かべる。

「そちらのお立場は、よく分かっています。ただ、わたしにとってエミリを救出する仕事は、ほかの何よりも大切なのです。できる範囲で、お力添えをいただければ、と思います」

そうは言ったものの、あまり多くを期待しているようではなかった。

少佐もそれを察したのか、わざとらしく空咳をした。

「なんといっても、時期が悪かったですな、奥さん。モンタナ準州の南部に、スーとシャイアンの一大連合軍が集結して、不穏な動きを見せております。それを制圧して、彼らを居留地へ送り込まないかぎり、合衆国に平和は訪れません」

それは白人の平和、という意味にすぎない。

ある将軍が、こう言ったそうだ。

「いいインディアンとは、死んだインディアンだ」

一度でも、インディアンと一緒に暮らしたことのある人間なら、こんな暴言はとても吐けないだろう。

食事が片付けられ、コーヒーが出ると、ストーンは質問した。

「ところでスー、シャイアンの連合軍は、どのあたりに集結しているのですか」

スコッツデイル少佐は立ち上がり、壁に貼《は》られたワイオミング、モンタナ準州の地図を、葉巻の先で示した。

モンタナの南東部を、南西から右斜め上のほぼ北東の方角へ向けて、イエローストン川が流れている。

「三週間前の情報では、このあたりにキャンプを張っているらしい」

そこは、ワイオミングから州境を越えて北上し、イエローストン川に注ぐビッグホーン川の、東側に当たる地域だった。

その川には、さらに支流のリトルビッグホーン川が流れ込んでいるが、少佐の葉巻はその合流地点の十マイルほど南側を、指し示していた。

少佐が続ける。

「この、リトルビッグホーン川の西側の平原が、集結地点だと思われます」

「どれくらいの規模でしょうか」

ストーンの問いに、少佐は親指の爪で頭を掻いた。

「見当もつかんが、これまでにない大集団だ、という説もあります。むろん、女や老人、子供などの非戦闘員を入れて、の話だが」

「そんなに大勢のインディアンを、どうやって居留地へもどすのですか」

「三方から包囲して、東側の州境を越えたダコタの居留地まで、移動させることになるでしょうな。東西は、ダコタ準州のミズーリ川からモンタナ、ワイオミングの州境まで。南北は、ネブラスカとの州境からダコタ準州の、北緯四十六度付近まで。これは、ダコタ準州を四つに分けた南東部、つまり全州のほぼ四分の一をカバーする、広大な地域だ。彼らの聖地、ブラックヒルズを含んでもいるし、不満はありますまい」

少佐の言葉に、ストーンが言い返す。

「しかし、一八六八年に合衆国が結んだララミー協定では、南北はネブラスカ州のプラット川、ないしノースプラット川からカナダ国境まで、東西はビッグホーン山脈からミズーリ川の西岸まで、彼らの領土と認めています。今、少佐が指摘された範囲よりも、はるかに広い地域です。それを、合衆国の都合で一方的に縮小したとすれば、彼らが怒るのも無理はない、と思いますが」

少佐は、苦い顔をした。

「合衆国としては、未開拓の土地を開拓して人が住めるようにし、インディアンも含めて文明化を進める義務がある。ちゃんとした学校も、図書館もないような状況がいつまでも続けば、西部は近代化された東部から、遅れる一方です。多少の犠牲は、やむをえまい」

わたしが口を出そうとすると、ストーンが目でやめろと合図した。

確かに、ここでそんな議論をしている暇はないので、しかたなく口をつぐむ。

ストーンは言った。

「三方から包囲する、とおっしゃいましたが、具体的にどういう戦法をとるおつもりですか」

スコッツデイル少佐は、まるでストーンがインディアンのスパイではないか、と疑うような目をした。

しかし、さすがにそれはないと思い直したのか、地図の方に向き直った。

「これはシカゴの総司令部にいる、シェリダン将軍の指示による戦法です。まず、ダコタのリンカーン砦から、テリー将軍が第七騎兵隊を率いるカスター中佐らとともに、西へ向かう。逆に、モンタナのエリス砦からギボン将軍の旅団が、イエローストン川沿いにくだって東へ向かう。二つの部隊は、イエローストン川に注ぐローズバッド川の河口で、今月中旬に出会うことになります」

そう言って、二つの河の合流地点を葉巻の先で、指し示す。

フィリップ・シェリダン将軍は、平原インディアンを無力化するために、その生活のすべてを支えるバファローを狩りまくれ、と放言した過激派だ。おかげで、バファローは白人の狩猟者の手で乱獲され、このままでは絶滅するだろうといわれている。

少佐は続けた。

「一方南からは、すでに先月二十六日にクルック将軍の部隊が、この砦を出発しました。現在、ローズバッド川の源流付近へ向けて、北上しつつあります」

五月二十六日といえば、すでに十日以上も前のことだ。

ストーンが椅子を立ち、少佐のそばに行って地図をのぞき込む。エドナもわたしも、そしてジャスティもそれにならった。

この砦から、北々西へ二百マイルほど道をたどれば、モンタナ準州にはいる。その付近には、さらに北に位置する大河イエローストン川に注ぐ、多くの支流の源流がある。ビッグホーン、ローズバッド、タング、パウダーなどの川がそれだ。そのほかにも、川とも呼べないような小さな流れが、無数にあるらしい。

スコッツデイル少佐の説明によると、合流したギボン隊はテリー隊とともに、イエローストン川に注ぐビッグホーン川の河口まで、引き返す。そこから、南下して支流のリトルビッグホーンの川筋にはいり、まっすぐ上流を目指す。

一方、テリー隊と分かれたカスターの第七騎兵隊は、ローズバッド河口からそのまま流れに沿って、南へ向かう。源流付近で、ワイオミングから北上して来たクルック隊と、合流する。そのあと、西へ転回してリトルビッグホーン川の源流に達し、今度はその下流目指して北へ向かう。

しかるのちに、同じ川を南下して来るギボン、テリーの混成部隊と、南北からスー、シャイアンの連合軍を挟み撃ちにする、という計画だった。

しかし、そううまくはいかなかったことが、のちに判明する。

テーブルにもどると、スコッツデイル少佐はわたしたちの顔を順繰りに眺め、最後にエドナのところで目を留めて、さも残念そうに言った。

「今ご説明したとおり、事態はかなり切迫しています。お嬢さんの件は、さぞご心配なこととお察しするが、現時点ではお力になれそうもありません。コマンチが、スーとシャイアンの連合軍に紛れ込めば、ますます探索はむずかしくなります。ここで、戦いに決着がつくまで待機していただくのが、最上の策だと思いますよ」

エドナの頬が、見た目にも固くなる。

「ひとたび戦いが始まれば、戦闘員も非戦闘員も区別がつかなくなります。隊員のみなさんが、コマンチになり切ったエミリを白人と見分けて、攻撃を控えるなどとはとても期待できません。戦いが始まる前に、エミリを救い出す手立てを講じておかないと、取り返しのつかないことになります。わたしたちは明日の朝、モンタナへ向けて出発します」

そのきっぱりした口調に、少佐もちょっとたじろぐ。

「しかし、奥さん。わたしたちには、あなたがたに護衛をつける余裕がありませんし、途中の安全を保障することもできません。それでも行く、とおっしゃるなら、止めはしませんが」

「行かなければならないのです。護衛についても、お気遣いはいりません。ただ、食糧の補給と馬の交換だけは、させていただきたいと思います」

スコッツデイル少佐は、あきれたのか感心したのか分からないが、軽く肩をすくめた。

「どうぞ、お好きなようになさってください」

36

計画は、エドナ・マキンリーが宣言したようには、進まなかった。

その夜のうちに、当のエドナがひどい高熱を発して苦しみ始め、一緒に寝ていたウォレンがわたしの部屋に、急を知らせに来た。

わたしは、ジャスティ・キッドを叩き起こして、診療所へ医者を呼びにやらせた。

医者は、ちりちりの白髪頭に銀のつるの眼鏡をかけた、初老の軍医大尉だった。ドク・トビンと名乗った。

騒ぎに気づいて、トム・B・ストーンとサグワロも、起き出して来た。

サグワロによれば、到着後に診察を受けたときドク・トビンは、かすかに酒のにおいをさせていたそうだ。しかし腕は確からしく、サグワロはドクが調合した薬を一服のんだだけで、すっかり元気になったと請け合った。もっとも、サグワロの回復はドクの薬が効いたからではなく、カタナを取りもどしたからだ、とわたしは信じている。

ドク・トビンは、酒気こそすでに抜けたように見えるが、エドナを診察しながらしきりに首をかしげる。あまり、頼りになりそうもない。

それでも、最後にこう言った。

「熱は高いが、吐瀉《としゃ》がないから悪い病気ではない。疲労からきた、単なる風邪だろう。薬を飲んで、二日か三日じっとしていれば、もとにもどる。ただし、治り切らぬうちに無理をすると、再発する恐れがある。平熱に下がっても、丸一日はベッドから出ないことだ」

エドナにとっては、きわめて不本意な診断だったに違いない。

しかし、夜が明けてもエドナの熱は、下がらなかった。トイレへ行くにも、わたしの手を借りなければならず、体力の消耗がいちじるしかった。

エドナはさすがに、自分を置いて先に行くように、とは言わなかった。悔しさを内に秘め、わたしともめったに口をきこうとしない。

二日目の朝、いくらか熱が下がった。

ドク・トビンは、むろんエドナの訴えに耳をかそうとせず、ベッドから出ることを禁じた。

その日わたしは、ジャスティに誘われてウォレンと一緒に、川へ釣りをしに行った。砦の兵士に借りた釣竿《つりざお》で、半日がんばって鱒《ます》を四尾釣り上げた。

ストーンとサグワロは、砦から数マイル離れた山裾へ狩りに行き、ウサギと鹿を仕止めてもどった。

夕食の前に、ジャスティはウォレンにいつものように、拳銃とウィンチェスター銃の扱い方を教えた。わたしも、一緒に習った。

ストーンの影響を受けたのか、ジャスティは早撃ちにこだわることをやめ、拳銃は狙いを定めて正確に撃つようにと、もっともらしいことを言った。しかも、笑いを噛み殺しているわたしに気がつき、照れ笑いをする余裕さえ見せた。

三日目の朝、平熱にもどったエドナは是が非でも出発する、と言ってドク・トビンとやり合った。ドクは、エドナのたび重なる懇願に一歩も譲らず、もう一日がまんしなければ元の木阿弥《もくあみ》になる、と言い張る。

「コマンチの行く先は、もう分かっている。今さら、二日や三日遅れたところで、なんの影響もありませんよ」

ストーンがなだめたが、エドナは頑強に首を振った。

「いいえ。コマンチが、スーとシャイアンの連合軍の中に紛れ込んだら、探し出すのは容易なことではないわ。まして戦いが始まったら、手の施しようがないでしょう」

わたしは、シーツをぎゅっとつかんだエドナの手を、軽く叩いた。

「心配しないで、エドナ。もし紛れ込んだとしても、わたしがハンクパパ・スーの族長にわけを話して、コマンチからエミリを取り返してくれるように、頼んでみるわ」

ストーンがうなずく。

「ハンクパパ・スーの中には、小さいころ一緒に暮らしたジェニファのことを、覚えている者がいるかもしれない」

「そうよ。場合によっては、シッティングブルに掛け合ってもいいわ」

エドナをなだめるために、つい大きく出てしまった。

シッティングブルは、ハンクパパだけでなくあらゆるスー族の中で、もっとも尊敬されている大族長だ。掛け合うどころか、会うことさえむずかしいだろう。

それでエドナも、ようやくあきらめた。

四日目。

六月もとうとう、十一日になってしまった。わたしたちは気持ちも新たに、フェターマン砦を出発した。

疲れを知らぬフィフィ以外は、みな砦の元気な馬に乗り換えていた。

特別の事情がないかぎり、軍馬と民間馬を安易に交換することは、許されていない。今回、それが許可されたのは、スコッツデイル少佐がわたしたちに示した、最大の厚意だった。

その後の数日間は、これまでの旅程の中で、もっともきついものになった。

わたしたちは、ジョン・ボウズマンが開いたボウズマン・トレイルをたどって、ほとんど休みなしに北上を続けた。

サグワロは、実際にドク・トビンの薬が効いたのか、すっかり体力を回復したようだ。顔の腫れも、日に日に引いた。

エドナも同様で、最初の日こそ心持ち自重した様子だったが、出発二日目からは遅れを取りもどそうと、先頭に立って馬を進めた。

最年少のウォレンも、母親に叱咤《しった》激励されながら、よくがんばった。わたしもつらかったが、弱音を吐く暇はなかった。

あまり無理をせず、一日二十マイルから二十五マイルのペースで、着実に進んだ。今度だれかが倒れたら、元も子もなくなるからだ。

ボウズマン・トレイルは、州境に近づくにつれて西側のビッグホーン山脈に迫り、道が険しくなった。イエローストン川を目指して、北へ流れるパウダー川とその支流が網目のように、行く手に広がる。渓谷になっている地形にぶつかると、それだけで越えるのに数時間を要した。

六月十九日の夕方。

州境まで、あと二十マイルほどの地点に差しかかったとき、通り過ぎたばかりの断崖《だんがい》の後方から、いきなり十数名のインディアンが殺到して来て、わたしたちを取り囲んだ。手に手に、ライフル銃や拳銃を持っている。

エドナやわたしはもちろん、ストーンやサグワロも不意をつかれたかたちで、なすすべもなかった。

そのいでたちから、少なくとも日当てのコマンチでないことは、すぐに分かった。しかも、二つの部族が入り交じっている。

わたしの知るかぎりでは、スーやシャイアンと仲の悪いクロウ族、ショショニ族の一団と思われた。

額に一文字の、赤い顔料を塗った大柄な男が手を上げ、居丈高に言う。

「おまえたち、どこ行く」

かたことの英語だった。

ストーンが、とまどったようにわたしを見る。

「この人たちは、クロウとショショニの戦士で、白人のお友だちなの。スーやシャイアンは、彼らの敵でもあるのよ」

わたしの説明に、大柄な男はぐいと顎を引いた。

「なぜそんなこと、知ってる」

まさか、スーと一緒に暮らしたことがある、とは言えない。

「騎兵隊の人たちに聞いたわ。わたしは、ジェニファ。あなたの名前は」

男は、わたしをじろじろ見定めたあと、口を開いた。

「おれ、ビッグムース（大鹿）。おまえたち、どこ行く」

最初の質問を繰り返す。

今度は、ストーンが答えた。

「スーやシャイアンと、戦いに行く。どこにいるか、教えてくれるとありがたい」

それを聞くと、ビッグムースは仲間の方を振り向き、分からない言葉で何か言った。

話がついたらしく、向き直って言う。

「ついて来い」

いやもおうもない。

わたしたちは、戦士たちに囲まれるかたちで、切り立った崖の間を前進した。

半マイルほど行くと、崖に囲まれた小さな流れのほとりに、テントがいくつも張られているのが見えた。

エドナが、ほっとしたように言う。

「騎兵隊のキャンプだわ」

そのとおりだった。

パトロール隊かと思ったが、それにしては規模が大きすぎる。

ビッグムースが、ライフル銃を持った歩哨《ほしょう》に馬を寄せ、何か話しかける。

歩哨はわたしたちを見やり、目に警戒の色を浮かべながら、そばにやって来た。インディアンたちは、そのままもと来た方へ駆け去った。

「あなたがたは、スーやシャイアンと戦いに来たそうですが、ほんとうですか」

歩哨の問いに、ストーンが応じる。

「その件で、責任者と話がしたい。わたしの名前は、ストーンだ」

ほとんど少年に見える歩哨は、胸を張って捧《ささ》げ銃《つつ》をした。

「責任者はクルック将軍ですが、将軍はどなたにもお目にかかりません」

意外なことを聞いて、わたしはストーンを見た。

ストーンも、いぶかしげに聞き返す。

「クルック将軍の部隊は、スーとシャイアンの連合軍と戦うために、とうにモンタナへはいったと思った。フェターマン砦で、そう聞いてきたのだが」

歩哨は銃を下ろし、もじもじした。

「それについて、自分はお話しする立場にありません。ここで少し、お待ちください」

そう言い残すと、小走りにキャンプにもどって行く。

「どういうことかしら」

エドナの問いに、ストーンが首を振る。

「分かりません。ただ、キャンプにあまり活気が感じられないのが、気になります」

わたしたちは馬をおり、それぞれ手足を伸ばした。

ほどなく、歩哨が将校の肩章《けんしょう》をつけた隊員と一緒に、駆けもどって来る。

歩哨と、たいして年の違わぬように見える将校は、敬礼して言った。

「わたしは、クルック将軍付き連絡将校、ボイド少佐の副官を務める、ギブスン少尉です。

将軍は、どなたにもお会いになりませんが、ボイド少佐がお目にかかると言っております。ただし、少佐のテントは狭いので、六人全員ははいり切れません。三人だけ、同行してください。残った三人は、大テントの方にご案内します」

ストーンは、エドナとわたしに同行するように言い、残る三人には馬の世話を頼んだ。ギブスン少尉について、キャンプ地にはいる。

おりしも、夕食の準備中であちこちに煙が立ち、炊事兵の動き回る姿が目につく。しかしそれ以外の兵士は、パトロールにでも出ているのか、それともテントにこもっているのか、ずいぶん数が少ない。

ストーンが言ったとおり、全体にあまりに活気のないキャンプだった。

ボイド少佐は、歴戦の将軍のようなりっぱな髭の持ち主だが、小柄でひどく痩せている。顎髭を、神経質に指でしごくのが、癖らしい。

わたしたちは、砂地の上に直接置かれた小さなテーブルに、少佐と向き合って着席した。

ストーンは、これまで何度も繰り返したエミリ探索の話をして、コマンチが向かったストーとシャイアンの集結地へ、自分たちも行くつもりでいることを告げた。

少佐は、椅子の上でことさら胸をそらし、エドナに目を向けた。

「スーとシャイアンのキャンプへ行くなど、正気の沙汰とは思えませんな、奥さん。彼らは、われわれ合衆国と全面対決するために、集結しているのですぞ。民間人などの、力の及ぶところではない」

エドナは、テーブルに乗り出した。

「わたしたちは、戦いに行くのではありません。娘を取りもどしに行くのです」

「そのためには、戦わざるをえんでしょう。スーにせよシャイアンにせよ、むろんコマンチにせよ、何も言わずにおとなしくエミリを差し出す、とは思えませんな」

「最小限の戦いは、わたしたちも覚悟しています。できれば、そのための戦力を多少なりとも、割いていただけないでしょうか。たとえ三人でも、四人でも」

ボイド少佐は、両手を立てた。

「それはできませんな、奥さん。われわれは、フェターマン砦から援軍が来ないかぎり、モンタナに引き返すつもりはありません」

ストーンが、口を挟む。

「とおっしゃると、一度はモンタナにはいられたんですね」

少佐は、しぶしぶのようにうなずいた。

「実を言えば、すでに六月九日の時点でここに補給基地を設営して、この十五日には州境を越えました。その前後、われわれに友好的なクロウ族、ショショニ族の戦士が合わせて三百人、わが部隊に加わった。彼らは、われわれとともにスー、シャイアンの連合軍と、戦うつもりで来たのです」

その、奥歯にものの挟まったような言い方に、エドナが話をせかす。

「それが、どうしてまたこの補給基地に、もどって来られたのですか」

少佐は言いにくそうに、こほんと咳をした。

「わが部隊は、三日前の十六日の早朝タング川を渡り、夕方ローズバッド川の源流付近に、到達しました。そこで、下流からのぼって来るカスター隊を待つために、河岸にキャンプを張ったのです。ところが、翌十七日に予想外の事件が起こりました。クレイジーホースの軍団が、奇襲をかけてきたのです」

「クレイジーホース」

エドナはおうむ返しに言い、問いかけるようにわたしを見た。

その名を聞いて、わたしも緊張した。

クレイジーホースは、同じスー族でもシッティングブルとは違う、オグララ・スーの戦士だ。

その名はすでに、わたしがハンクパパ・スーと一緒に暮らしていたころ、スー族全体の間に知れ渡っていた。族長ではなかったが、クレイジーホースの勇猛果敢な戦いぶりは、ほとんど伝説的でさえあった。クロウやショショニに、もっとも恐れられる存在でもあった。

そのクレイジーホースが、クルック隊を攻撃したというのだ。

ストーンが、そっけなく聞く。

「奇襲を受けて、どうされたのですか」

少佐は、苦い顔をした。

「インディアンの戦い方に、総合的な戦略などというものはない。個人個人が、ばらばらに自分の判断で戦う、それが彼らの戦法だ。しかし、クレイジーホースが戦場に臨むと、一人一人が全員クレイジーホースになったように、同じ動きをするのです。したがって、クレイジーホースが加わったスー、シャイアンの部隊は、非常に手ごわい」

何が言いたいのか、わたしにはよく分からなかった。どちらにしても、前置きが長いのは結果が悪かった証拠だ、という気がした。

案の定、少佐はいかにも不本意な口調で、話を続けた。

「結局、わが部隊はクレイジーホースの奇襲を支え切れず、撤収を余儀なくされた」

ストーンの眉が、軽くひそめられる。

「それで、この補給基地まで退却された、というわけですか」

少佐の頰に、かすかに朱が差す。

「退却ではなく、撤収だ」

「なるほど」

ストーンは、軽く咳払いをした。

わたしにも、ようやく事情が分かった。クルックの部隊は、クレイジーホースの奇襲を受けて敗走し、モンタナからワイオミングへ押しもどされたのだ。キャンプに活気がないのは、そのためとしか思えなかった。

少佐は、虚勢を張るように、また胸をそらせた。

「すでに、フェターマン砦へ援軍を要請する伝令を、送り出しました。そろそろ、着くころだと思う」

エドナが、ストーンを見る。

「それなら、途中ですれ違ったかもしれないわね」

ストーンはうなずいた。

「そのはずだが、わたしたちは気がつかなかった」

少佐の顔を、不安の色がよぎる。

「伝令は、夜を日に継いで走り続けるから、あなたがたが寝ている間にすれ違った、ということではないかな」

エドナは、少佐に目をもどした。

「援軍が来るとしても、まだ何日も先のことでしょう。その間に、戦いが始まったら、どうするのですか。フェターマン砦で聞いた話では、南北からスーとシャイアンの連合軍を挟み撃ちにする、ということでした。クルック隊がここにとどまったままでは、南から攻めるのはカスター隊だけになって、手駒《てごま》が足りないのではありませんか」

少佐は不機嫌そうに、唇を引き結んだ。

「それはわたしではなく、クルック将軍が判断されることです」

「クルック将軍に、お目にかかれますか」

エドナが大胆に言うと、少佐は横面《よこつら》でも張られたというように、上体をびくりとさせた。

とんでもない、という口調で応じる。

「それはできませんな、奥さん。将軍はお疲れになっているし、今の状況で民間人とお目にかかるのは、いろいろな意味でよろしくない。お話があるなら、おりを見てわたしの口から、お伝えしましょう」

エドナは、少しの間少佐の顔をみつめていたが、やおら立ち上がった。

「いろいろと、ありがとうございました、少佐。わたしたちは、明朝モンタナへ向けて出発します。今夜だけ、このキャンプにご一緒させていただけませんか」

ストーンとわたしも、席を立つ。

少佐は、自分の耳が信じられないという表情で、わたしたちを見比べた。

「本気で、そうおっしゃるのかな」

「もちろん、本気です」

エドナの返事に、少佐はため息をついた。

「どうやら、止めてもむだのようですな。今夜のことは、ギブスン少尉に便宜を図るように、言っておきます。十分、英気を養ってください」

37

六月二十日の朝。

わたしたちは、ジョージ・クルック将軍の補給基地を出発して、タング川沿いに北上した。地図によれば、ワイオミングとモンタナ両準州の州境まで、二十マイルほどの距離だった。

その日の夕方には、モンタナにはいっていた。

別に、目印の線が引いてあるわけではないが、トム・B・ストーンは地図と周囲の景色を引き比べて、間違いないと請け合った。

西側にそびえる、大きな山塊はビッグホーン山脈。わたしたちの行く手、真正面に立ち塞がるのは、南北に横たわるウルフ山脈の南端だ、という。

補給基地のボイド少佐によると、クルック将軍の部隊はローズバッド川沿いに南下して来る、ジョージ・アームストロング・カスター中佐の第七騎兵隊と、わたしたちのいる州境付近で合流するはずだったらしい。

ところが、第七騎兵隊が姿を現さないため、クルック部隊はウルフ山脈の東側を、ローズバッド川沿いに北上した。そこで、クレイジーホースが率いる軍団と遭遇し、激戦の末退却を余儀なくされたのだった。

もし、二つの部隊が予定どおりに出会っていれば、合流部隊はウルフ山脈の南端を迂回して、西側のビッグホーン山脈との間の峡谷を、北上していたはずだ。そうすれば、かりにクレイジーホース軍団とぶつかっても、敗走することはなかったかもしれない。

ボイド少佐は、その後第七騎兵隊がどこをどう移動したにせよ、まったく連絡がつかないと言っていた。

わたしたちは一晩キャンプして、翌朝から合流部隊が行軍するはずだったルートを、たどることにした。二つの山脈に挟まれた、険しい道筋だということは予想できたが、ほかに道はない。ともかく、そこをどんどん北上して行けば、リトルビッグホーン川のほとりに集結しているはずの、スーとシャイアンの連合軍に出会うだろう。

北からはギボン、テリー両将軍の混成部隊が南下して来る予定だし、第七騎兵隊もおっつけどこからか、姿を現すに違いない。そうなると、大規模な戦闘は避けられない。それが、わたしたちにとってどんな結果を招くかは、予断を許さなかった。

二つの山脈に挟まれた峡谷は、起伏の激しい険阻な道が延々と続いて、想像以上に厳しいルートだった。馬を引きながら、崖をのぼりおりすることもたびたびで、一時間に半マイルしか進めないところもあった。エドナ・マキンリーはストーンとサグワロ、ウォレンはジャスティ・キッドとわたしが、それぞれめんどうをみた。

幸い、だれも体調を崩すことなく旅を続け、六月二十四日の日暮れには、リトルビッグホーン川の源流付近、と思われる地点に到達した。小さなクリーク（支流）が網の目のように流れ、どれとどれがつながっているのか、見当もつかない。

翌二十五日の朝、小さな流れに沿ってさらに北上を続けると、午後一時を過ぎてほどなく東西に流れる、比較的大きな川にぶつかった。

ストーンは、太陽の位置や付近の地形を観察し、手元のおおざっぱな地図と引き比べて、推論を下した。

「これが、リトルビッグホーンに流れ込む支流の、アッシュクリークだろう。流れに沿って、西へ行けばリトルビッグホーン川に出るし、東へ行けばローズバッド川にぶつかるはずだ」

エドナが質問する。

「どちらの川が近いの」

「リトルビッグホーンです。距離にして、五マイルほどだと思う」

「カスター中佐の第七騎兵隊は、どこへ行ってしまったのかしら」

ストーンは、少し考えた。

「クルック将軍の部隊と合流できなかったのは、出発が遅れたか行軍に手間取ったかの、どちらかでしょう。いずれにせよ、州境までくだる時間がなくなったわけだから、ウルフ山脈の手前で西へ転進して、リトルビッグホーン川へ直接向かったはずだ」

「だとしたら、このアッシュクリーク沿いにやって来る、という可能性もあるわね」

「たぶん。あるいは、もう通り過ぎてしまったか」

ストーンが言ったとき、付近の様子を偵察しに行ったサグワロが、引き返して来た。

「この先に、インディアンたちがふだんの往来に使うらしい、道のようなものがある。まだ新しい馬糞が、落ちていた」

サグワロの案内で馬を進めると、なるほど真新しい馬糞が見つかった。

ストーンが馬をおり、蹄の跡を調べる。

「蹄鉄を打ってあるから、これは騎兵隊の馬だな。ここを通過して、まだ一時間とたっていないようだ。急げば、追いつくかもしれん」

わたしたちは、蹄の跡を追って走り出した。

やがて、霞《かすみ》でもかかったように行く手の視界が、ぼやけてくる。

先頭を行くストーンが、馬を止めて振り返った。

「騎兵隊が残した、砂塵の名残だ。砂がアルカリ性だから、目や喉をやられる。帽子をできるだけ引き下げて、バンダナで鼻と口をおおうんだ」

気がついてみると、地面の砂が妙にさらさらした感じに変わり、歩くたびに細かいほこりが舞い上がる。喉がいがらっぽくなり、目がひりひりし始めた。

その上、小さな羽虫があたりを飛び回り、隙があれば刺しにくる。中には、ブヨのような大きな羽虫もいて、馬を刺そうとたかってきた。

わたしたちは、シャツの襟を立てて喉元までボタンを留め、手袋をはめた。しかし、馬の方は自分のしっぽで追い払うしか、防ぎようがなかった。

道筋の草は、前に通った大量の馬にあらかた食い尽くされ、根っこがむき出しになっている。

「騎兵隊より前に、インディアンの大群がここを通ったらしい。騎兵隊が通ったときは、草はほとんど残っていなかっただろう」

ストーンの説明に、ジャスティが不安げに聞く。

「大群って、どれくらいかな」

「分からない。これだけ完璧《かんぺき》に、草がなくなっているところをみれば、馬だけでも相当の数になる。女子供を合わせると、総数は三千人から五千人に達するかもしれん」

わたしは、そんなに大勢のインディアンが一緒に動くのを、見たことがなかった。

「騎兵隊は、何人くらいかしら」

「砂煙の規模からすれば、百人から百五十人の間だな」

ストーンの答えに、びっくりする。

「そんなに小さな部隊で、インディアンの大群と戦うつもりなの」

「騎兵隊の規模は、一連隊で六百名前後だ。第七騎兵隊も、例外ではないだろう。おそらく、十一か十二ある中隊を、三中隊ないし五中隊ずつの大隊に、分割編制したんだ。その上で、異なるルートを相前後して、進軍中に違いない」

「総勢六百名でも、まだ少ないわ。クルック部隊と合流していれば、もう少し陣容が整ったはずなのに」

「北の方、つまりリトルビッグホーン川の下流の方から、別の部隊がやって来るのを待てば、挟み撃ちにできる。それを狙っているのだろう」

そのときサグワロが、アッシュクリークの対岸の崖の上を、指さした。

「あれを見ろ」

目を上げると、崖の上の空に茶色がかった砂煙らしきものが、薄く広がっている。

ジャスティが、ストーンを見る。

「インディアンかな、トム」

ストーンは首を振った。

「いや、違うだろう。あの規模からみると、第七騎兵隊の本隊じゃないかな」

わたしは口を開いた。

「わたしも、そう思うわ。インディアンが、キャンプを張る場所を探すとしたら、あんな崖の高いところじゃなくて、こちら側の低地を選ぶはずよ」

ストーンが、馬に拍車を入れる。

「ともかく、こちらの部隊を追ってみよう」

わたしたちは、ストーンのあとに続いた。

ほどなく、アッシュクリークとリトルビッグホーン川の、合流地点に達した。部隊は、そこでそのままリトルビッグホーン川を渡り、岸辺に広がる森の中へはいったようだ。

わたしたちも、その足跡を追った。

森を抜けるのに、五分もかからなかった。目の前に、ところどころ灌木の茂みが点在する、荒れ地が広がっている。右手にリトルビッグホーン川が流れ、岸辺に沿って断続的に連なる、木立が見えた。その向こうの対岸には、険しい断崖がそびえ立つ。

突然、ほんとうに突然という感じで、のぼり傾斜になった行く手の丘の先に、砂煙が舞い起こった。少し遅れて、雄叫びや喊声《かんせい》が雲のように沸き立ち、銃声も聞こえてくる。騎兵隊の、勇ましい進軍ラッパの音が、中空に響き渡った。

ストーンは、とっさに馬首を左へ向け直すと、一声どなった。

「ついて来い」

馬に拍車をくれ、丘陵の左手へ向けて全速力で疾走する。

わたしたちも、遅れじとばかりストーンのあとに続き、一マイル半ほどのなだらかな傾斜を、一気に駆け上がった。

頂上の少し手前で馬をおり、這うようにして反対側の荒れ地を見下ろす。

息が止まりそうになった。

ほぼ一マイルほど先の、蛇行する川の近くにすさまじい砂塵が舞い上がり、紺色の軍服を着た騎兵隊と、上半身裸のインディアンが入り乱れるように、戦いを繰り広げているのだった。

騎兵隊は全員下馬し、インディアンに銃弾を浴びせる。インディアンはそれを取り囲み、渦を巻きながら馬で周囲を駆け巡る。さらに、射撃が途切れるのを見透かした戦士が、騎兵隊の隊列の中に飛び込んで行く。どちらが優勢かは、一目瞭然《いちもくりょうぜん》だった。

あとで分かったことだが、カスター中佐はこの日の昼ごろ自分の連隊を、三つの大隊に分割した。反抗的な先任将校、フレデリック・ベンティーン大尉に三個中隊を与えて、インディアン探索の偵察部隊とする。これはのちに、実務というよりベンティーン大尉を遠ざけ、戦闘で手柄を立てさせないための処置、ともいわれた。

さらに、マーカス・リーノウ少佐に同じく三個中隊を与えて、アッシュクリークの左岸からリトルビッグホーンを渡らせ、スカウトから報告を受けたスー、シャイアン連合軍のキャンプを、南側から襲うように指示した。

眼下に展開している戦いは、このリーノウの大隊だった。キャンプへの接近を気づかれ、連合軍の迎撃を受けたらしい。

カスターみずからは、そのころ主力となる五個中隊を率いて、アッシュクリークの右岸をくだり、合流地点からリトルビッグホーンの右岸にそびえる、断崖の上に回っていた。

この戦いで、カスターは進軍の速度を落とさないために、野戦砲もガトリングガン（初期の機関銃）も、帯同しなかった。さらに、行軍の邪魔になるとの判断からか、隊員にサーベルもつけさせなかった、という。

くどいようだが、騎兵隊が公式に採用したライフル銃は、速射できるウィンチェスターの連発銃ではなく、スプリングフィールドの元込め単発銃だった。拳銃は、銃身の長い騎兵隊仕様のコルトSAAを、標準装備していた。

一方、スーとシャイアンは旧式の先込め銃のほか、白人から手に入れたウィンチェスターを持つ者もいたが、主たる武器はやはり弓矢と槍、棍棒《こんぼう》と手斧、それにナイフだった。

しかし勝敗の帰趨《きすう》は、武器の違いよりも戦闘員の数で決まった、といってよい。

戦闘が続く地点の、はるか向こうの平原にティピの群落が、無数に展開しているのが見える。その群落は、おおざっぱに六つほどのブロックに、分かれていた。どちらにしても、これほど大規模のインディアンのキャンプは、見たことがなかった。

その数からして、インディアンの総数は一万人を優に超える、と思われた。

戦闘要員を、甘く見て五人に一人と数えたとしても、二千人以上の戦士がいることになる。第七騎兵隊の総数の、三倍以上の規模だ。

現に、今眼下で戦っている大隊は百人か百五十人程度で、しかも岸辺の木立へ向かってじりじりと、後退しつつある。

劣勢は、おおうべくもなかった。

38

退却ラッパが鳴り渡る。

トム・B・ストーンは言った。

「騎兵隊は、岸辺から対岸へ退却するつもりだ。インディアンがそれを追撃する間に、こっちは平原の西側を迂回して、キャンプへ直行しよう」

サグワロも、ジャスティ・キッドもうなずく。

わたしたちは馬を引き、左手の斜面をくだった。

麓までおりると、しだいに岸辺へ追い詰められる騎兵隊が、目にはいった。

その混乱に乗じて、戦場となった平原の西側を小走りに、迂回して行く。戦いのさなかとはいえ、距離は半マイルほどしか離れておらず、姿を見られる恐れがあった。なるべく、灌木の茂みを伝って、移動する。

ついに、進退きわまった騎兵隊が川へ飛び込み、対岸へ逃げ出すのが見えた。インディアンたちは、かさにかかってそれを追撃した。鷲の羽根でできた、長いウォーボンネットをなびかせた戦士が、砂煙の中を川に向かって突進する。

隠れた兵士をいぶり出すつもりか、岸辺の木立から火の手と煙が上がった。

すさまじい銃声と叫喚が、風に乗ってこちらにも流れてくる。

戦場を遠ざかり、キャンプまで五百ヤードほどの距離に迫ったとき、ストーンは振り向いて言った。

「エドナ。あなたはウォレンと一緒に、このあたりの岩陰で待っていてほしい」

エドナが、眉を吊り上げる。

「ここまで来て、それはないわ、トム。ウォレンだけ待たせて、わたしも一緒に行きます」

ウォレンが、口をとがらせて抗議する。

「ぼくだって行くよ、ママ」

ストーンは手を上げた。

「二人とも、ここで待つんだ。はっきり言って、女子供は足手まといになる。ただし、ジェニファは修羅場をいくつもくぐってきたし、スーの言葉が話せるから連れて行く。頼むから、言うことを聞いてほしい」

エドナは鼻をふくらませ、しばらく考えを巡らしていたが、最後はしぶしぶ折れた。

「分かったわ、トム。そのかわり、かならずエミリと一緒に、もどって来てね」

ストーンはうなずき、サグワロとジャスティとわたしを、順繰りに見た。

「よし、馬に乗れ。キャンプまで、突っ走るんだ」

そう言うなり、鐙に足をかける。

わたしたちは、ストーンに続いていっせいに馬に飛び乗り、拍車を入れた。

キャンプに向けて、全速力で走り出す。

キャンプの南端まで一気に駆けると、そのあたりで戦場の様子をうかがっていた女、子供や老人が、わたしたちの接近に気づいてあわてふためき、ティピに逃げ込んだ。

その中に、顔や体にウォーペイントを塗ったり、ウォーボンネットをかぶったりした者は、一人もいなかった。戦う力のある男はすべて、騎兵隊との戦いに出たとみえる。

ストーンも、それを察したらしい。キャンプの端に達すると、そのままスピードを緩めずに突っ込み、立ち並ぶティピの間を駆け抜けて行った。

わたしはフィフィに拍車をくれ、ストーンに並んで呼びかけた。

「トム。このあたりは、みんなスーのティピよ。コマンチのティピは、どこか離れたところにあるはずだわ」

「よし。手分けして、コマンチのティピを探すんだ」

わたしは、さらに二つ三つフィフィの腹に蹴りを入れ、先頭に立った。

林立するティピは、同じスーでも部族の違いによって、いくつかの群れに分かれている。その間をジグザグに駆け回り、数の少ない独立したティピの群落を探した。しかし、ティピの数は気が遠くなるほど多く、探し当てるのは不可能と思われた。

そのうちに、子供のころ一緒に暮らしたハンクパパ・スーの、ティピの一群を見つけた。フィフィから飛びおり、あわてて逃げようとする老婆《ろうば》をつかまえて、話しかける。

「ちょっと、聞きたいことがあるの」

老婆は、わたしがスーの言葉を話したと分かると、びっくりして口をあけた。

続けて言う。

「わたしは、小さいころあなたたちの部族と一緒に、暮らしたことがあるわ。だから少しだけ、スーの言葉が話せるの。お願い、教えて」

老婆は、しわだらけの喉を動かし、しゃがれ声で応じた。

「何が聞きたいのかね」

わたしは、腰のあたりで人差し指を前に伸ばし、くねくねと蛇行させた。それは〈蛇のインディアン〉、すなわちコマンチ族を意味するしぐさだ。

「この中に、コマンチの一族が三十人くらい、紛れ込んでいるはずよ。どこに、彼らのテイピがあるのか、教えてほしいの」

老婆は、わけ知り顔にうなずいた。

「その連中なら、北の端にあるシャイアンの集落のはずれに、ティピを持っているよ」

わたしは礼を言って、フィフィに飛び乗った。

西の方から、馬を走らせて来たストーンに、呼びかける。

「トム。コマンチのティピが、分かったわ。北のはずれよ」

ストーンは、指笛を鳴らしてサグワロとジャスティに、合図を送った。二人とも、すぐにその合図に気づき、ティピの間から姿を現した。

わたしは先頭に立ち、キャンプの北のはずれに向かった。

キャンプは、リトルビッグホーン川の左岸に沿うように、南北に展開している。その規模は予想以上に大きく、長さ二マイルか三マイルはあったと思う。

シャイアンの集落は、スーの集落が終わって少し離れた場所に位置し、さらにその向こう側に別のティピの、小さな群落がいくつかあった。

わたしたちが、その群落に馬首をそろえて駆け込むと、様子を見に出た女や子供がパニックに陥り、あわただしく逃げ惑う。小さな群落とはいえ、どこにコマンチのティピがあるのか判断できず、わたしたちも少しの間右往左往した。

そのとき、見覚えのある年配のインディアンが、目に留まった。

以前コマンチのキャンプで、わたしがさらおうとしたエミリを取り返し、ティピに連れもどした男だった。

一か月ほど前、コマンチに置き去りにされたチキンテールを助けたとき、エミリはティヴォペという名前を与えられ、呪術師のアグリーベアの養女になった、と聞かされた。だとすれば、この男こそアグリーベアに違いない。

アグリーベアも、わたしのことを思い出したらしい。目があったとたん、うろたえたように尻込みして、背後のティピに飛び込んだ。

「あそこよ、トム」

ストーンに声をかけ、まっすぐそのティピに向かう。

フィフィから飛びおり、入り口の垂れ幕を引きあけた。とたんに、木の盾らしきもので押し返され、尻餅《しりもち》をつく。

「ティヴォペ。ティヴォペ」

わたしは名前を呼び、もう一度頭から垂れ幕に突っ込んだ。盾と一緒に、アグリーベアを押し倒す。ストーンが、わたしの頭越しにアグリーベアに飛びつき、敷物の上に押さえ込んだ。

その奥に、身を縮めて様子をうかがう、エミリの姿が見える。

目が合うと、エミリはわたしの横を擦り抜けて、外へ逃げ出そうとした。とっさに足をすくって、その場に転がす。

エミリは、鹿皮服を着た手足をばたばたさせて、逃れようとした。

その体を、ジャスティが上から押さえつける。

わたしはどなった。

「かまわないから、手足を縛って。かついで、連れて行くのよ」

「分かった」

ジャスティは、エミリの背中を膝で押さえつけながら、すばやく後ろ手に縛り上げた。

その間に、ストーンはアグリーベアの顎にパンチを食らわせ、気を失わせた。

ティピの外で、争う物音がする。

わたしは垂れ幕を引き、外へ躍り出た。

サグワロが、赤銅色の肌をした鷲鼻のインディアンと、丁々発止やり合っている。

よく見ると、それはストーンに肩を撃たれたコマンチの戦士、レッドイーグルだった。

そのときの傷が完治していないのか、レッドイーグルはウォーペイントを塗っておらず、左腕をだらりと垂らしたまま、右手一本で石斧を振り回している。どうやら、後遺症で十分に戦えないため、キャンプに残ったらしい。

サグワロが、抜いたカタナを体の後ろへ引いた格好で、じりじりと間合いを詰める。

そのとき、にわかに遠雷のような地響きが足元に伝わり、雄叫びが近づくのが聞こえた。

ストーンが背後から、わたしの肩をぐいとつかむ。

「ストーがもどって来るぞ、ジェニファ。ティピの中へはいれ。サグワロもだ」

「少し待ってくれ」

サグワロは言い捨て、誘いをかけるように左の肩を突き出した。そこを目がけて、レッドイーグルが石斧を振り下ろす。

サグワロは、わずかに身を引いてそれをかわし、流れたレッドイーグルの右手に、カタナを叩きつけた。

思わず、叫んでしまう。

しかしレッドイーグルは、腕を切り落とされたわけではなかった。ただ声を上げて、石斧を取り落としただけだった。カタナの峰で、打たれたらしい。

次の瞬間、サグワロの左の拳が吸い込まれるように、レッドイーグルの腹を襲う。

レッドイーグルは、今度は声も出さずにその場に膝を折り、ゆっくりと地面に崩れ落ちた。

サグワロは、レッドイーグルが倒れ切らぬうちに、カタナを背中の鞘に収めた。わたしの肘をつかんで、ティピの中に押しもどす。

ジャスティは、縛り上げたエミリの口に猿轡をかませ、暴れるのをやめるようしきりになだめている。

わたしは、垂れ幕の下を少し持ち上げ、外の様子をうかがった。そのティピは、川に通じる道筋に面した草地にあり、見通しがきく。

馬の蹄の音が大地を揺るがし、その響きがどんどん高くなった。

南から接近した騎兵隊を、リトルビッグホーン川の対岸へ追いやったスー、シャイアンの連合軍が、キャンプへ駆けもどって来るらしい。

しかし、凱旋《がいせん》するにしては速度を緩める気配がなく、まだ戦いが続いているような緊迫感がある。

ティピの立ち並ぶ道筋に、キャンプに残った非戦闘員がこぞって集まり、歓呼の声を上げ始めた。

「タスンケ、ウィトゥコ。タスンケ、ウィトゥコ」

そう聞こえる。

スーの言葉で〝His horse is crazy〟、つまりクレイジーホースの名を呼んでいるのだ。

ティピの大群落の南端から、まっしぐらに馬を馳《は》せて来る戦士たちの先頭に、その男の姿が見える。栗毛《くりげ》に、白い斑点《はんてん》のはいった馬にまたがった、いかにも精悍《せいかん》な体つきの男だ。

赤く塗った顔に黄色い稲妻、裸の上半身に霰《あられ》の模様というウォーペイントが、ひときわ目立つ。ウォーボンネットをかぶらず、ただ一本赤い鷲の羽を後頭部に差しただけだった。

周囲の歓呼に見向きもせず、クレイジーホースは右に左に鞭を振るって馬をはやし、嵐のように中央通路を疾走した。そのあとを、山が崩れるほどの音を轟《とどろ》かせながら、無数とも思える戦士たちが、なだれを打って続く。あたりに、もうもうたる砂塵が舞い上がった。

クレイジーホースの軍団は、そのままキャンプを一気に駆け抜けると、リトルビッグホーン川の下流に向けて、突っ走った。

わたしは、ストーンを振り返った。

「クレイジーホースの軍団が、下流の方へ駆けて行ったわ」

「浅瀬を渡って、対岸の丘の上にいる第七騎兵隊の本隊を、包囲するつもりだろう」

ストーンは言い、一呼吸おいてからどなった。

「行くぞ」

わたしたちは、ティピを飛び出した。

39

キャンプのはずれから、まっすぐ西へ馬を走らせる。

一マイルほど先の段丘を越え、キャンプが視界からはずれたところで、南へ進路を変えた。

トム・B・ストーンが馬を止め、ジャスティ・キッドを振り返る。

「エミリは、だいじょうぶか」

 ジャスティは、自分の鞍の前にエミリを腹這いの格好で乗せ、手綱を握っている。猿轡のせいで声は漏れないが、エミリは揺れがもろに腹から体全体に伝わるので、相当苦しいに違いない。

「少し、ゆっくり走った方がいいかもしれない」

 ジャスティが言うと、サグワロが馬を寄せてカタナを抜き、エミリの足を縛ったロープを切った。

「鞍にまたがらせろ。落ちないように、後ろから抱いてやれ」

 ジャスティは、後ろ手に縛られたエミリを引き起こして、自分の前にまたがらせた。

 エミリは、敵意のこもった目でわたしたちを睨んだが、今さら抵抗してもむだだと悟ったらしく、されるままになっていた。

 ふたたび走り出す。

 二マイルほど南下すると、西へ向かって傾斜するスロープの岩陰に、馬を引いて待つエドナ、ウォレンのマキンリー母子の姿が見えた。

 わたしたちを認めると、エドナは手綱を放して数歩前へ出たが、そこで足を止めた。その目はまっすぐ、ジャスティの鞍に乗せられたエミリの顔に、向けられている。

 わたしは、すぐにも馬のそばに駆け寄ると思ったが、エドナの足はそれ以上動かなかった。

　ストーンは馬をおり、ジャスティの鞍からエミリを抱き下ろして、その場に立たせた。

　抵抗こそしなかったが、エミリは相変わらず目に敵意をみなぎらせて、エドナを睨み返す。

　わたしたちも馬からおり、二人の様子を見守った。

　エドナが、無意識のように口に手を当て、おずおずと足を踏み出す。

　手を下ろし、こわばった笑いを浮かべた。

「ハイ、エミリ。お母さんよ。覚えているでしょう」

　そう呼びかけられて、エミリがとまどったように、わたしを見る。

　わたしは、前にコマンチのキャンプで説明したことを、もう一度手話に乗せた。

〈あなたは、白人。小さいときに、コマンチにさらわれた。この女性が、あなたのほんとうのお母さんよ〉

　エミリの目に、わずかな感情の動きが見られたが、敵意はまだ消えなかった。

　エドナが、背後に控えるウォレンを親指で示して、ゆっくりと話しかける。

「ほら、覚えているでしょう。あれが、あなたの弟の、ウォレンよ」

　ウォレンはぎこちなく、エミリに笑いかけた。

　エミリはウォレンを見たが、やはり表情は変わらなかった。言葉が思い出せないらしい。

エドナが、サグワロに言う。

「お願い。エミリの、手首のロープを切ってあげて」

ストーンがうなずいたので、サグワロはナイフを抜いてロープを切り、エミリの手首を自由にした。

エドナが、手を差し伸べる。

「こちらへいらっしゃい、エミリ。あなたが好きだった子守歌を、歌ってあげるから。そうすれば、きっとわたしたちのことを、思い出すわ」

エミリは、動こうとしなかった。

しびれを切らしたように、エドナが一歩踏み出す。逆にエミリは、一歩さがった。

エドナが、すがるようにエミリの肩をつかみ、強く引き寄せる。

「エミリ、お願い」

エミリは、一度腕の中に抱き締められたかに見えたが、すぐにエドナを突きのけた。

ぱっと身をひるがえし、丘の上を目がけて駆け出す。あまりのすばやさに、だれも止めることができなかった。

「エミリ、エミリ。もどって来るのよ」

エドナが叫び、あとを追おうとする。

ジャスティがエドナを止め、エミリのあとを追った。そこはかなり傾斜がきつく、ジャスティはたちまち足を滑らせ、四つん這いになった。それでもすぐに起き上がり、必死になって駆け上がる。

エミリは、足場の悪いのをものともせず、すばしこい動きで斜面をのぼり続けた。

わたしはフィフィに飛び乗り、エミリのあとを追った。フィフィなら、これくらいの傾斜は苦もなくのぼれる。

エミリが、早くも段丘の頂上に到達した。

わたしが、手綱でフィフィの首筋を叩いたとき、突然行く手の空に馬の影が二つ割り込み、エミリの前に立ち塞がった。

驚いたフィフィが棹立《さおだ》ちになり、わたしはたまらず鞍からほうり出された。頭を打たないように、体を捻るのが精一杯だった。

頭を抱えたまま、ごろごろと斜面を転げ落ちる。

ジャスティに支えられて、ようやく体が止まった。何が起こったのか、分からなかった。

見上げると、青い空をバックに立ちはだかる、二人の男の姿が目にはいった。二人とも、灰色のロングコートに身を包み、黒い帽子の下に目の部分だけ穴のあいた白覆面を、すっぽりとかぶっている。

思わず、拳を握り締めた。ラモン・サンタマリアを殺した、あの白覆面の男たちに違いない。

小柄な方の白覆面は、エミリの上体を後ろから抱きすくめ、いつでも首を掻き切るぞというように、ナイフを突きつけている。

大柄な方の白覆面が、拳銃を構えてどなった。

「その女と坊主《ぼうず》だけ、こっちへ上がって来い。ほかのやつらは、そこから動くな。妙なまねをすると、この小娘の命はないぞ」

覆面のせいで、声がこもっている。

エドナは動かず、ストーンの顔を見た。ストーンは、何も言わなかった。

大柄な男が、またどなる。

「早くしろ。この小娘が、どうなってもいいのか」

それを聞くと、エドナははじかれたようにウォレンの手を引き、斜面をのぼり始めた。

ジャスティが、耳元でささやく。

「あいつらだな、ラモンをやったのは」

「ええ。やったのは、小柄な方の男よ。覆面の裾が、ちぎれているもの」

見たとおりを言った。

わたしの観察に、間違いはない。ラモンは、白覆面の切れ端を握り締めて、死んでいたのだ。

「くそ」

ジャスティは低くののしり、なんとかならないものかというように、ストーンを見返った。

ストーンは相変わらず何も言わず、斜面をのぼる二人を見守っている。

サグワロが、さりげなくベストの襟に指を走らせるのが、目にはいった。その指が、口へ運ばれるのを見て、吹き針を含んだことが分かる。しかし、斜面の上と下では距離がありすぎて、すぐには役に立つまい。

エドナとウォレンが、ジャスティとわたしのそばをすり抜けて、頂上へ向かう。そのとき、エドナが早口に言うのが、耳にはいった。

「なんとかして」

できればわたしも、なんとかしたい。

エドナたちが、斜面をのぼり切るのを待って、大柄な男が言った。

「よし。おまえたち四人は、このまま行っていい。ただし、女と坊主の馬だけは、おいて行け」

ストーンが、ようやく口を開く。

「その三人を、どうするつもりだ」

「おまえたちの知ったことじゃない。さっさと行っちまえ」

わたしはとっさに、サグワロに呼びかけた。

「サグワロ、上がって来て。足をくじいたらしいの。歩けないわ。ジャスティに手を貸して、一緒に運んでくれないかしら」

サグワロはうなずき、斜面をのぼり始めた。

わたしの位置まで上がれば、白覆面の男たちに吹き針が届くと読んだのだが、サグワロにもその意図が通じたらしい。

大柄な男は、油断なくサグワロに銃口を向け、動きを監視している。

「早くしろ。この丘の裾をまわって、まっすぐ南へ行くんだ。おまえたちが見えなくなるまで、ここで見張っているからな」

こもってはいるが、どこかで聞いたような声だ。体つきにも、見覚えがある。

わたしは、斜面に腹ばいになったまま、白覆面の男たちを見上げた。少しでも隙ができたら、反撃に出るつもりだ。ジャスティも、そしてストーンも同じだろう。

そばにたどり着いたサグワロが、わたしの足元にしゃがみ込む。

わずかな静寂のあと、鋭く息の漏れる音が頭の上でしたかと思うと、小柄な白覆面が小さな悲鳴を上げ、握ったナイフを落とした。

同時に、ウォレンが右手を上げて大柄な白覆面に、何かを投げつける。白覆面の顔の前で、砂がぱっと散った。

間髪をいれず、エドナが白覆面の大きな体に、肩からぶつかって行く。

白覆面は罵声《ばせい》を上げ、目にかかった砂を払いながら、やみくもに拳銃の引き金を引いた。狙いが定まらず、弾はそっぽへ飛んでいった。

エドナがウォレンをつかまえ、ためらわず斜面に身を投げる。二人は、もつれたままわたしたちの方へ、転げ落ちて来た。

その間に、エミリが小柄な白覆面の腕を振り払い、丘の向こう側へ逃げ出す。男は、あわてふためいた動きで馬に飛び乗ると、エミリを追って姿を消した。

わたしは飛び起き、二人のあとを追おうとした。

大柄な白覆面が、ようやく目をこすっていた手を下ろし、拳銃をわたしに向ける。

その瞬間、わたしの脇にいたジャスティが拳銃を抜き、左手で撃鉄を立て続けに起こしつつ、猛烈な勢いで連射した。

帽子が吹っ飛び、白覆面は大声を上げて一度のけぞると、のめるように前に倒れ込んだ。そのまま斜面を、ずるずるとずり落ちて来る。

ジャスティは、撃ち尽くした拳銃を右のホルスターにもどし、もう一挺の拳銃を左手で引き抜いた。右手に持ち替え、目の前に滑り落ちて来た白覆面に、油断なく狙いをつける。

ストーンとサグワロが、エミリともう一人の白覆面を追って、斜面を駆け上がるのが見えた。

わたしは、エミリの追跡を二人に任せて、白覆面が握り締めたままの拳銃を、ブーツで蹴り飛ばした。弾が貫通した、ロングコートの背中の射出口が大きく裂け、血で赤黒く染まっている。

ジャスティは、撃ち合った緊張のせいか青ざめた顔になり、拳銃を左のホルスターに収めた。右の、空になった拳銃を抜き直し、新しい弾を込め始める。

「ありがとう、ジャスティ」

礼を言うと、ジャスティは無言でうなずいた。

ジャスティにしても、こんな風に目の前の敵を撃ち殺したのは、初めてのことだったのだ。

エドナが、ウォレンと一緒に斜面から体を起こし、呼びかけてくる。

「ジェニファ。エミリは」

「トムとサグワロが、追って行ったわ。心配しないで、任せておきましょう」

わたしは、じりじりする気持ちを抑えて言い、ジャスティにうなずいてみせた。

弾を込め終わったジャスティは、ゆっくりと拳銃をホルスターに収めると、倒れた男の体を仰向けに裏返した。

無造作に、白覆面を引き抜く。

そこに現れたのは、案の定レナード・ワトスンの、歪んだ顔だった。

40

ジャスティ・キッドに、声をかける。

「ジャスティ。エドナとウォレンを、お願いね」

わたしはそう言い残し、そばにいたフィフィに飛び乗って、斜面を駆け上がった。

頂上を乗り越えると、くだりの斜面がリトルビッグホーンの岸辺の木立まで、なだらかに続いている。

白覆面の男は、逃げるエミリをあちこち追い回していたが、なかなかつかまらない。コマンチと暮らすうちに、エミリは馬による追跡をかわすすべを、学んだとみえる。

白覆面は、トム・B・ストーンとサグワロが追って来るのを見ると、エミリをあきらめて逃げ出した。ストーンもサグワロも徒歩なので、白覆面をつかまえるのは無理だろう。

わたしはフィフィの腹を蹴り、全速力で白覆面の馬を追った。

フィフィの脚に、かなう馬はいない。たちまち距離が縮まり、白覆面の後ろになびくロングコートの裾に、手が届きそうになる。

それに気づいた白覆面は、急いで右へコースを変えた。フィフィは外側からそれに追随し、敵の馬から少しも離れずについて行く。

わたしは拳銃を抜き、白覆面の背後から撃った。もちろん当てるつもりはなく、ただの警告にすぎない。

しかし白覆面は止まろうとせず、もう一度馬首を右へ大きく転回させると、もと来た方へもどり始めた。

真向かいから、ストーンとサグワロが走って来る。

白覆面は、さらにコースを変えようとしたが、そのたびにフィフィが後ろから相手の馬をあおり、方向転換を許さない。

白覆面の馬は、そのまままっすぐストーンの方へ、突っ込んで行った。

危ない、蹴散らされる。

そう思ったとき、サグワロが大胆にも駆けて来る馬の正面に、身をさらした。背中のカタナを抜き放ち、目にも留まらぬ速さでそれを一閃する。太陽を反射した刃が、稲妻のように鋭く光った。

驚いた相手の馬が、砂塵を蹴散らして急停止する。

白覆面の男は、勢い余って馬の首の上を飛び越し、もんどり打って砂の上に投げ出された。帽子が飛んで、白覆面があらわになる。

男は急いで起き上がり、灌木の間を逃げ出した。そのあとを、サグワロが追いかける。

それを見届けてから、わたしは急いでフィフィの向きを、北に変えた。

荒れ地の上をこけつまろびつ、キャンプ目指して必死に逃げて行くエミリを、一直線に追う。

追いついたフィフィは、ジグザグに逃げるエミリの行く手を巧みにさえぎり、前に進ませないようにした。それを、何度も繰り返す。

エミリは、とうとう力を使い果たして、地面にすわり込んだ。

わたしはフィフィから飛びおり、エミリのそばに膝をついた。

「ティヴォペ」

エミリのコマンチ名を呼ぶと、エミリは初めてわたしをまっすぐに見た。

その目から、大粒の涙がこぼれているのに気づいて、胸をつかれる。鹿皮服からのぞく、日焼けした手足が灌木の茂みにこすられ、あちこち血がにじんでいた。

心を鬼にして、手話で話しかける。

〈お母さんは、あなたを自分の家に、そして白人の世界に、連れもどしたがっているわ。あなたを、とても愛しているのよ。お願いだから、わたしと一緒にもどって〉

エミリが、ようやくそれに応じて、手を動かす。

〈わたしの家は、さっきのティピよ。わたしはコマンチ。白人じゃない〉

エミリの目の光は、インディアンにありえない緑色をしているにせよ、まさしくコマンチのものだった。

その目が、ふとわたしの背後に向けられる。

振り向くと、キャンプの方から馬で駆けて来る、二人のコマンチの姿が見えた。五十ヤードほどに近づいたとき、それが養父のアグリーベアとその連れ合いだ、と分かった。

エミリがわたしの横を擦り抜け、アグリーベアの方へ一目散に駆け出す。わたしは、追いかけるのも忘れて、その後ろ姿を見守った。

アグリーベア夫婦は、わたしの十ヤードほど手前で馬を止めた。武器らしきものは、何も持っていないことが分かる。

そばに駆け寄ろうとしたエミリが、足を止めてためらいがちに振り向く。

その口から、言葉が発せられた。

「ネイ・メア・モナク」

意味が分からない。

わたしが首を振ると、エミリは右手を胸に当ててから、それをわたしに向けて突き出した。自分は行く、と言っているらしい。

さらにエミリは、胸の前に両方の人差し指を並べて置き、右手の方を前に突き出した。

〈さようなら〉

最後に、右手の指先をそろえて自分の心臓の上を二度叩き、伸ばした左手の人差し指を下へ向けると、その先を右手でぎゅっと握り締めた。

〈母のことは、忘れない〉

わたしは、何か言おうとしたが胸が詰まり、言葉も手話も出なかった。

英語こそ忘れたものの、エミリは母エドナのことを、覚えていたのだ。

アグリーベアが、手を差し伸べてエミリを鞍に引き上げ、自分の後ろに乗せる。

夫婦は馬首を巡らせ、並足でキャンプの方へ駆けもどって行った。エミリは、一度も振り返らなかった。

わたしは、涙ににじんだ目でその姿を追い、見えなくなるまで立ち尽くしていた。

フィフィに乗り、ストーンたちのいる場所へ引き返して行く。エドナに、なんと説明していいか分からず、気が重かった。

あと百ヤードほどに迫ったとき、わたしたちが先刻駆けおりて来た段丘の頂上に、新たに馬に乗った人影が十数人、姿を現した。

砂煙を立てながら、ストーンたちの方に駆けおりて来る。

その中に、エドナとウォレン、ジャスティがいるのを見て、わたしもフィフィの腹を蹴り、全速力でストーンのそばへもどった。

ストーンとサグワロは、例の白覆面の男をつかまえ、地面に引き据えていた。

駆けて来る一団の先頭に立つ男は、白いジャケットにステットスンをかぶった、マキシム・トライスターだった。トライスターが、手下ともどもエドナ母子とジャスティ、それにストーンとサグワロの乗り捨てた馬を引き連れ、やって来るのだ。

わたしはフィフィから飛びおり、ストーンとサグワロのそばに行った。

トライスターの一味が、わたしたちの前にざざっと轡を並べて、馬を止める。一緒にいる男たちは、牧場で使っているカウボーイではないらしく、ソコロの町で見かけた連中だった。やはりトライスターは、コマンチに手下をほとんど全滅させられたあと、手近なところで助っ人を調達したのだ。

ストーンが、地面に膝をついた白覆面の男を、トライスターの前に突き飛ばす。

「やることが汚いぞ、トライスター。ワトスンやこんなやつに、覆面姿でわたしたちをつけ狙わせるとは、西部男の風上にもおけないやり口だ。ミセス・マキンリーも、これであんたを見限るだろう」

エドナはうなずいて、横に馬を並べているトライスターを、きつい目で睨んだ。

トライスターは、あわてて手を上げた。

「待ってくれ。その白覆面は、わたしが雇ったわけじゃないんだ」

わたしは、がまんできずに口を開いた。

「白じらしいわよ、ミスタ・トライスター。あの丘の向こうで、覆面をはがれたワトスンの死体を、見たでしょう。ワトスンは、わたしを撃とうとしたのよ。ジャスティが助けてくれなかったら、わたしは今ごろ死んでいたわ」

「白覆面は、わたしが雇ったわけじゃない」

トライスターが、頑固にもう一度繰り返す。

「それじゃ、だれが雇ったというの」

トライスターはためらい、鞍の上ですわり直した。

馬の前に立つ、白覆面の男に顎をしゃくってみせる。

「むしろこの男が、わたしに話を持ちかけてきたんだ」

あたりが、しんとする。

どこか、リトルビッグホーンの対岸の遠いところから、銃声や喊声が聞こえてきた。第七騎兵隊と、スーとシャイアンの連合軍の戦いが、また新たに始まったらしい。

ストーンが聞き返した。

「それは、どういう意味だ」

トライスターが、しぶしぶ応じる。

「わたしは、この男の申し出を断った。しかし、ワトスンはわたしに無断で、話に乗った。この男とワトスン、それにソコロで雇ったもう一人の男がぐるになって、わたしとは別行動をとったんだ。金目当てにな」

もう一人の男というのは、ラモン・サンタマリアが殺される直前、わたしに返り討ちにされた白覆面のことだろう。

ストーンが、なおも追及する。

「いったい、どういう話を持ちかけられたのかね」

トライスターは、ため息をついた。

「あんたたちが、エミリを助け出すのを待って横から奪い取り、エドナとウォレンともども母子三人を引き渡してくれ、と持ちかけられたのさ」

「母子三人。いったい、なんのために」

わたしが言いかけると、トライスターは白覆面の男に向かって、手を振った。

「それは、この男に直接聞いた方がいい」

ストーンは、逃げようとする白覆面の肩口を、ぐいとつかんだ。

そのまま右手で、一気に覆面をはぐ。

馬上から、エドナが大きく目を見開いて、叫んだ。

「アルバート」

わたしは驚いて、男の前に回った。

そこにうなだれているのは、エドナの義弟アルバート・マキンリーだった。

41

エドナ・マキンリーが、切れぎれに言う。

「どうしてここにいるの、アルバート。あなたはわたしたちが出発してすぐ、ケヴィン伯父さんが危篤だという知らせを受けて、カリフォルニア州のサクラメントへ、行ったはずでしょう。サラが電報で、そう言ってきたわ」

わたしも、あっけにとられた。

確かに、エドナはそういう内容の電報をソコロの町で、受け取っているのだ。

アルバート・マキンリーは、顔をそむけて答えない。

マキシム・トライスターが、代わって口を開いた。

「それは嘘っぱちだ。あんたが、電信為替で金を送るように言ってきたとき、アルバートはサラと示し合わせて、そういう筋書きを作ったのさ。牧童頭のドミンゲスにも、そう思わせるように仕向けた。そして実際には、カリフォルニアへ行かずに馬と駅馬車を乗り継いで、ソコロの町へやって来たんだ。わたしは、アリゾナから新手の助っ人を呼ぶつもりだったが、そうすると今度は牧場の方が手薄になって、仕事に差し支える。結局ソコロの町で、人手を集めることにした。そこへ、ほこりまみれのアルバートが到着した、という次第だ。わたしもさすがに、アルバートの申し出には応じられなかった」

わたしは、アルバートに詰め寄った。

「エドナさん母子を引き取って、どうするつもりだったの」

アルバートは、黙ったままだった。

またトライスターが、口を開く。

「分かってるだろう。エドナたち三人がいなくなれば、マキンリー牧場はアルバートとサラのものになる。アルバートは、牧場を全部わたしに売り渡して金に替え、東部へもどって事業を始めるつもりだ、と言った」

あっけにとられる。

それと同時に、すべての疑問が氷解した。何もかもが、アルバートの陰謀だったのだ。

エドナが、アルバートをじっと見る。

「あなたは、わたしたち母子を殺すつもりだったのね、アルバート」

アルバートは、初めて顔を上げた。

「と、とんでもない。わたしはただ、ミスタ・トライスターに牧場を売り払って、わたしとサラの分を現金でもらいたいと、そうあんたを説得するつもりだったんだ」

「わたしには、そうは聞こえなかったがね。エドナ、エミリ、ウォレンを亡きものにすれば、牧場は自分たちの好きにできる、と言ったじゃないか」

トライスターの言葉に、アルバートはそのまま口をつぐんだ。

トム・B・ストーンが割り込む。

「ラモンを殺したとき、エドナたちも同じ目にあわせよう、と決めたに違いない。そうだろう、アルバート」

「わ、わたしはラモンを、殺してなんかいない。あれは、ワ、ワトスンのしわざだ」

弁解するアルバートに、わたしは言葉を投げつけた。

「嘘よ。あんたは、覆面をはぎ取られて正体を見られたものだから、ラモンを殺したんだわ。ラモンが、拳銃を抜きもせずに撃たれたのは、狙撃《そげき》してきた相手があんたと分かって、ショックを受けたからよ。そうでなければ、ラモンがあんたに撃たれるようなへまを、するわけがないわ」

「そ、それは」

アルバートは、言葉に詰まった。

わたしは、死んだラモンが握り締めていた布の切れ端を取り出し、ストーンが持つ白覆面のちぎれた部分に、あてがった。

そのぎざぎざは、ぴたりと形が合った。

「ラモンは、この切れ端をしっかり手に握って、死んでいたのよ。これでもまだ、しらを切るつもり」

アルバートは、顔を歪めてがくりと首を垂れたが、次の瞬間突然身をひるがえすと、サグワロを突き飛ばした。

手綱を奪い、横っ飛びに馬に飛び乗る。

止める間もなく、アルバートはリトルビッグホーン川を目指して、まっしぐらに駆け出した。

われに返ったわたしも、フィフィに飛び乗った。

しかし、たかだか二十ヤードと走らないうちに、アルバートは甲高い悲鳴を発してのけぞり、馬から転げ落ちた。

地上に、長ながと仰向けに横たわったまま、身動き一つしない。ロングコートの胸に、スー族が使う独特の形の矢が、深ぶかと突き立っていた。

いつの間に囲まれたのか、まるで分からなかった。

周囲の灌木の陰から、弓や銃をかまえたスーの戦士たちが二、三十人、いっせいに姿を現す。馬を使わずに、徒歩で忍んで来たのだ。

馬上のトライスター一味はもちろん、ストーンもサグワロも凍りついたように、その場に立ちすくんだ。

だれも、何も言わなかった。

ここはもう、わたしが出るしかない。

冷や汗をかきながら、スーの方へフィフィを五、六ヤード進めた。

できるだけ、落ち着いた声で呼びかける。

「わたしたちは、敵ではない。あなたたちと、戦うつもりはない」

顔に、ものすごい色と模様のウォーペイントを塗った、リーダーらしい戦士が前に出た。

いぶかしげに、聞いてくる。

「おまえ、なぜスーの言葉、話す」

「子供のころ、偉大な族長タタンカ・ヨタンカの一族と、暮らしたことがある」

タタンカ・ヨタンカとは、スーの言葉でシッティングブルを意味する。

リーダーは、驚いたように顎を引いて、仲間たちの方を振り向いた。

その中の一人が言う。

「おまえたちは、〈明けの明星の息子〉の友だちか」

どういう意味か、分からなかった。

「〈明けの明星の息子〉とは、だれのことか。わたしは知らない」

「青い服を着た、兵士たちの族長だ」

どうやら、騎兵隊の隊長のことらしい、と見当がつく。

そのときは知らなかったが、〈明けの明星の息子〉とは第七騎兵隊の隊長、ジョージ・アームストロング・カスター中佐の、インディアン仲間での呼び名だった。

「友だちではない。わたしたちは、青い服を着ていない。ただの旅人だ。このまま、行かせてほしい」

リーダーが言う。

「おれたち、〈明けの明星の息子〉とその手下を、みな殺しにした。おまえたち、死にたくなければ、さっさとこの地を去れ」

「分かった。もう、二度ともどって来ない」

わたしは、ストーンたちのところへ引き返して、話の内容を伝えた。

「彼らの気が変わらないうちに、南側の丘を越えて逃げましょう」

ストーンとサグワロが馬に乗るのを待ち、わたしたちは南へ向かっていっせいに駆け出した。アルバートの遺体は、そのままあとに残した。ラモンを殺し、エドナたちまでも殺そうとしたことで、天罰がくだったのだからしかたがない。

丘の上で馬を止め、振り返る。キャンプの方へ引き返して行く、スーの戦士たちの後ろ姿が見えた。

待ち兼ねたように、エドナがわたしに馬を寄せる。

「エミリはどうしたの、ジェニファ」

わたしは、エドナの顔を直視できなかった。

目を伏せたまま言う。

「ごめんなさい。エミリは、コマンチと一緒に残りたい、と言ったの。養父母に、とてもなついているようだったわ」

エドナは、わたしの返事を吟味するように、少し間をおいた。

「わたしやウォレンのことを、覚えていなかったのね」

まっすぐに、エドナの目を見る。

「いいえ。少なくとも、あなたのことは覚えていたわ、エドナ。エミリは手話で、はっきりそう言ったのよ」

エドナはごくり、と唾をのんだ。

「それでもなお、エミリはコマンチと一緒に暮らす方を選んだ、というの」

なじるというよりも、あきらめをにじませた言い方だった。

「ええ。エミリは、自分の意志を持った子だった。わたしには、あれ以上エミリの考えを無視して、強引に連れ帰ることはできなかったの。ごめんなさい。あなたにもトムにも、みんなにも謝るわ」

エドナは、愛するエミリを取りもどすことができず、トムとわたしたちは褒賞金を手に入れそこなったのだ。

ストーンが言う。

「まだ、あきらめることはないよ、エドナ。いずれコマンチも、スーやシャイアンやほかの部族とともに、居留地にもどらざるをえなくなる。たとえ、今度の戦いで第七騎兵隊に勝ったとしても、インディアンは合衆国との戦いに勝ったわけではない。近い将来、白人とインディアンが仲よく共存できる時代が、かならずくる。そのとき、あらためてエミリに会いに行けばいい。今、エミリがあなたのことを覚えているなら、これから先も忘れることはないだろう」

エドナが口を開くまでに、長い時間がかかったように思う。

エドナは大きく息を吸い、ゆっくりと吐いた。目がうるんでいたが、涙はこぼれなかった。エドナは意志の力で、それをのみ込んでしまった。

静かな口調で言う。

「そうね。あなたの言うとおりね、トム。わたしには、ウォレンが残っているわ。ウォレンが一人前になったとき、エミリに会いに行ければそれでいい」

そう言って、隣の馬に乗るウォレンの手を握り、笑いかけた。

ウォレンも、照れくさそうに笑い返す。

トライスターが、陽気な声でエドナに言った。

「さてと、エドナ。きみさえよければ、マキンリー牧場を買い取りたいんだがね」

エドナは、あきれたように首を振り、ストーンに目を向けた。

「さあ、行きましょう。あなたたちは、わたしの心にエミリを取り返してくれたわ。そのお礼だけは、きちんとさせてもらいます」

そう言い捨てると、馬に拍車をくれて真っ先に走り出した。わたしたちも、エドナのあとに続く。

トライスターも、それ以上何も言わずに手下に顎をしゃくり、一緒について来た。

ジャスティが、横に並んで言う。

「アリゾナまで、また長旅になるな」

「あなたのお父さん、お母さんの仇討ちだって残っているわ。がんばらなくちゃね」

サグワロが、割り込んでくる。

「何をがんばるって」

「あなたに、吹き針の術を教えてもらおうって、相談しているの」

「それは無理だな。自分の舌を刺すのが、せいぜいだ」

ストーンも、馬を寄せて来た。

「ジェニファ。今度の仕事のきみの取り分は、みんなより少なくなるぞ。覚悟しておけ」

わたしは抗議しようとしたが、今はやめておこうと思い直した。

馬を走らせながら、晴れ渡った空の下に果てしなく続く地平線に、目を向ける。すべてのものが、視野にはいってきた。

しかし、ラモン・サンタマリアがのぼって行ったところまでは、見えなかった。

＊

この日、一八七六年六月二十五日、日曜日の午後四時。

ジョージ・アームストロング・カスター中佐の率いる第七騎兵隊は、リトルビッグホーン川のほとりに集結したスー、シャイアンの大連合軍に無謀な戦いを仕掛け、壊滅的な敗北を喫した。

ことに、カスター中佐がみずから指揮した、五つの中隊からなる主力大隊は、総員二百名を超える兵士が、一人残らず壮烈な戦死を遂げた。

生存者がいないため、この戦いが実際にどのように行なわれたかは、いまだはっきりと解明されていない。

フレドリック・レミントン『ラスト・スタンド』津神久三写

解説

川本三郎

日本人の作家が、開拓時代のアメリカ西部を舞台にした冒険小説（いわゆるウエスタン）を書く。こんな大胆なことが出来るのは、十代の頃から西部劇映画に熱中し、いまもなおフロンティアを生きた男たちの力強い世界を愛し続けている逢坂剛しかいない。

第一作『アリゾナ無宿』（新潮社、二〇〇二年）に続く本作は、前作でチームを組むことになった「無宿」の三人が、新しい冒険に挑む。三人とは、賞金稼ぎ《バウンティハンター》のトム・B・ストーン、日本から流れてきたらしいサグワロ、そして両親をならず者に殺されている十七歳の少女ジェニファ。この三人に、本作で新たに、血気盛んな若いガンマン、ジャスティ・キッドが加わる。

ちなみにこの小説は、ジェニファ（「わたし」）の目で語られている。そのために、荒々しい戦いが繰り返されながら、優しい柔らかさがある。少女が男たちによって鍛えられてゆく成長物語にもなっている。

四人にはそれぞれ特技がある。開拓時代の西部を自力で生き抜いてゆくためには、何かの技のプロフェッショナルでなければならない。リーダーのストーンは早撃ちであるだけではなく、荒野に生きる知恵を持つ。サグワロは刀の達人、さらに口に小さな針を含んで吹き矢のように飛ばすという技を持つ。ジャスティ・キッドはストーン同様に早撃ち。

ではジェニファは。十七歳の少女は、はじめ役立たずの足手まといと思われていたが、彼女には、六歳の時に両親を殺されたあと、四年間、スー族に育てられたという過去があり、そのために他の種族のインディアンとも手話で会話が出来る。それが今回の冒険には大いに役に立つ。また、何よりも男たちのなかに、お転婆で気のいい女の子がいることで、一行のなかに穏やかな空気が生まれる。

この小説の成功の要因の第一は、四人のプロフェッショナルを組み合わせたことにある。ストーンとジェニファは時に、父と娘のようであり、ジェニファとジャスティ・キッドは兄と妹のようであり、そしてサグワロは無口で頼もしい叔父に見える。四人は広大な西部を生きる家族になる。

今回、賞金稼ぎのトムが選んだ仕事は、アリゾナ州の大牧場の女主人エドナからの依頼。彼女の娘エミリは、十年前（一八六六年）にコマンチにさらわれた。その娘をなんとしても取り返したい。

白人の娘をインディアンから奪還する。二重の意味で困難な仕事になる。まずエミリ自身を傷つけずに勇猛なコマンチから救い出すことが出来るか。

さらに。さらわれてからすでに十年たっている。しかも子供の成長期の十年である。エミリはもうインディアンに同化してしまっているのではないか。実の家族を忘れてしまっているのではないか。そうなれば救出は徒労になる。

トムはこの困難な仕事を引き受ける。アリゾナから、コマンチを追う旅が始まる。旅は、最終的には、コロラド、ワイオミングを経てモンタナまでの長い、長い探索行になる。女主人のエドナとまだ小さな男の子ウォレンも四人に加わる。

ロードムービーならぬ、ロードノヴェルになっている。逢坂剛は旅の行程を詳しく書き込んでゆく。それぞれの土地の風景、地理、気候、さらにキャンプの様子まで細部を細かく書き込む。現地取材、資料の裏付けがあるのだろう。

長い旅だからチャックワゴン（炊事用馬車）を用意するとか、町でベーコン、干し肉、ジャガイモ、豆など食料を買い込むとか、ディテイルがしっかりしている。生活感がある。

時は、南北戦争が終ってから約十年たつ一八七六年。フロンティアにも次第に文明が入ってきている。ポニー・エクスプレス（早馬による郵便輸送）にかわって電信が普及している。トムは情報を得るのに電信を利用する。鉄道も敷かれてゆく。ジェニファがはじめてアイアンホース（蒸気機関車）を見て驚くところなど、逢坂剛は変わりゆく西部を丁寧に書き込んでいる。

そして文明化されてゆく西部を何よりも象徴しているのが、次第に白人によって追いつには描かれていない。この小説のコマンチは、決して悪役に描かれていない。

むしろ、白人によって滅ぼされてゆく悲劇の民として、同情と、そして敬意を持って語られている。本書の大きな特色だろう。トムはインディアンに偏見を持っていない。むしろ、彼らとの無駄な戦いは避けようとする。サグワロは自身がマイノリティで、しばしば白人にインディアンと間違えられ差別を受ける。ジェニファは、幼い時にスー族に育てられたので、彼らに偏見など持ちようがない。

かつて西部にはバッファロウが数多く生きていた。インディアンはそれを糧《かて》とした。だから無駄に殺すことはなかった。しかし、白人は違った。大量にバッファロウを殺戮《さつりく》した。軍はインディアン征伐のために彼らの生活を支えるバッファロウを殺すことを奨励した。だからジェニファは思う。「もともと北アメリカはインディアンの土地であり、それを侵略したのは開拓者たちだった」。

トムやジェニファたちは、だから、本来は戦いたくない相手と戦うことになる。そこにもうひとつの困難がある。

インディアンが白人の女の子をさらう。これにはモデルがある。本書で書かれているシンシア・アン・パーカーの事件。一八三六年、テキサスの開拓農家から九歳の少女、シンシアがコマンチにさらわれた。シンシアは長くコマンチと生活するうちに彼らに同化し、結婚した。その子供はのちにコマンチの族長となった（クアナ・パーカー）。シンシアは一八六〇年に騎兵隊に助け出されたが、ついに白人社会になじまなかった。この事件については、昨年出版されたグレン・フランクル『捜索者　西部劇の金字塔とアメリカ神話の創生』（高見浩訳　新潮社）に詳しい。

ジョン・フォード監督の「捜索者」（56年）はこの事件にもとづいている。ジョン・ウェイン演じる伯父が、コマンチにさらわれた姪のナタリー・ウッドを何年もかけて探し出す。ようやく探し出した時、彼女はコマンチに同化していて白人社会に戻るのを拒む。

本作でも、最後、トムたちはようやくエミリを救い出した時に、この問題に直面する。西部開拓史の難題であり、白人にとっては、自分たちの家族や仲間が異民族にさらわれてしまう悲劇は長くトラウマになった。侵略者、加害者である白人が、他方で被害者になる。トムたちの冒険の背景には、西部開拓史のこの複雑な歴史があり、逢坂剛はそのことを的確にとらえている。だからこそ、最後、コマンチに戻ってゆくエミリと、それを見送る母親エドナとの別れが哀切きわまりない。

コマンチにさらわれた娘を奪還する。

メインのストーリーが「捜索者」に倣っているだけではない。本書には西部劇映画を熱愛する逢坂剛だけに、随所に西部劇が反映されていて、それが往年の西部劇ファンにはたまらない魅力になっている。

トムの名前、トム・B・ストーンは、続けて書けばTombstone（墓石）となる。トゥムストーンはジョン・フォード監督の「荒野の決闘」（46年）をはじめ多くの西部劇で描かれた、かのOK牧場の決闘が行なわれたアリゾナ州の町の名前。

トムの職業は賞金稼ぎ《バウンティハンター》。西部劇ではおなじみで、「裸の拍車」（53年）のジェイムズ・スチュワート、「胸に輝く星」（57年）のヘンリイ・フォンダ、さらにテレビ「拳銃無宿」（58年～61年。原題は〝Wanted: Dead or Alive〟）のスティーブ・マックイーンら数多い。

トムは南北戦争の時に南軍として戦い、敗北した。いわゆる南軍くずれで、これも西部劇ではおなじみ。「捜索者」のジョン・ウェイン、「裸の拍車」のジェイムズ・スチュワート、「ヴェラクルス」（54年）のゲイリー・クーパーなど、挙げてゆけば切りがない。トムはいわば西部劇の正統派のヒーローということが出来る。

サグワロは「レッド・サン」（71年）で三船敏郎が演じた、西部にやってきたサムライを受継いでいる。フロンティアには意外に日本人が多かったことは、鶴谷寿『アメリカ西部開拓と日本人』（NHKブックス、一九七七年）に詳しい。

それぞれ特技を持つ四人がチームを組むというのはリチャード・ブルックス監督の「プロフェッショナル」（66年）。美しい女牧場主エドナは、キング・ヴィダー監督「星のない男」（55年）のジーン・クレインを思わせる。あるいはテレビ西部劇「バークレー牧場」（65年～68年）のバーバラ・スタンウイック。細かいところだが、「インディアンはおおむね、暗いときに死ぬと魂が道に迷うとの言い伝えから、夜間の攻撃を避ける傾向がある。しかし、コマンチはたとえ夜でも戦いを辞さない」という文章は、往年の西部劇ファンならすぐに、ジョン・スタージェス監督の快作「ゴーストタウンの決闘」（58年）でロバート・テーラーがリチャード・ウィドマークにいう言葉を思い出すだろう。

そして最後の、カスター将軍率いる騎兵隊がインディアンに全滅させられる史実は、エロール・フリンがカスターを演じた「壮烈第七騎兵隊」（41年）を重ね合わすことが出来る。あるいはこの戦いをインディアンの側から描いた「大酋長」（54年）にも。

こうした、かつて見た懐しい西部劇の記憶が本書の豊かな隠し味になっている。

さらに本書にはもうひとつ重要な要素がある。四人が共に傷ついた過去を持っていること。トムは前述したように南軍の兵隊として戦い、負けた。だから、賞金稼ぎのようなダーティな仕事をするしかなかった。ジェニファは両親を、クォントリル率いる元南軍のゲリラ隊に殺されている。一見、明るく元気のいいジャスティ・キッドも、実は両親をならず者たちに殺されていたと分かる。

そして、日本人のサグワロは、箱館戦争で敗れた官軍の式士だろう。おそらく五稜郭にたてこもった。

重い過去を持つ四人が、フロンティアを生き抜く、協力して擬似家族を作ってゆく。そこにも本書の面白さがある。本書が、もし一九五〇年代にアメリカで映画化されたとしたら、どんなキャスティングになるだろう。トムは、逢坂剛のごひいき、リチャード・ウィドマーク、サグワロは近衛十四郎、ジャスティ・キッドはジェフリー・ハンター、エドナはヴァージニア・メイヨ、ジェニファはいろいろ考えたが、スーザン・ストラスバーグ。監督は、デルマー・デイヴス。見たい！

（かわもと・さぶろう　評論家、翻訳家）

本作品は『逆襲の地平線』（二〇〇八年二月・新潮文庫）に加筆・修正したものです。

中公文庫

逆襲《ぎゃくしゅう》の地平線《ちへいせん》

2016年12月25日　初版発行

著　者　逢《おう》坂《さか》　剛《ごう》

発行者　大橋 善光

発行所　中央公論新社
〒100-8152　東京都千代田区大手町1-7-1
電話　販売 03-5299-1730　編集 03-5299-1890
URL http://www.chuko.co.jp/

DTP　嵐下英治
印　刷　三晃印刷
製　本　小泉製本

Published by CHUOKORON-SHINSHA, INC.
Printed in Japan　ISBN978-4-12-206330-3 C1193

定価はカバーに表示してあります。落丁本・乱丁本はお手数ですが小社販売部宛お送り下さい。送料小社負担にてお取り替えいたします。